AF215797

Jonah Baker

Im Zwiespalt des Rechts

Roman

Ein Richter
Ein Schicksal
Ein Prozess

BoD – Books on Demand

Bibliografische Information der Deutschen
Nationalbibliothek:
Die Deutsche Nationalbibliothek verzeichnet diese
Publikation in der Deutschen Nationalbibliografie,
detaillierte bibliografische Daten sind im Internet über
http://dnb.dnb.de abrufbar.

© 2019 Jonah Baker
Herstellung und Verlag:
BoD – Books on Demand, Norderstedt
Coverabbildung: Gregor Zimmermann, Firma
Carl Koopmann GmbH & Co KG

ISBN: 978-3-749-47131-7

Vorwort

Ich hatte einen Traum. Schon als Kind wollte ich es unbedingt werden: Richter. Mit elf Jahren fing ich schließlich an, Gerichtsverhandlungen zu besuchen. Mich faszinierte die Gerichtswelt! Die langen, schwarzen Roben der Richter und Staatsanwälte beeindruckten mich und interessiert verfolgte ich das Prozessgeschehen in kleinen und großen Strafverfahren.

Und irgendwann hatte ich eine Idee. Aus dieser Idee wurden erste Texte, erste Dialoge. Und nach und nach entwickelte sich eine richtige Geschichte. Als ich gerade 15 geworden war, die ersten Fetzen der Geschichte in meinem Kopf schwirrten und ich schließlich im Café einen der ersten Texte in meinen Laptop tippte, hätte ich mir wohl nicht ausmalen können, wie viel Kraft ich in dieses Projekt stecken würde, aber dass am Ende tatsächlich ein richtiges Buch stehen würde.

Das Projekt hat mich meine gesamte Jugend über begleitet und es hat mir viel Spaß gemacht daran zu arbeiten! Und jetzt kann ich es selbst kaum glauben, dass es nun fertig ist und ich es wirklich geschafft habe: Mein eigenes Buch!

Ich wünsche Ihnen viel Freude beim Lesen!

Ihr

Jonah Bakeer

Prolog

Sie saß gerade mit ihrer Familie am Frühstückstisch, als die Polizisten hereinkamen und Béatrice baten mitzukommen. Es war ein Sonntagmorgen. Die Polizisten sagten, Béatrice sei dringend verdächtig, am vorigen Abend auf einem Klassentreffen eine ehemalige Klassenkameradin umgebracht zu haben. Sie soll sie von der Dachterrasse gestoßen haben.

Und obwohl Béatrice immer wieder beteuerte, nicht einmal auf dem Klassentreffen gewesen zu sein, nahmen sie sie schließlich mit...

Kapitel 1

Ich starre auf die graue, hässliche Wand vor mir. Kein einziges Bild füllt die Wand. Gähnende Leere, die mich das vergangene Jahrzehnt umgeben hat. Eine Leere, die nichts füllte und es auch heute nicht tut. Nicht das Geringste hat sich verändert. Selbst die Angestellten sind meist noch dieselben wie vor zehn Jahren. Es ist alles genau wie am ersten Tag – an dem Tag, als ich diese klinkenlose Tür zum ersten Mal von innen sah.

Es war eine schreckliche Zeit, an die ich mich nicht mehr erinnern will, auch, wenn mein trauriges Schicksal noch Realität ist. Aber das hat bald ein Ende! Noch genau 3 Tage und dann beginnt mein neues Leben: Mein Leben in Freiheit! Ja, dann wird Cleo für all das büßen müssen, was sie mir angetan hat!

Es ist eine andere Welt, als die, die man als *normal* ansieht, eine Art Parallelgesellschaft. Hier gelten andere Regeln, andere Hierarchien, an die man sich halten muss, wenn man hier überleben und so heil wie möglich wieder rauskommen will.

Der Knast – das Zuhause der dunklen Seite der Menschheit, so dachte ich immer. Vor genau solchen Leuten hatte ich meine Tochter immer gewarnt – und jetzt bin ich selbst eine von ihnen. Menschen, die teils jahrelang auf ihr Leben in Freiheit warten. Menschen, die es in der *normalen Welt* nicht gibt. Und all das, obwohl ich nichts getan habe...

Ich bin Béatrice und das ist mein Leben.

Kapitel 2

Ich bin Richter. Strafrichter am Landgericht Düsseldorf. Ich heiße Sebastian Klein, lebe und arbeite in Düsseldorf und bin 34 Jahre alt, also verhältnismäßig jung für einen Richter. Bei den anderen gelte ich immer noch als *Sprössling,* obwohl ich längst die 30er Grenze geknackt habe.

Nach meinem Jurastudium und allem was so dazu gehört war ich zunächst Strafrichter am Amtsgericht. Dort verhandelt man die verhältnismäßig „kleineren Fälle", von Körperverletzung über Diebstahl bis hin zu Betrug. Vor einem Jahr wollte ich gerne zum Landgericht wechseln, weil ich was Neues kennenlernen und mich an anderen Dingen „ausprobieren" wollte. Das Landgericht ist eine Instanz über dem Amtsgericht und bearbeitet die „größeren Sachen" mit den meist deutlich längeren Prozessen. Dauert beim Amtsgericht eine Verhandlung in Strafsachen häufig nur dreißig Minuten oder eine Stunde, so ist es hier beim Landgericht üblich, dass ein Prozess mehrere Wochen oder sogar Monate dauert, manchmal sogar Jahre.

Glücklicherweise hatte ich dann auch vor etwa einem Jahr die Möglichkeit vom Amts- zum Landgericht zu wechseln und wurde erstaunlicherweise kurz nach meinem Wechsel mit einer Fortbildung befördert, zum Vorsitzenden ernannt und damit gleich Leiter der Abteilung, die wohl mit einer der schwerwiegendsten Entscheidungen trifft: Dem Schwurgericht[1].

---

[1] Das Schwurgericht ist eine besondere Kammer (Abteilung) des Landgerichts, die „Schwurgerichtskammer". Eine Schwurgerichtskammer ist ein Gericht, das sich ausschließlich mit Tötungsdelikten und gleichgearteten Straftaten beschäftigt.

Ohne Kaffee geht bei mir gar nichts. Ohne meinen morgendlichen Koffeinschub bin ich nicht zu gebrauchen und auch nicht sonderlich genießbar. Ich umklammere den warmen Kaffeebecher, der mir trotz des kalten Wetters ein angenehmes Gefühl am Morgen gibt. 07.42 Uhr. Die kalte Uhr am Arm treibt mich etwas an. Nachdem ich den Bus verlassen habe und mir einen Weg durch die Menschenmengen am Düsseldorfer Hauptbahnhof gebahnt habe, erreiche ich die U-Bahn-Station im Bahnhofsgebäude. Es ist wie immer recht voll und um mich herum hetzen alle möglichen Leute zur Bahn. Jeder will pünktlich sein, aber deswegen auch nicht eher aufstehen, so scheint es mir. Überall schaue ich in müde Gesichter, die sich jetzt wahrscheinlich am liebsten unter der Decke verkriechen würden.

Die U-Bahn rollt in den Gleis ein und glücklicherweise finde ich in der Bahn einen Platz in einem Vierer. Viele können es nicht verstehen, wie man mit Mitte 30 immer noch mit Bus und Bahn durch die Weltgeschichte geistern kann – aber ja, so ist es eben. Und mir macht das nichts aus. Im Gegenteil: Ich liebe es, Zug zu fahren! Zwar sind die vielen Menschen manchmal etwas nervig, doch für mich ist das die bestmögliche Lösung. Für mich gibt es nichts, das nerviger ist, als ohnmächtig im Berufsverkehr nutzlos hinterm Lenkrad zu sitzen und nichts dabei tun zu können. Der Zug hingegen bietet die Möglichkeit zu arbeiten, zu lesen oder sogar noch etwas zu schlafen – was am Steuer bekanntlich nicht so gut funktioniert.

Ich persönlich genieße es, morgens früh stressfrei im Zug meinen Kaffee zu trinken und noch etwas vor mich hin zu träumen, bevor der Tag richtig losgeht. Dazu tue ich nebenbei was Gutes für die Umwelt und spare dabei erheblich Geld, was ich für andere Sachen sparen kann, die mir wichtiger sind. Und in einer so großen Stadt wie Düsseldorf ist man mit Bus, Zug und U-Bahn wirklich schnell – da kann ich mich echt nicht beklagen.

Um mich etwas abzulenken, sehe ich auf WhatsApp nach, was es Neues gibt. Und da ich noch etwas Zeit habe, rufe ich ein paar Freunde an und *versüße* ihnen den Morgen. Naja, falls man das Versüßen nennen kann, wenn Sebastian am Montagmorgen um kurz vor acht Telefonterror betreibt.

Oberbilker Markt. Ich bin da. Eilig verlasse ich die U-Bahn-Station und überquere die von vielen Autos befahrene Straße. Ich passiere den Eingang und die daran anschließende Sicherheitsschleuse. Wie immer lächle ich den beiden Kollegen zu und stehe dann in der großen Eingangshalle des Gerichtsgebäudes. Kurz sehe ich zu den Treppen, die im Zentrum stehen und zu den Sälen in den höheren Etagen führen. Das Gebäude ist modern eingerichtet, was mir sehr gefällt. Wirklich sehenswert.

Plötzlich sehe ich Steffi, die einige Meter entfernt in ihrer Handtasche kramt. Nachdem ich mich von hinten angeschlichen und ihr einen gehörigen Schreck versetzt habe, bin ich froh, dass sie mir statt einer Backpfeife nur ein „Du Depp!" verpasst.

„War klar, dass nur du das sein kannst."

„Kennst mich ja schon richtig gut, Steffi. Und findest du in den Tiefen deiner Tasche mal wieder nichts?"

„Ja... Komm, du bist nicht besser, Basti!", erwidert sie lachend.

„Hast du heute Mittag schon was vor? Können zusammen essen, wenn du Lust hast. So ganz schick in der Gerichtskantine", schlage ich amüsiert vor.

„Können wir machen. Du holst mich dann ab, ja? Wüsste ich nicht, dass du überzeugter Single bist, wäre das echt 'ne billige Anmache", fügt sie lachend hinzu.

Steffi ist eine befreundete Richterin. Sie sitzt einige Zimmer weiter als ich und leitet eine „Drogenkammer", also eine Strafkammer, die hauptsächlich Verstöße gegen das Betäubungsmittelgesetz ahndet. Scheußlich. Bevor ich zur Drogenabteilung gegangen wäre, hätte ich meinen Job an den Nagel gehängt. Oder mich. Da haben wir beim Schwurgericht deutlich mehr Abwechslung. Steffi und ich gehen häufiger zusammen Essen. Es sei denn wir haben größere Verhandlungen, da verschiebt sich die Planung oftmals.

Ich nehme den Aufzug. Mein Büro liegt in der 5. Etage: Zimmer 5.147. Der lange Flur führt an zahlreichen Büros vorbei, bis er dann auch meins erreicht. Wie ich sehe, hat meine Sekretärin, Madame Bijou, mein Büro bereits aufgeschlossen und mir einen weiteren Kaffee gemacht.

„Mit Milch und zwei Würfelzucker, wie immer", begrüßt sie mich.

„Guten Morgen erstmal", antworte ich. „Danke für den Kaffee, den werde ich heute brauchen."

Lächelnd betrete ich mein Büro und setze mich an den vollen Schreibtisch. Madame Bijou ist echt ein Schatz, die „treue Seele" hier. Unter den Kollegen ist sie auch als die „Mutti" bekannt, die sich um alles und jeden rührend kümmert. Sie ist Mitte 50, sieht aber erheblich jünger aus. Sie kommt ursprünglich aus Frankreich, ist verheiratet und hat selbst zwei Kinder, ich glaube so Anfang 20, also nur ein paar Jahre jünger als ich, und weiß, „wie das Leben so spielt". Vom Alter her könnte ich sogar ihr Sohn sein! Madame Bijou trägt immer schicke Klamotten und macht sich stets zurecht. Darauf legt sie viel Wert. Ihre Kinder müssen sich jedenfalls nicht für ihre Mutter schämen!

Sie ist für jeden da, hat immer ein hörendes Ohr und einen passenden Rat zur richtigen Zeit. Und natürlich auch immer einen guten Spruch auf den Lippen; da macht das

Arbeiten gleich viel mehr Spaß! Ein durch und durch liebenswerter Mensch, jemand, den man einfach gerne haben muss! Ihr Büro ist direkt neben meinem. So kann man schnell mal Sachen abklären oder Akten austauschen: Sie gibt mir die Neuen, ich geb ihr die fertig Bearbeiteten.

Obwohl sie selbst noch gar nicht *soo* alt ist – ich lass jetzt mal außen vor, ob man mit 50 alt ist –, scheint es, als wäre sie schon immer hier gewesen. Da sie deutlich mehr Erfahrung als die meisten anderen hier hat und organisatorisch alles immer im Griff hat, steht sie bei Fragen immer zur Verfügung und übernimmt auch mal die eine oder andere Aufgabe von anderen Kollegen. Manchmal schäme ich mich sogar dafür, dass ich um einiges mehr als sie an Geld verdiene. Schließlich weiß, wie viel sie leistet. Natürlich hat sie nicht studiert und trägt bei weitem nicht so viel Verantwortung wie wir Richter, trotzdem denke ich manchmal, dass ihr Gehalt nicht dem gerecht wird, was sie in Wirklichkeit leistet.

Dennoch ist das Gehalt von uns Richtern nicht übermäßig hoch. Man verdient zwar nicht schlecht und mit der Zeit steigert sich auch das Gehalt, doch viele Anwälte, besonders in großen und internationalen Kanzleien, verdienen deutlich mehr als wir Richter.

Seit etwa zehn Monaten bin ich nun Vorsitzender der Schwurgerichtskammer, also noch relativ frisch auf diesem Gebiet. Dass ich Vorsitzender Richter bin bedeutet, dass ich neben den üblichen Aufgaben wie dem Durcharbeiten von Akten und Vorbereiten von Sitzungen auch die Prozesse und alle weiteren Besprechungen leite, die Befragung der Zeugen durchführe und die gefällten Urteile verkünde. Ich übernehme eben den Vorsitz. Also viel Arbeit, besonders, weil ich noch nicht so viel Erfahrung habe wie meine Kollegen. Und wenn man dann noch den Perfektionismus seines Vaters geerbt hat, ist Stress vorprogrammiert. Natürlich brauchte ich anfangs auch mehr Zeit für meine Aufgaben als diejenigen, die schon lange im „Geschäft" sind und sich nicht erst in die Materie einarbeiten müssen.

Doch glücklicherweise hatte sich Horst, einen engen Kollegen von mir. Er hat sich sehr um mich gekümmert, als ich neu am Landgericht war. Er hatte mich eingearbeitet und mir vieles leichter gemacht. Ich höre ihn noch in meinem Kopf, wie er mir immer wieder predigte, dass ich die Arbeit strikt von meinem Privatleben trennen muss. Besonders hier, wo es schließlich tagtäglich um Mord und Totschlag geht. Einmal sagte er mir, dass er auch schon kaltblütigen Doppelmord und Folterei verhandeln musste. Wenn man alles mit nach Hause nehme, würde man irgendwann krank.

„Natürlich hat mich das am Anfang auch mitgenommen. Aber irgendwann habe ich begriffen, dass das nicht so weitergehen kann! Das hier ist unser *Job*", sagte er mir. Er habe lernen müssen, den Beruf als Strafrichter nicht mit nach Hause zu nehmen und „die Arbeit im Gericht lassen", wie er immer zu sagen pflegte. Auch, wenn mir das ehrlich gesagt manchmal schwerfällt... So kommt es vor, dass selbst nach Büroschluss Zuhause weitergearbeitet wird.

Ich liebe meinen Job und Richter zu werden war immer mein großer Traum! Aber manchmal fällt es mir tatsächlich schwer, mir einzugestehen, dass ich auch nur ein Mensch und keine Maschine bin. Und dann eben auch zu wissen, wann Schluss ist und die Akten zuzuschlagen. Wenn man das nicht kann, macht der Perfektionismus einen krank, man verliert das wirklich Wichtige aus den Augen und arbeitet sich schließlich zu Tode – so wie mein Vater.

Kapitel 3

Auf meinem Tisch haben sich wie immer einige Akten gestapelt. Eine dicker als die andere, nichts Neues in meinem Job. Daran habe ich mich mittlerweile gewöhnt. Ich sehe sie kurz durch und verstaue die viele Arbeit, verteilt in mehreren Stapeln, in meinem Aktenschrank neben meinem Schreibtisch. Doch ich habe Mühe, alle Akten wirklich in den Schrank zu bekommen. Zeit mal wieder auszumisten. Oder für einen neuen, größeren Schrank. Am besten für beides. Bevor ich mich daran mache die neuen Akten zu bearbeiten, haben wir heute zunächst ein Urteil in einem Strafprozess zu verkünden.

Nachdem der letzte Termin verschoben werden musste, haben wir heute das Urteil in der Sache zu verkünden. Es kann immer mal wieder vorkommen, dass etwas schiefläuft und ein Gerichtstermin verschoben werden muss. Tatsächlich ist es sogar schon passiert, dass die zuständige Justizvollzugsanstalt oder unser Hausgefängnis einen Fehler gemacht hat und der Angeklagte zum entsprechenden Termin überhaupt nicht „geliefert" wurde.

Ich bin etwas nervös. Ein Urteil zu verkünden ist schließlich etwas, das man nicht unterschätzen sollte, egal, wie gerechtfertigt es auch sein mag. Schließlich geht es hier um hohe Haftstrafen. Ich beeile mich etwas, der Richter soll ja schließlich pünktlich sein. Gerade zur Urteilsverkündung. Als ich einen Blick in den Saal werfe, sehe ich, dass dieser recht voll ist. Kein Wunder, ist ja auch die Urteilsverkündung – das Entscheidende im gesamten Prozess.

Kurz darauf betrete ich das Hinterzimmer des Saals. Es ist Saal E.122. Er ist groß, der Richtertresen ist riesig und so hat man viel Platz für die Berge an Akten und für sich selbst.

Fünf Minuten später treffen auch die anderen beiden Richter, Sabine und Horst, und die beiden Schöffen[2] im Hinterzimmer ein. Wir fünf bilden für dieses Verfahren gemeinsam das Schwurgericht.

Die Schöffen ändern sich zu jedem neuen Verfahren, wir drei Berufsrichter sind dahingegen sozusagen der bleibende Kern dieser Strafkammer. Trotzdem haben die Schöffen bei der Urteilsfindung gleiches Stimmrecht wie wir „normalen Richter", also eine enorme Macht. Und dabei kennen sie nicht die Akten – was häufig kritisiert wird. Während wir Berufsrichter den Inhalt der Akten kennen, sollen sich die Schöffen unvoreingenommen ein Bild machen und somit das Vertrauen der Bürger in die Justiz stärken. Für das Schöffenamt kann man sich bewerben. Wenn man die Voraussetzungen erfüllt und tatsächlich ernannt wird, arbeitet man dann für eine gewisse Anzahl an Jahren als ehrenamtlicher Laienrichter und wird für die Prozesstage, für die man eingeteilt wird, von seiner normalen Arbeit freigestellt.

Es gibt verschiedene Kammern, also verschiedene Abteilungen innerhalb des Gerichts – auch im Zivilrecht. Neben uns als Schwurgerichtskammer gibt es Strafkammern, die sich beispielsweise mit Wirtschaftsstrafsachen, Drogendelikten oder mit Taten beschäftigen, die von oder an Jugendlichen begangen wurden. In unseren Prozessen sind

---

[2] Unter einem „Schöffen" versteht man einen ehrenamtlichen Richter, der keine juristische Ausbildung hatte, also einen „ganz normalen Bürger". Schöffen werden meist im Strafrecht, also bei Strafprozessen, eingesetzt. So verfolgen sie bei etwas schwerwiegenderen Tatvorwürfen gleichermaßen den Prozess und entscheiden gemeinsam mit den Berufsrichtern, also uns, über Schuld und Strafe des Angeklagten.

wir also insgesamt fünf Richter. Die Besetzung am Richtertisch sieht dann folgendermaßen aus:

Schöffe	Richter	Vorsitz. Richter	Richter	Schöffe
	Horst	*Ich*	*Sabine*	

09.58 Uhr. Wir Richter ziehen unsere Roben an. An Verhandlungstagen bin ich fast immer im Anzug. Natürlich ist das nicht immer ganz so bequem – besonders im Sommer mit dicker schwarzer Robe noch obendrauf –, aber das gehört nun einmal mit zu meinem Job. Und ehrlich gesagt könnte ich auch nicht mit gutem Gewissen in Pulli und Hose dasitzen und über Mordsachen entscheiden.

Außerdem merke ich, wie sehr der Respekt vor uns auch an den Roben liegt. Zum einen werden wir als Autorität wahrgenommen – als Richter, nicht als Privatperson. Zum anderen glaube ich, dass es auch gut für uns Richter ist, da wir so völlig die Rolle einnehmen und wie ich finde auch leichter neutral sein können, da unsere Rolle schon optisch klar wird.

Da Sabine sich den Arm gebrochen hat und noch immer den Gips trägt, hat sie Probleme, die Robe vollständig anzubekommen. Letztlich helfen wir ihr alle, weil sie es nicht hinbekommt. 10.00 Uhr und die Robe sitzt immer noch nicht richtig. Sabine scheint es sichtlich unangenehm zu sein, dass ihr selbst die Schöffen helfen müssen.

Sabine kenne ich noch aus der Zeit, als ich hier ein Praktikum und später auch mein Referendariat gemacht habe. Neben uns beiden ist da noch Horst, der „alte Hase" des Gerichts. Er ist 62 Jahre alt und schon fast in Pension. Mit seinen 30 Jahren Berufserfahrung ist er ein guter Ansprechpartner. Obwohl ich nun schon fast ein Jahr hier bin, merke ich immer wieder, wie viel ich noch nicht weiß. Zum Glück habe ich Kollegen, die mir immer wieder gerne bei Fragen zur Verfügung stehen. Horst weiß sehr viel und besitzt außergewöhnlich viel Menschenkenntnis. Spätestens jetzt, wo ich mit ihm durch unsere Kammer besonders viel zu tun habe, weiß ich ihn wirklich zu schätzen. Er ist ein Richter, mit dem jeder gerne zusammenarbeitet.

Nachdem die Robe nun endlich sitzt, eröffnen wir mit rund fünf Minuten Verspätung die Sitzung. Alle Anwesenden erheben sich, als wir den Saal betreten. Der Saal hat einen angenehmen Geruch und ist dezent, aber geschmackvoll eingerichtet. Ich sehe kurz auf meinen Platz und stelle fest, dass unsere Protokollführerin die zwei dicken Aktenbündel auf den edlen, aus Holz hergestellten langen Tisch, gelegt hat. Ich lasse meinen Blick für einen Moment durch den ganzen Saal schweifen, von der Staatsanwaltschaft über die Zuschauer hinweg bis zur Verteidigung und dem Angeklagten. Alle Anwesenden blicken gespannt zu uns Richtern. Nach einem kurzen Blick zu Horst verlese ich laut das Urteil:

„Im Namen des Volkes ergeht folgendes Urteil: Der Angeklagte Thomas Weber ist schuldig des Totschlags, strafbar gemäß § 212, Abs. 1 Strafgesetzbuch (StGB). Er wird daher zu einer Freiheitsstrafe von acht Jahren und sechs Monaten sowie zu den Kosten des Verfahrens verurteilt."

Ich bitte die Anwesenden, wieder Platz zu nehmen. Der Angeklagte ist zwar sichtlich aufgebracht, kann sich jedoch schnell wieder beruhigen. Stellvertretend für uns als Gericht verlese und erkläre ich die Gründe des Urteils. Hiermit ist die Sache für uns fast abgeschlossen. Ich belehre den Angeklagten noch über die Rechtsmittel, die er gegen das

Urteil einlegen kann. Hiernach schließe ich die Verhandlung. Später muss noch das Urteil geschrieben werden, in dem nochmals die Gründe für die Verurteilung und das Strafmaß thematisiert werden. Wir verlassen den Saal durch das Hinterzimmer, der Angeklagte wird während dessen abgeführt.

Das ist unser Alltag. Ein Alltag, in dem man viel schaffen muss. Manchmal habe ich sogar das Gefühl, dass sich unsere Arbeit zu einer Bearbeitung am laufenden Band entwickelt hat. Wegen erheblicher Einsparungen müssen wir oft Arbeit erledigen, die über das machbare Pensum *einer* Arbeitskraft hinausgeht. Besonders stark habe ich diesen Druck verspürt, als ich noch Richter am Amtsgericht war, wo die Strafsachen wirklich gefühlt im Minutentakt über die Bühne gehen. Wir hier am Landgericht haben zwar weniger Verfahren, dafür jedoch in deutlich anderem Umfang.

Nachdem wir unsere schwarzen Roben ausgezogen haben, verabschieden wir uns von den beiden Schöffen, bedanken uns für die Zusammenarbeit und verlassen gemeinsam das Hinterzimmer. Während die Schöffen Richtung Ausgang laufen, fahren wir Berufsrichter mit dem Aufzug in unsere Büroetage, um uns wieder hinter riesigen Aktenbergen zu verkriechen.

Kapitel 4

Das Ganze fing vor ungefähr zehn Jahren an. Es war ein Sonntagmorgen. Den Tag werde ich nie vergessen. Ich saß mit meinem Mann Nathan und meiner damals fünf Jahre alten Tochter Lisa am Frühstückstisch, als es plötzlich klingelte. Mein Mann öffnete die Tür. Drei Polizisten kamen ins Haus und einer von ihnen sagte mir, dass gegen mich ein Haftbefehl vorliege. Ich sei verdächtig, eine ehemalige Klassenkameradin von mir, Simone Peters, umgebracht zu haben. Von der Dachterrasse gestoßen!

Ich kannte Simone und sie war tatsächlich in meiner Klasse. Doch auf diesem berüchtigten Klassentreffen, wo das passiert sein soll, war ich nie gewesen! Aber das interessierte die Beamten herzlich wenig. Ich wurde sofort mitgenommen und dem Haftrichter vorgeführt, der mich in U-Haft schickte. Für mich brach eine Welt zusammen. Der Richter trug vor, mich hätten angeblich mehrere Personen am Tatort zur Tatzeit gesehen. Zudem habe ich mich mit der Toten lautstark gestritten. Doch das stimmte nicht. Ich hatte weder mit ihr gestritten noch sie umgebracht. Bis heute kann ich mir das nicht erklären! Bin ich tatsächlich Opfer einer Verschwörung?! Wie kann es sein, dass so viele Leute etwas Falsches behaupten?

Ich konnte es einfach nicht fassen – ich, unschuldig im Gefängnis, auf meinen Prozess wegen Totschlags oder sogar Mordes wartend. Und dabei hatte ich einen Mann und eine kleine Tochter zu Hause! Was sollte mein Mann ihr erzählen? Dass ihre Mutter allem Anschein nach einen Menschen umgebracht hatte und jetzt lange Zeit im Gefängnis sei?!

Während der Zeit der Untersuchungshaft durfte ich nur sehr wenig Kontakt zu meinem Mann haben. Das war echt hart. Anstatt bei meiner Familie Zuhause zu sein, musste ich mich mit einer kleinen, unpersönlichen Zelle arrangieren – bis auf diesen Tag. Nach vier langen Monaten stand nun mein Prozess vor der Tür. Der Staatsanwalt klagte mich wegen Mordes an. Mord! Das bedeutete bei einer Verurteilung lebenslang Haft! Wirklich rosige Aussichten. Ein Leben unschuldig hinter Gittern, vor mich hinvegetierend – so stellte ich mir meine Zukunft vor. Und so sollte es auch kommen. Genauso, wenn nicht sogar noch viel schlimmer...

Der Tag meines Prozesses war gekommen. Und trotz meiner Hoffnungen war das bevorstehende Unheil nicht aufzuhalten: 9 Jahre und 6 Monate Haft! Totschlag, weil sie mir Mord wohl nicht nachweisen konnten, aber immerhin... Fast zehn Jahre Haft für ein Verbrechen, das ich nie begangen hatte. Wie viel Pech kann ein Mensch nur haben?! Womit hatte ich es verdient, unschuldig wegen eines Tötungsdelikts fast zehn Jahre hinter Gittern zu sitzen?! Lange Zeit hat mich dieser Gedanke gelähmt. Als ich begriff, in welcher ausweglosen Situation ich da stecke, war es bereits zu spät...

Doch was hatte ich für eine Option? Manche, die ich im Gefängnis kennengelernt habe, konnten irgendwann nicht mehr den Gedanken ertragen, noch länger oder sogar lebenslang im Gefängnis bleiben zu müssen und haben schließlich ihrem Leben ein Ende gesetzt. Doch das kam für mich nicht in Frage! Ich wollte immer zurück zu meiner Familie, zurück in mein altes Leben. Der Gedanke, bald Lisa und Nathan wieder in den Armen halten zu können, gab mir all die Jahre die nötige Kraft, um durchzuhalten und nicht aufzugeben. Da musste ich jetzt durch...

Und es war die richtige Entscheidung! Ja, jeden Morgen, wenn ich meine Augen öffne, bin ich froh und dankbar am Leben zu sein und mir nicht das Leben genommen zu haben. Jeden Morgen sehe ich mit wachsender Vorfreude auf den großen Kalender an der Wand und zähle die Tage, bis ich dieses triste Loch für immer los bin. Unzählige Male habe ich mir vorgestellt, wie es sein muss in Freiheit zu stehen und die klare, „ungesiebte" Luft einzuatmen, den frischen Duft von Blumen, von Gras in mich aufzusaugen, mich in den Schnee zu werfen, frei zu sein!

Was ich in meiner Zeit hinter Gittern aber auch feststellen musste: Es sind nicht nur Menschen inhaftiert, die *einfach kriminell* sind. Es sind nicht immer Menschen, die sich bewusst dazu entschlossen haben, Verbrechen zu begehen. Es gibt sie, keine Frage. Viele sind jedoch durch Rück- und Schicksalsschläge auf die schiefe Bahn geraten, sind Opfer einer tragischen Vergangenheit und kommen nun aus diesem Sumpf nicht mehr raus, besonders, wenn Drogen im Spiel sind. Egal was andere sagen: Ich glaube an das Gute im Menschen.

Ich behaupte nicht, Straftaten müssten nicht bestraft werden. Jedoch bin ich davon überzeugt, dass das Gefängnis nicht die richtige Methode dafür ist. Ich war dort und sage: Das, was ich dort erlebt habe, hat nicht annähernd etwas mit Gerechtigkeit zu tun!

Doch darüber will ich nicht weiter nachdenken. Bald ist dieses Kapitel Vergangenheit. Vielmehr mache ich mir Gedanken darüber, ob meine Familie mich wiederaufnehmen oder mich zumindest akzeptieren wird. Schließlich hatte selbst *mein eigener Mann* mir nicht geglaubt... Das war ein schreckliches, schmerzhaftes Gefühl. Und dabei dachte ich, wir würden uns schon so gut kennen und uns vertrauen. Uns glauben – egal, was passiert. Er hatte irgendwelchen Leuten mehr geglaubt als mir, seiner eigenen Frau. Er brach den Kontakt völlig ab und sorgte dafür, dass ich Lisa bis zum heutigen Tage nicht einmal mehr zu Gesicht bekommen habe und ihm das alleinige Sorgerecht zugesprochen wurde. Unfassbar. Ich liebe Lisa doch so sehr! Ich denke jeden Tag an sie. Wirklich jeden. Selbst meinen Mann vermisse ich... Er fehlt mir, auch wenn er nichts mehr von mir wissen wollte und ich allen Grund dazu hätte wütend auf ihn zu sein, weil er mir nicht geglaubt und mich im Stich gelassen hat. Und trotz allem liebe ich ihn...

Ich kann es bis auf den heutigen Tag nicht fassen. Die Wahrheit kennt schließlich keiner, nur ich. Und die wollte mir ja keiner glauben... Jeder Tag in dieser kleinen grauen Zelle war und ist völlig ungerecht. Da sitz ich nun – von niemandem geliebt, nicht vermisst, abgeschoben und ersetzt.

Meine Revision gegen das Urteil sowie sämtliche Anträge auf frühzeitige Haftentlassung wurden rigoros abgelehnt. Meine Zukunft wurde mir genommen, ja, mein ganzes Leben. Und meine Würde... Ohnmächtig musste ich dabei zusehen, wie mein Leben, ja alles, was ich hatte, zerstört und zu einem einzigen Scherbenhaufen wurde, wie all das zu Bruch ging, was ich mir jahrelang mühevoll aufgebaut hatte.

Und alles nur wegen Cleo. Doch dafür soll sie büßen. Dafür *wird* sie büßen! Sie hat mir alles genommen, was mir je in meinem Leben wichtig war und mir etwas bedeutet hat – einfach alles! Ich habe jahrelang gelitten, jeden einzelnen beschissenen Tag in dieser kleinen grauen Zelle. Ich werde mich an ihr rächen, dafür, dass sie alles so perfekt initiiert hat, sodass selbst ein Gericht ihr glaubte. Ich kann nicht einfach *nichts* tun. Ich kann das nicht auf mir beruhen lassen. Schließlich lebt sie immer noch in Frieden – so, als wäre nie etwas gewesen. Ich will sie leiden sehen, ja, dieses Miststück wird schon noch bereuen, was sie uns angetan hat.

In drei Tagen ist alles vorbei! In drei Tagen werde ich wieder die Freiheit haben, die ich mir seit fast zehn Jahren jeden einzelnen Tag ersehne, von der ich fast jede Nacht träume. Und dann ist sie dran!

Kapitel 5

Zurück im Büro mache ich mich an den Berg neuer Akten. Ich blättere sie durch, überfliege sie – und bleibe an einem der Fälle hängen: Marie. Sie ist erst 21 Jahre alt. Umso mehr wundert es mich, dass sie wegen Mordes angeklagt ist. Mord!

Trotz ihrer jungen 21 Jahren hat sie schon einiges auf dem Kerbholz: Mit 14 Jahren war sie bereits wegen diverser Drogendelikte aufgefallen, einige Zeit später kamen weitere kleinere Straftaten hinzu. Aus Kleinen wurden Große und so war sie in ihrer Verbrecherkarriere auf dem besten Weg in den Knast. So kam es auch: Mit 15 der erste Arrest, mit 16 drei Monate Jugendknast. Der Gang zum Gericht wurde Normalität und das Vorstrafenregister länger und länger. Von Diebstahl und Körperverletzung über Drogen bis hin zu schwerem Raub – alles dabei. Nun soll sie aber so weit gegangen sein und einen Drogendealer kaltblütig ermordet haben:

Die Angeklagte Marie König soll den Getöteten um Drogen gebeten haben. Da er dies jedoch mangels fehlenden Geldes der Angeklagten verweigerte, soll diese ihn wegen ihrer Drogenabhängigkeit ermordet haben, um so noch an die Drogen zu gelangen, die er bei sich führte.

Falls sich dieser Tatbestand so bestätigen sollte, blüht der Angeklagten eine lebenslange Freiheitsstrafe, zumindest ein langer Aufenthalt in einer Entziehungsklinik.

Ungläubig und doch zutiefst bestürzt lese ich weiter in der Akte, die mich gedanklich fesselt. Ich lese immer schneller, kann es nicht so recht fassen. Wirklich schlimm, was die Drogen mit ihr gemacht haben... Tragisch und zugleich erschreckend zu sehen, was passieren kann, wenn ein Jugendlicher auf die schiefe Bahn gerät. Und eines Tages steht dann genau so ein junger Mensch wegen einer Straftat vor Gericht, wegen der er nicht mehr so leicht mit Sozialstunden oder Ähnlichem davonkommt, sondern für lange Zeit in den Bau geht.

Als ich noch beim Amtsgericht arbeitete, war ich eine Zeit lang in der Jugendabteilung, also für jugendliche Straftäter zuständig. Es war zwar eine sehr spannende und interessante, aber auch mich nachdenklich stimmende Zeit.

Ein Jugendrichter soll zwar dazu beitragen, dem Jugendlichen wieder auf den „richtigen Weg" zu verhelfen, doch das gelingt nicht immer. Trotzdem war es die richtige Entscheidung, ins Jugendstrafrecht zu gehen. Ich hatte viele Fragen. Ich wollte wissen, wie man über solche jungen Menschen richtet, sodass einerseits die Tat gerecht bestraft und nicht kleingeredet wird, zum anderen die Zukunft dieser noch so jungen Menschen nicht gefährdet wird und man ihnen noch eine Chance gibt – trotz einer womöglich schweren Straftat.

Doch auch nach dieser zwei Jahre im Jugendstrafrecht habe ich bei weitem nicht auf alle Fragen eine Antwort gefunden. Manche Fragen wird man wohl nie beantworten können... Selbst nachdem ich bereits eine Zeit lang als Richter arbeite, glaube ich, dass es ein Akt der Unmöglichkeit ist zu 100% Opfer *und* Täter gerecht zu werden. In meiner jetzigen Abteilung beispielsweise richten wir über Mord. Welche Strafe kann schon ein Menschenleben aufwiegen, eine Tat sühnen, bei der ein Mensch zu Tode gekommen ist? Oder wie viele Jahre Gefängnis können dem physischen und psychischen Schmerz eines Missbrauchsopfers gerecht werden? Oder was ist *die* gerechte Strafe für einen Menschen, der versehentlich einen anderen Menschen mit dem Auto angefahren und ihn so zu Tode gebracht hat? Der allein durch die Tat für sein Leben gebrandmarkt ist und an seiner Schuld zu leiden hat – und trotzdem ein Menschenleben ausgelöscht hat?

Jeder hat eine eigene Vorstellung von Gerechtigkeit und ich denke, ein paar Monate mehr oder weniger machen jetzt auch nicht die ganz große Gerechtigkeit aus. Vielmehr ist es der Versuch, mit Blick auf die Tat sowohl dem Täter als auch dem Opfer gerecht zu werden und im Gesamtbild zu einem vertretbaren Urteil zu kommen. Oft stoßen die Urteile bei Hinterbliebenen und Opfern auf Unverständnis, erscheinen zu milde. Ich muss sagen: Teilweise werden wirklich zu lasche Urteile gesprochen. Manchmal wird in der Tat zu sehr auf die Seite der Täter geschaut und weniger auf die der Opfer. Doch man muss auch bedenken, dass ein Urteil nicht die Aufgabe hat, lediglich dem Opfer ein gutes Gefühl zu geben und seinen Vorstellungen gerecht zu werden.

Richten kann eine schwere Last sein. Manchmal mag man es sich so leicht vorstellen, da oben auf der Richterbank zu sitzen. Doch so ist es nicht. Es gab auch schon Fälle, die ich am liebsten nicht entschieden hätte.

Nachdem ich den gesamten Inhalt der Akte überflogen habe, setze ich den ersten Termin in der Sache für morgen früh fest. Dort muss entschieden werden, ob die Angeklagte bis zum Prozessbeginn in Untersuchungshaft bleibt oder in eine Entziehungsklinik eingewiesen wird.

Es ist nicht das erste Mal, dass sie vor Gericht steht. Doch wenn es so kommt, wie ich befürchte, wird es erst einmal das letzte Mal gewesen sein...

12.27 Uhr. Nachdem ich mir den groben Inhalt der Akte zu Gemüte geführt und das Chaos auf meinem Schreibtisch etwas geordnet habe, bin ich bereit für das Mittagessen.

„Da ist ja meine Lieblingsrichterin! Naa, bereit für unser Date?"

„Du bist sogar pünktlich! Sachen gibt's..."

„Wie immer", entgegne ich schmunzelnd.

„Naja, eher nicht... Wo ist die rote Rose? Ich dachte, wir haben ein Date?!", kichert sie.

„Draußen steht der Rosenhändler. Sorry, Steffi", erwidere ich mit einem sarkastischen Lächeln.

„Richtiger Charmeur heute wieder, Basti!", lacht sie und haut mir leicht auf die Schulter.

Erstaunlicherweise vergeht der Rest des Tages wie im Flug und meine Laptopuhr zeigt *16.12 Uhr*. Ich beeile mich etwas, um es pünktlich zu meiner Verabredung mit meiner Mutter und meiner Schwester zu schaffen. Noch etwas verwundert darüber, dass die Zeit so verflog, packe ich meine Sachen in meinem schwarzen „kleinen Riesen-Trolley".

Er ist voll. Nichts Neues. Mein kleiner Trolley ist in Wirklichkeit recht groß und von innen schlimmer als eine Frauenhandtasche, in der ich tagtäglich gefühlt mein halbes Leben mit mir „herumziehe". Aber ich mag das. Es gibt mir ein Gefühl der Vollständigkeit, da ich tatsächlich jederzeit fast alles dabeihabe: Von irgendwelchen Akten und anderem Papier- und Schreibkram über Kleinigkeiten zum Essen und Kaugummis bis hin zur kleinen Erste-Hilfe-Notfallausrüstung für den Fall der Fälle. Ich liebe und brauche einfach diesen Krimskrams! Und das beruhigt mich. Ich weiß: Egal was passiert, ich bin für jeden Fall gerüstet. Außerdem habe ich immer ein paar Fotos und Erinnerungen von meinen Liebsten dabei, die mich glücklich machen und mich motivieren, selbst, wenn ich absolut keine Lust mehr habe und nur noch nach Hause will. Fotos mit meiner Mutter, meiner Schwester, meinen engsten Freunden Monique, Tom und Marc und mit David. Auch, wenn es mir immer wieder das Herz zerreißt, die Bilder mit David anzusehen…

Ich ziehe meinen Mantel an und schließe mein Büro ab. Madame Bijou ist schon gegangen.

„Bis Morgen", ruft eine Kollegin von nebenan.

„Ciao Barbara. Mach aber nicht mehr so lange."

„Ne du, ich mach gleich auch Schluss. Schönen Abend dir noch."

„Danke, dir auch."

Barbara ist auch Vorsitzende und leitet eine Kammer, die sich mit Wirtschaftsstrafsachen beschäftigt. Und nein, sie heißt nicht Salesch mit Nachnamen. Dafür sind ihre Haare dann doch zu dunkel. Feuerrot wäre vermutlich das Letzte, was sie sich färben würde.

Sie ist eine liebe und herzliche Kollegin, aber manchmal habe ich ein bisschen Angst um sie, weil sie so viel arbeitet. Mittlerweile geht es, aber eine Zeit lang war es sehr schlimm, sodass ich befürchtete, sie könnte an Burn-out erkranken. Ich muss ja selbst auf mich aufpassen, dass ich nicht zu viel arbeite, aber oft fallen mir solche Dinge bei anderen eher auf als bei mir.

Freizeit – für viele Berufstätige mittlerweile ein Fremdwort. Und dabei braucht man doch gerade diese Zeit, um wieder aufzutanken, seinen Akku zu laden. Zeit, die man für sich allein hat, für Dinge, die einen glücklich machen oder mit den Menschen verbringt, die man liebt und die einen glücklich machen. Arbeit kann einen erfüllen, aber wenn man tatsächlich *lebt, um zu arbeiten*, macht man meiner Meinung nach was falsch. Und ich merke, dass ich in meinem Leben diesbezüglich auch noch etwas ändern muss…

Bevor ich die Verabredung mit meiner Schwester und meiner Mutter wahrnehme, fahre ich noch kurz nach Hause. Ich hatte in der Eile heute früh noch etwas für sie Zuhause liegen lassen. Nach etwa einer halben Stunde komme ich bei mir Zuhause an. Trotz meines Gehalts lebe ich in recht einfachen Verhältnissen: In der gleichen Wohnung wie in meiner Studienzeit. Sie ist etwas außerhalb von Düsseldorf am Stadtrand, in der Nähe eines Waldstücks, in dem ich gerne spaziere und manchmal auch jogge – wenn ich mich denn mal wieder dazu durchringe.

Meine Wohnung ist nicht sehr groß und nobel eingerichtet, wie man es vielleicht bei einem Richter erwarten würde. Außerdem lebe ich allein, weswegen ich nicht übermäßig viel Platz brauche und mit meinen 50 Quadratmetern sehr gut zurechtkomme. Dort habe ich es mir nett eingerichtet, sodass ich mich wohlfühle und gerne nach Hause komme.

Dieser Ort ist mir sehr ans Herz gewachsen und bedeutet mir viel. Die Wohnung hat mich in vielen Situationen begleitet. Ich weiß noch, wie verzweifelt ich an meinem Schreibtisch saß und für mein Examen gelernt habe, wie oft ich nur auf dieser Couch kauerte und wirklich nicht wusste, wie ich diese Prüfung schaffen sollte. Und es ist, als wäre es erst gestern gewesen, dass ich vor der ersten Prüfung hier am Küchentisch saß, gedankenlos aus dem Fenster starrte und kurz davor war alles hinzuschmeißen. Aber auch coole Feten, Küchenpartys und unvergessliche Wochenenden mit Freunden verbinden mich mit diesem Ort.

Auch die Lage der Wohnung ist toll! Einige Meter von meiner Wohnung entfernt führt ein schmaler Weg direkt in den Wald. Es ist der Fichtenweg. Hier ist es etwas abgelegener und trotzdem nur fünf Minuten bis zur nächsten Haltestelle. Es ist ruhiger als in der vollen und stressigen Stadt und dennoch nicht allzu weit von ihr entfernt.

Wenn ich wollte, könnte ich sogar viel Zuhause arbeiten. Als Richter habe ich die Freiheit selbst zu entscheiden, wann und teils auch wo ich arbeite. Bis auf die Sitzungen im Gerichtssaal bin ich in der Gestaltung meines Jobs recht frei. Das gefällt mir sehr an meinem Beruf. Doch durch diese freie Arbeitsgestaltung besteht auch die Gefahr, deutlich mehr zu arbeiten. Im Gegensatz zu den anderen Angestellten gibt es eben nicht den klassischen Feierabend. So kann es passieren, dass man die Arbeit eben nicht am Freitagmittag im Büro lässt, die Tür hinter sich zumacht und erst wieder am Montagmorgen mit Arbeiten anfängt, sondern die Akten mit ins Wochenende nimmt. Das sieht oft keiner. Bei Lehrern ist es ähnlich: Nach außen hin sieht die Arbeit vielleicht gar nicht so umfangreich aus. Doch nur, weil die ganze Arbeit nicht im Büro, sondern Zuhause wartet und man die Freiheit hat, auch mal später zu kommen oder früher zu gehen, heißt es nicht, dass weniger Arbeit zu tun ist.

Trotzdem fahre ich meistens ins Büro. Dort hat man weniger Ablenkung und um sich herum überall fleißige Kollegen. Zumindest in der Theorie. Aber manchmal, wenn ich überhaupt keine Lust habe ins Büro zu fahren und keine Verhandlungen oder andere wichtige Termine anstehen, gönne ich mir den Luxus, entspannt von Zuhause aus was zu tun.

Einige Zeit später erreiche ich das Haus meiner Mutter. Und dabei hatte ich gehofft, dieses Haus endlich aus meiner Erinnerung verbannen zu können...

Kapitel 6

Ich war eine gewöhnliche Frau. Ganz normal. Vielleicht ein kleines bisschen spießig, aber alles im Rahmen. Ich hatte einen großartigen Mann, eine bezaubernde Tochter, ein großes Haus, Geld und einen guten Job. Eigentlich eine perfekte Familie – ein Leben wie aus dem Bilderbuch.

Seit 19 Jahren bin ich nun mit Nathan verheiratet. Die Scheidung hat er trotz Ankündigung nie eingereicht. Wahrscheinlich war ihm das ganze Prozedere dann doch zu viel Aufwand gewesen. Bis heute bin ich mit dem Mann verheiratet, der nichts mehr von mir wissen will.

Unseren 10. Hochzeitstag haben wir nie gefeiert. Dabei war es mir immer so wichtig gewesen, diesen besonderen Tag mit Nathan zu erleben. Es ist nicht selbstverständlich einen solch besonderen Menschen gefunden und selbst nach so langer Zeit noch an seiner Seite haben zu dürfen. Umso härter traf es mich, dass es nie zu diesem Tag kam und der Traum vom perfekten Leben in einer Seifenblase zerplatze.

Als ich Nathan kennenlernte, lebte er in Hamburg und arbeitete für ein großes Wirtschaftsunternehmen. Er war charmant, humorvoll, erfolgreich – der Traum einer jeden Frau. Zeit hatte er jedoch leider nie viel für uns als Familie. Auch nach unserem Start in ein gemeinsames Leben hier in Düsseldorf arbeitete er weiterhin sehr viel. Ich hingegen kümmerte mich um Lisa und den Haushalt. Klingt nach einer stink langweiligen Familie, ich weiß. Aber so war es nicht. Im Gegenteil.

Nachdem ich mit Lisa schwanger war, gab ich meinen gut bezahlten Job als Personalleiterin auf und machte mich zur selbstständigen Personalberaterin. Ich habe meine Arbeit geliebt. Doch ich wusste, dass man als Personalchef kaum noch ein Privatleben hat. Und das wollte ich nicht mehr. Anstatt mich nur *nebenbei* um Lisa zu kümmern und das Leben meiner Tochter zu verpassen, während ich Überstunden im Büro mache, wollte ich voll und ganz für Lisa da sein. Diese Zeit wollte ich mir nicht nehmen lassen. Als selbstständige Personalberaterin war es mir möglich, nebenher einige Stunde von Zuhause zu arbeiten und gleichzeitig genug Zeit für Lisa haben.

Unser Familienleben funktionierte wunderbar. Und auch, wenn es hin und wieder Streitigkeiten gab, machten mich diese beiden Menschen unbeschreiblich glücklich. Nathan war mir bis zum Schluss ein großartiger und treuer Ehemann und Lisa machte unser Glück, ja unsere Liebe, perfekt. Das war *meine* Familie.

Bis Cleo alles zerstörte... Cleo war meine beste Freundin. Und trotzdem hat sie mir alles genommen, was mir je etwas bedeutet hat! Erst nahm sie mir Zoé, schob mir dann einen Mord in die Schuhe, den ich nie begangen habe, und riss letztlich auch noch meine hinterbliebene Familie, Nathan und Lisa, an sich.

Zoé war unser zweites Kind. Ich war im sechsten Monat schwanger und wir hatten erst kurz zuvor erfahren, dass es ein weiteres Mal ein Mädchen werden würde. Überglücklich bereiteten wir alles für sie vor. Wir nannten sie Zoé.

Das Ganze liegt mittlerweile nun etwa 11 Jahre zurück, ein paar Monate vor dem Mord, für den ich in den Knast ging. Es war Winter. Der Winter, in dem das Unheil seinen Lauf nahm. Es war mein letzter in Freiheit. Einige Tage, bevor das Unglück passierte, hatte es begonnen stark zu schneien. Meine damals beste Freundin Cleo schlug mir eine Shoppingtour vor, um noch ein paar Babysachen für Zoé zu kaufen. Doch soweit kam es überhaupt nicht. Auf der Hinfahrt kamen wir von der Straße ab, landeten in einem tiefen Straßengraben. Der Wagen kippte zur Seite und hätte sich fast überschlagen. Wir beide überlebten schwer verletzt, doch Zoé starb.

Was für ein Zufall... Das war eiskalt geplant! Nur so macht das alles Sinn! Cleo wusste genau, dass Glatteis auf den Straßen war. Es war Teil ihres perfekten Plans mein Leben Stück für Stück zu zerstören und mich in den Wahnsinn zu treiben: Erst dieser „Unfall", dann der Mord und letztlich noch meine Familie, in der sie mich einfach ersetzte. Nur wegen ihr musste unsere Tochter sterben. Wegen ihr und ihres perfiden Plans!

Kapitel 7

„Danke nochmal für euren Besuch gestern. Hat mich wieder sehr gefreut!"

„Mich auch", erwidere ich mit einem flüchtigen Blick auf die Uhr. Mit dem Handy am Ohr sehe ich durch das Fenster meines Büros auf die große Hauptstraße vor dem Gerichtsgebäude.

„Wir telefonieren nochmal die Tage, Mama."

„Bin echt froh, euch zu haben, Sebastian! Mach's gut."

„Bis dann."

Der gestrige Abend war ein voller Erfolg. Trotz der etwas bedrückten Stimmung hatten wir einen schönen und gesprächsreichen Abend. Nach dem Tod unseres Vaters Frank konnte Mama nur zu gut Ablenkung gebrauchen. Meine Schwester Vanessa und ich haben uns deshalb vorgenommen, noch mehr für unsere Mutter da zu sein.

Vanessa ist kürzlich 30 geworden, also vier Jahre jünger als ich. Meine *kleine* Schwester. Wir beide haben uns immer gut verstanden. Wie gewöhnlich hatten wir drei uns gestern viel zu erzählen – und das tat uns allen gut. Mein Vater war schon lange schwer herzkrank gewesen und erlitt vor etwa einem halben Jahr einen tödlichen Herzinfarkt.

Ich hatte nie ein wirklich enges Verhältnis zu meinem Vater Frank. Für ihn war seine Arbeit, die Schreinerei, der Mittelpunkt seines Lebens. Und das merkte man: Er nahm sich nie wirklich Zeit für uns. Nach und nach hatten wir immer mehr Streit, bis ich es irgendwann nicht mehr aushielt und schließlich mit 18 auszog. Ich weiß, über Tote redet man nicht schlecht, aber mit der Zeit entwickelte er sich zunehmend zu einem selbstgefälligen und zugleich verbitterten Menschen, dem nichts gut genug war. *Ich* war ihm nicht gut genug. Er konnte nicht loben, verletzte mit seinen Worten – man konnte es ihm nicht recht machen. Er wurde schnell aggressiv und machte uns ständig Vorwürfe.

Zudem kam, dass mein Vater und ich in vielen Dingen sehr unterschiedlich waren, was er schlichtweg nicht verstehen konnte. Ich wollte was erleben, Neues kennenlernen, die Welt sehen. Und Studieren. Mein Vater konnte nichts von dem verstehen und wollte stattdessen, dass ich den Familienbetrieb übernehme und „sein Stammhalter" werde. Anstatt mich auch mal danach zu fragen, was *ich* möchte, hatte er im Grunde schon mein ganzes Leben vorgeplant. Es ging ihm nicht darum, dass *ich* glücklich bin, sondern einzig und allein um *seinen* Willen und um das, was *er* für richtig hielt. Von mir und meinen Plänen hielt er nichts. Bis zu Letzt. Ich wusste genau: Diesen Weg – *meinen Weg* – würde ich allein gehen müssen. Auf seine Unterstützung konnte ich nicht bauen. Das Studium war eine Lektion fürs

33

Leben. Nicht immer ganz einfach, aber sie hat mich wachsen und selbstbewusster werden lassen. Und rückblickend bin ich stolz darauf, das alleine so bewältigt zu haben.

Zwar zog ich schon mit jungen 18 Jahren aus, um endlich eigene Entscheidungen treffen zu können, entscheid mich dann aber doch für den „geordneten Weg" zu studieren, anstatt ins Ausland zu gehen. Dafür war mir die Vorstellung von mir, alleine in einem fremden Land, ohne Rückhalt und Unterstützung doch zu beängstigend. Ich dachte immer, ich könnte noch alles nachholen, ich habe noch mein ganzes Leben vor mir und die Zeit laufe ja nicht davon. Doch durch Davids Tod ist mir erst so recht bewusst geworden, wie schnell das Leben vorbei sein kann. Ja, Davids Tod veränderte alles...

Glücklicherweise bekam ich durch meinen Umzug nicht mehr ganz so viel von dem Drama Zuhause mit. Vanessa lebte derzeit noch Zuhause, was ihr alles andere als guttat. Nicht selten zog sie für ein paar Tage zu mir, weil sie es Zuhause nicht mehr aushielt. Ich als ihr großer Bruder hatte ja schon eine eigene Wohnung, in die ich sie zwischenzeitlich aufnehmen konnte. Nur durch Vanessa bekam ich noch einiges von Zuhause mit. Auch, dass meine Mutter im Laufe der Zeit vermehrt weinte.

Sein Umgangston, seine Unzufriedenheit und diese ständigen Vorwürfe – länger hätte ich es Zuhause nicht ausgehalten! Und so wie mich behandelte er auch Vanessa und meine Mutter. Ich bin mir sicher, lange hätte es meine Mutter mit ihm nicht mehr ausgehalten. Zwar blockte sie meist ab, wenn ich das Thema ansprach und machte mir deutlich, ihr ginge es gut, aber geglaubt habe ich ihr das nicht. Man merkte, dass ihr das Thema schwer zu schaffen machte. Meine Mutter ist ein sehr mitfühlender und emotionaler Mensch. Vermutlich konnte sie sich deswegen auch nie so wirklich gegen meinen dominanten Vater durchsetzen, der sie zuletzt immer schlechter behandelte und sie herumkommandierte. Wer konnte schon ahnen, dass er sich so entwickeln würde... Insofern war sein Tod für uns in gewisser Weise auch eine Erleichterung. Sicherlich hatten wir auch schöne Augenblicke zusammen, aber insgesamt habe ich ihn in nicht guter Erinnerung. Es mag kalt und herzlos klingen, wenn ich sage, dass mich sein Tod nicht wirklich mitgenommen hat. Aber so war es eben.

Mama lebt nun alleine in dem großen Haus. Vanessa und ich hatten ihr mehrfach ans Herz gelegt, das Haus zu verkaufen und sich eine kleine Wohnung zu nehmen und so einen *Neustart* zu wagen. Vergebens. Ich habe das Gefühl, dass sie trotz allem, was passiert ist, einfach nicht über den Tod unseres Vaters hinwegkommt.

Obwohl sie es nie so offen zugibt, sieht es so aus, als würde sie sich immer mehr zurückziehen und nur noch wenig Freude am Leben zu haben. Natürlich war Papa ein zentraler Bestandteil ihres Lebens und ein Mensch, mit dem sie lange Zeit sehr glücklich war, der nun fehlt. Aber manchmal frage ich mich, warum sie ihre „zurückgewonnene Freiheit" nicht nutzt. Fast schon komisch, dass sie ihm so stark hinterhertrauert. Vanessa sprach in dem Zusammenhang mal von Depressionen. Aber das glaube ich nicht. So ist meine Mutter nicht. Es scheint, als habe unser Vater unserer Mutter trotz all der Schattenseiten der letzten Zeit einen Halt im Leben gegeben. Einen Halt, der jetzt nicht mehr da ist.

Vielleicht denkt sie, sie tue ihm Unrecht an, wenn sie wieder glücklich ist oder sogar einen neuen Mann in ihr Leben lässt. Ich befürchte, ihr fehlt dafür noch die nötige Kraft. Man kann nur hoffen, dass sie bald mit seinem Tod so gut wie eben möglich abschließen kann und für einen neuen Lebensabschnitt bereit ist.

Kapitel 8

Ich habe viele Briefe geschrieben. Sehr viele Briefe. Anfangs hatte ich sie noch gezählt, doch nach einiger Zeit gab ich es auf. Nicht ein Einziger kam zurück. *Nicht einer* meiner Briefe wurde beantwortet, wahrscheinlich wurden sie sogar nie gelesen...

Mit jedem neuen Brief, den ich schrieb, stieg die Hoffnung auf eine Antwort, auf den Tag, an dem ich endlich Post erhielt. Doch es kam nichts. Neuneinhalb Jahre, ja bis auf den heutigen Tag. Die Hoffnung stirbt ja bekanntlich zuletzt. Doch meine war schon lange tot.

Ich begreife es einfach nicht. Ich kann nicht glauben, dass ich meiner Familie so egal bin. Nathan hat mich nicht ein einziges Mal besucht und Lisa weiß vermutlich gar nicht, dass es mich noch gibt. Andere bekamen Besuch von ihren Familien, mit denen sie reden konnten und bei denen sie neuen Mut schöpfen konnten. Ich nicht. Ich habe die Menschen verloren, die das Wichtigste in meinem Leben waren und noch sind. Ich habe niemanden, der auf mich wartet, wenn ich entlassen werde, niemanden, der an mich denkt, während ich hier in meiner zehn Quadratmeter Zelle auf meinem Bett sitze und Stunde um Stunde auf die graue Wand vor mir starre. Und das tut weh! Ich habe nichts mehr zu verlieren – ich bin zu der Sorte von Menschen geworden, die ich damals so verachtet habe...

Im Gefängnis hat man viel Zeit. Sehr viel sogar. Neben Schlafen, Arbeiten und ein bisschen Lesen gehört Nachdenken seit meines Haftantritts zu meinen Hauptbeschäftigungen. Und mittlerweile bin ich darin echt gut geworden. Wenn man den ganzen Tag Zeit dafür hat, kann man manchmal sehr weit beim Nachdenken kommen. Oder man dreht sich lediglich Stunde für Stunde im Kreis, so wie es auch oft bei mir der Fall war.

Oft frage ich mich, wie mein neues Leben in Freiheit aussehen wird. Fast zehn Jahre lebe ich nun hier drinnen und habe Angst davor, in Freiheit zu versagen. Werde ich als „Ex-Knacki" wieder eine Arbeit finden? Ich bin jahrelang dem Trott hier gefolgt, hatte nichts zu melden und musste mich fügen. Als entmündigter Sträfling ein neues Leben beginnen? Wie soll das funktionieren?! Im Gefängnis hat man einen strukturierten Alltag. Alles ist vorgegeben, alles läuft nach Plan. Doch in Freiheit, im *echten* Leben da draußen ist man auf sich allein gestellt. Dort bin ich auf mich selbst angewiesen, muss alles selbst organisieren und mich um alles selbst kümmern. Und dieser Gedanke macht mir Angst. Der Knast raubt einem Menschen die Freiheit und schließt ihn vom sozialen Leben aus.

Zweifelnd sehe ich auf den großen Zettel auf meinem Bett. Trotz meines Plans habe ich Bedenken. Werde ich das alles schaffen? Rasch überfliege ich die Notizen, die ich mir gemacht habe, um meine vielen Gedanken um mein *neues Leben* etwas zu ordnen und dem Ganzen etwas Struktur zu verleihen.

Und auch nach so vielen Jahren ist mein Entschluss immer noch der gleiche: Ich will mein altes Leben zurück! Und das wird definitiv eines der ersten Dinge sein, die ich in Freiheit tun werde! Ich vermisse Lisa so sehr! Hoffentlich geht es ihr gut. Ob sie mich wohl wiedererkennen wird? Bis auf, dass ich etwas dünner und älter geworden bin, habe ich mich in den vergangenen Jahren kaum verändert. Doch werde ich *sie* wiedererkennen? Schließlich weiß ich ja nicht, wie meine Tochter jetzt aussieht. Das letzte Mal, als ich sie sah, war sie ja erst fünf. Was hat Nathan ihr wohl erzählt? Kennt sie überhaupt die Wahrheit? Vielleicht hat er gesagt, ich habe sie freiwillig verlassen. Oder hatte er Lisa tatsächlich weiß gemacht, ich sei kriminell und säße zu Recht im Gefängnis? Oder tun Cleo und Nathan einfach so, als gebe es mich gar nicht und als wäre nie etwas passiert, indem sie mich als Mutter ersetzt?!

Ich will endlich die Wahrheit wissen. Warum sie den Kontakt abbrachen, warum sie mich in all den Jahren nicht einmal besuchten. Ich habe so Sehnsucht nach Lisa. Ich kann es nicht mehr abwarten, bis ich sie endlich wieder in die Arme schließen kann. Vielleicht wird ja irgendwann alles wieder so wie damals. Ja, ich hatte wirklich sehr viel Zeit gehabt, nachzudenken. Sehr viel sogar. Neuneinhalb Jahre, ja genau 3467 Tage. Doch das hat jetzt ein Ende!

Kapitel 9

Es ist eine recht kühle Atmosphäre an diesem Morgen im Bus. Die, die wach sind, haben Kopfhörer in den Ohren und starren entweder auf ihr Smartphone oder aus dem Fenster. Keiner lächelt, keiner scheint glücklich. Von Müdigkeit kann ich mich zwar nicht freisprechen und auch ich habe manchmal die Einstellung: *Kopfhörer rein, Musik an, Welt aus.* Doch trotzdem habe ich das Gefühl, dass viele Menschen wirklich unglücklich sind. Die Situation ist so kalt, unpersönlich und trist, so ausweglos.

Bei vielen Leuten habe ich das Gefühl, dass sie lediglich jeden Tag aufs Neue ihrem Alltagstrott nachgehen, ohne eine Art von Freude zu empfinden. Viele sehen unglücklich aus, gefangen in ihrem Leben, ihren gewohnten Strukturen – vom routinierten Alltag aufgefressen. Es heißt so oft: „Ich muss". Aber warum? Oft glauben wir, wir müssten dieses oder jenes tun, den Erwartungen gerecht werden. Oft sehen wir nur unsere Pflichten und nicht unsere Möglichkeiten.

Doch wenn wir ganz ehrlich sind: So viel liegt einzig und allein in *unserer* Hand: *Wir* entscheiden, was für ein Mensch wir sind, was für ein Leben wir führen, wo wir leben, wie wir leben, was wir arbeiten, welche Menschen uns umgeben und wofür wir jeden Morgen aufstehen.

Lebe jeden Tag so, als wäre es dein letzter.

Auch, wenn sich dieser Spruch nicht auf alles anwenden lässt, würden wir viele elementare Dinge anders machen, wenn wir uns an dieses Motto halten würden. Wir würden unsere Zeit besser, sinnvoller nutzen. Wir würden das tun, was wir wirklich wollen. Wir wären mutiger und würden uns von Menschen trennen, die uns nicht guttun. Wir würden so viel anders machen, Dinge verändern, weil wir uns auf das Wichtige besinnen würden. Fragen wir uns doch: Wäre ich zufrieden mit dem, was ich gemacht oder auch nicht gemacht habe, wenn ich morgen sterben würde? Oder gibt es da etwas, das ich immer tun wollte oder das es noch zu klären gilt?

Wir haben so viele Möglichkeiten: Wir können jederzeit der Routine den Rücken kehren, unser Leben verändern. Man kann sich jederzeit etwas anderes suchen, sich verändern und am Montagmorgen dem Chef die Kündigung auf den Tisch legen – auch, wenn das Mut kostet. Wir können so viel! Manchmal vergessen wir das...

Und: Leben wir! Oft hetzen wir von A nach B, gefangen in einem straff getakteten Zeitplan und versuchen alles zu optimieren, schneller zu machen und Zeit einzusparen. Das Leben ist so schnelllebig geworden. Doch Zeit bleibt nicht stehen; wir können sie nicht zurückholen. Jede Sekunde, jeder Augenblick ist so kostbar! Damals dachte ich wirklich, die Zeit laufe ja nicht davon. Ich habe nie wirklich viel

Wertschätzung für das gehabt, was ich immer hatte. Bis dann das mit David passierte. Das veränderte alles...

David war mein bester Freund. Und um ehrlich zu sein, lange Zeit mein Einziger. Wir lernten uns durch gemeinsame Freunde kennen. Doch aus dieser zunächst flüchtigen Bekanntschaft entwickelte sich im Laufe der Zeit eine echte Freundschaft. Mit der Zeit erzählten wir uns sehr viel, vertrauten einander.

Er war immer gut drauf und nahm sich für jeden gerne Zeit. Er war ein sehr ehrlicher Mensch mit einer offenen und direkten Art. Bei ihm wusste ich, dass er das, was er sagt, auch so meint. Er hatte keine Scheu seine Meinung zu äußern und Probleme konkret anzusprechen. Vielleicht lag das auch daran, dass er bereits viele Jahre als Bauleiter gearbeitet hatte und man dort naturgemäß ein ordentliches Maß an Durchsetzungsfähigkeit aufbringen muss. Jedenfalls habe ich das immer an ihm bewundert. Ich hatte damit nämlich lange Zeit Probleme gehabt. Tatsächlich war er mir in vielen Dingen ein großes Vorbild.

Und trotz seiner beruflichen Position war er nie abgehoben oder von sich eingenommen. Er war bodenständig, nahbar und hatte auch ein Leben *neben* der Arbeit. Wir unternahmen viel zusammen, reisten in verschiedene Städte und genossen unsere Unabhängigkeit. Bei ihm musste ich mir auch keine Gedanken darübermachen, was ich sage oder was er von mir denkt. Ich konnte einfach so sein, wie ich bin.

David spielte Klavier. Zuhause hatte er einen großen schwarzen Flügel, der einzigartige Klänge hervorbrachte. Oft habe ich mich zu ihm gesetzt und ihm dabei zugesehen, wie seine Finger über die Tasten gleiteten. Wenn ich heute manche dieser Lieder höre, kommt mir neben den ganzen alten Emotionen genau dieses Bild wieder in den Sinn. Die

Zeit wird dann wieder so real, so, als wäre sie erst gestern zu Ende gegangen.

Damals hatte ich immer die Einstellung, ich hätte für alles im Leben genug Zeit. Die Zeit liefe ja nicht davon und die Leute erst recht nicht. Lange Zeit dachte ich, alles sei für die Ewigkeit. Doch dem war nicht so. Die Sache mit David hat mir vor Augen geführt, wie wichtig es ist, Zeit seines Lebens sinnvoll zu nutzen. Mir wurde bewusst, wie schnell das Leben vorbei sein kann...

David

„Bis später, Schatz!", rief Kathi ihm hinterher.

„Bis dann", antwortete David, nachdem er ihr noch einen Kuss gegeben hatte. Dann zog er die Tür hinter sich zu. Innerlich freute sich David schon darauf, heute nach der Arbeit nach Hause zu kommen und den Abend mit seiner nach wie vor großen Liebe zu verbringen.

Während er das Auto startete und losfuhr, träumte er etwas vor sich hin. Wer hätte gedacht, dass ich einmal so eine tolle Frau an meiner Seite haben würde, sagte er sich innerlich. Tatsächlich empfand er es als großes Glück Kathi zu haben. Er liebte sie und konnte sich mit ihr vorstellen eine richtige Familie zu gründen, sogar mit Kindern. Vielleicht etwas kitschig, aber bei Kathi war er sich absolut sicher. Im Moment hätte sein Leben besser nicht laufen können.

Lächelnd sah er durch das Beifahrerfenster auf die grünen Wiesen neben der Fahrbahn. Bis sein Telefon vibrierte. Er stellte es auf laut.

„Guten Moorgen!", begrüßte ihn Sebastian.

„Hey Basti. Naa, wach?"

„Joa geht so. Kaffee machts möglich."

„Da sagst du was", erwiderte David lachend.

„Wollte dir sagen, wie sehr ich mich auf morgen freue!! Und dir natürlich einen schönen Tag wünschen."

„Danke, dir auch! Bin gleich schon auf der Baustelle. Und du?"

„Ich bin auch gleich da. Heute mal keine Sitzung."

„Genieß es. Viel Erfolg dir & wir sehen uns morgen."

„Ja, bis morgen, David. Ciao."

Für einen kurzen Moment musste David lächeln. Schon irgendwie süß, dass Basti ab und zu morgens einfach so anrief. Basti war echt ein lieber Kerl, eine Bereicherung für sein Leben. Wobei es schon ein merkwürdiger Gedanke war, dass er wirklich Richter von Mordprozessen war. Einmal hatte David einen Prozess von ihm als Zuschauer mitverfolgt und war beeindruckt, wie anders Basti in so einem Prozess war, wie professionell er seinen Job da oben am Richtertisch machte. Vor einigen Wochen hatte David zum ersten Mal einen Artikel über einen Prozess in der Zeitung gesehen, wo sogar ein Bild von Basti im Gerichtssaal mit seinen Kollegen abgebildet war. Schon beeindruckend. Und trotzdem war er privat eine coole Socke, jemand, mit dem man viel Spaß haben konnte.

Auf der Baustelle angekommen, spürte David ein komisch flaues Gefühl im Bauch. Doch er versuchte, das Gefühl zu verdrängen, stieg aus dem Auto und betrat die Baustelle. Der Bau hier war fast abgeschlossen, er musste nur noch ein paar Sachen checken. Als er die Gerüstleiter bestieg, überkam ihn wieder dieses flaue Gefühl. Er fühlte sich beobachtet, unwohl. Was war heute nur los?

Er stieg höher und höher. Oben angekommen, spürte er, dass hier etwas komisch war. Und jetzt war er sich sicher. Dann ging plötzlich alles ganz schnell. Er verlor das Gleichgewicht und stürzte in die Tiefe – während er noch darüber nachdachte, ob er sich den Stoß gerade nur eingebildet hatte. Doch da war es schon zu spät...

Sebastian

Dienstag, 12. November – vor 9 Monaten: Nachdem ich Kathis Anruf erhalten hatte, fuhr ich sofort ins Krankenhaus. Als ich auf der Station ankam, bot sich mir als erstes der Anblick einer völlig aufgelösten Kathi, die mir unter Tränen zu berichten versuchte, was die Ärzte ihr mitgeteilt hatten. Wirklich viel konnte ich nicht verstehen, da sie vollkommen neben sich stand. Doch das, was ich verstand, wollte ich einfach nicht glauben...

Die zuständige Ärztin bekam davon mit und schaltete sich ein. Sie teilte mir mit, David sei allem Anschein nach auf der Arbeit von einem Gerüst gestürzt und habe sich ein Schädel-Hirn-Trauma zugezogen. Er war sofort ohnmächtig geworden, seine Kollegen hätten den Notarzt gerufen. David liege auf der Intensivstation und sei vor einer knappen halben Stunde ins Koma gefallen. Sie wolle ehrlich zu mir sein, sagte die Ärztin. Er habe nur geringe Überlebenschancen und wenn, sei mit zahlreichen und schwerwiegenden Folgeschäden zu rechnen. Ob er jemals wieder völlig gesund werden würde, wäre ungewiss.

Ich konnte es nicht fassen. Am Morgen hatte ich mit David noch telefoniert. Das konnte doch nicht wahr sein! Von dem einen auf den anderen Moment sollte sich unser komplettes Leben verändern...

Nachdem ich mich etwas beruhigt hatte, teilte mir die Ärztin mit, David müsse noch heute operiert werden. Dies biete höhere Überlebenschancen. Die Ärztin wiederholte jedoch, dass David dennoch versterben könne und selbst bei Überleben mit zahlreichen und schwerwiegenden Folgeschäden sowie mit einer langwierigen Rehabilitation zu rechnen sei.

Mit Zustimmung des Oberarztes durften Kathi und ich dann doch noch für einige Minuten zu David, bevor er operiert werden sollte. Die Ärzte teilten uns noch mit, dass

43

Davids Augen geöffnet seien, da er im Wachkoma liege. Wir sollten uns auf die Situation und auf das, was kommen würde, gefasst machen...

Kapitel 10

Kathi und ich betraten das Zimmer. Vor uns lag David im Bett. Er hatte die Augen tatsächlich geöffnet, so wie es uns die Ärzte beschrieben hatten. Die Situation kam mir so unreal vor... Ich setzte mich auf einen Stuhl neben Davids Bett und sah ihm tief in seine blaugrünen, schimmernden Augen, die zum Fenster gerichtet waren. Seine Wimpern bewegten sich nicht. Es war, als schliefe er und sei dennoch wach.

Für einen kurzen Augenblick hatte ich das Gefühl, unsere Blicke würden sich treffen. Seine Augen waren auf mich gerichtet, doch sein Blick schien durch mich hindurch zu gehen, ja an mir vorbei nach draußen und sich irgendwo in der Dunkelheit zu verlieren. Trotzdem hatte ich das Gefühl, dass er mir irgendetwas sagen wollte. Doch es kam nichts. Keine Reaktion. Irgendjemand sagte einmal, Komapatienten würden im Unterbewusstsein alles mitbekommen. Ob dies nun richtig war oder nicht – dieser Gedanke machte die Situation unerträglich.

Ich sprach ihn erneut an und rief wiederholt seinen Namen. Es schien, als wollte er mir antworten, irgendetwas von sich geben. Doch es kam nichts. Seine Kehle schien wie zugeschnürt und seine Lippen wie eingefroren. In Gedanken stellte ich mir vor, wie David innerlich kämpfte, irgendeinen Laut von sich zu geben. Doch dies machte alles nur noch schlimmer. Meine Tränen liefen und mit der Zeit begriff ich erst so richtig, was da gerade passierte. Ich griff nach Davids Hand und drückte sie fest. Doch ein Gegendruck blieb aus. Ich spürte nur seine lasche Hand, in der kein Leben zu sein schien.

Ich konnte es immer noch nicht fassen. Vor einigen Stunden hatten wir noch miteinander gesprochen. Und jetzt, einige Stunden später, lag er im Koma und war in akuter Lebensgefahr. Ich sah ihm nochmals tief in die Augen, doch es änderte sich nichts. David gab kein Lebenszeichen von sich, bewegte sich nicht. Dieser Anblick zerriss mir das Herz. Es war, als sei er körperlich bereits gestorben, im Geiste aber noch lebendig. Ich wollte erwachen, erwachen aus diesem schrecklichen Albtraum. Doch es ging nicht. Ich konnte nicht erwachen, weil es nicht realer hätte sein können. Ich wollte innerlich entfliehen, doch meine Gedanken holten mich schneller wieder ein und zurück auf den Boden der Tatsachen.

Plötzlich öffnete sich die Tür. Drei Ärzte mit weißen und grünen Kitteln betraten das Zimmer. Einer von ihnen sagte, sie müssten ihn nun in den OP mitnehmen. Sie zogen sein Bett langsam aus dem Zimmer. Langsam rollte David in dem Krankenbett an uns vorbei und wir berührten ein letztes Mal seine Hand, bevor er mit den Ärzten aus dem Zimmer verschwand. Das war mit Abstand der schmerzhafteste Augenblick meines Lebens. Wir schauten ihm noch lange hinterher, selbst nachdem er mit den Ärzten verschwunden war. Kathi brach in meinen Armen zusammen. Hätte ich gewusst, dass dieser Moment der letzte mit David sein würde, hätte ich diesen Augenblick mit Sicherheit nicht durchgestanden...

Es schien, als wollte die Zeit nicht vergehen. Ich blieb den gesamten Abend bei Kathi im Krankenhaus. Wir beide warteten eine gefühlte Ewigkeit. Dann, endlich, kam einer der Ärzte auf uns zu. Als ich jedoch den Gesichtsausdruck des Arztes sah, ahnte ich schon Böses. Er sagte, Davids Zustand habe sich während der OP deutlich verschlechtert. Vor wenigen Minuten sei er verstorben.

Die darauffolgenden Tage waren für Kathi und mich die reinste Hölle. Wenn ein alter Mensch stirbt, rechnet man ja ab einem gewissen Zeitpunkt mit dem Tod und man weiß, dass dieser Mensch „sein Leben hatte". Aber bei David kam der Tod so plötzlich, keiner hatte damit gerechnet. Und das war genau das Schlimme daran.

Irgendwann wagte ich den Schritt und fuhr zu der Baustelle, auf der David verunglückt war. Zu sehr beschäftigte mich die Frage, wie es dazu bloß kommen konnte. Die Kollegen vor Ort erklärten mir, was am besagten Tag geschehen war: Als David in seiner Funktion als Bauleiter etwas überprüfen musste und dafür das Gerüst einige Etagen hinauf bestieg, muss er das Gleichgewicht verloren haben und vom Gerüst gestürzt sein. Zwar scheinen alle Sicherheitsvorschriften eingehalten gewesen zu sein, jedoch war die Verletzung – auch trotz Helm – durch die Höhe des Gerüsts kaum vermeidbar gewesen. Alle der Kollegen waren tief betroffen und viele von ihnen später dann auch auf der Beerdigung.

Obwohl ich es zunächst nicht begreifen konnte, wie es dazu gekommen war, musste ich letztendlich akzeptieren, dass dies die Folgen eines tragischen Arbeitsunfalls waren... Es gibt eben nicht immer einen Schuldigen oder eine wirklich zufriedenstellende Antwort.

Nachdem das mit David passiert ist, ist mir auch bewusst geworden, wie wichtig es ist, Streit schnell beizulegen und immer im Guten auseinanderzugehen. Man weiß eben nie, wann man einen Menschen das letzte Mal sieht. Es war nicht so, als wäre das alles vorherzusehen gewesen. Er hatte keine schwere Krankheit. Im Gegenteil: Er war kerngesund. Umso härter war es, als er plötzlich nicht mehr da war. Auch, wenn das heutige Leben oft sehr stressig ist und Zeit oft Mangelware ist, habe ich mir fest vorgenommen, auch in Zukunft Zeit für meine Freunde und meine Familie zu reservieren. Das Schlimmste ist nämlich, wenn man sich hinterher Vorwürfe machen muss, man hätte zu wenig Zeit mit einer Person verbracht, die nun nicht mehr lebt. Zum Glück muss ich mir das nicht vorwerfen...

Nach Davids Tod habe ich mich in die Arbeit gestürzt, was mir einen Halt gegeben und mich abgelenkt hat. Mittlerweile kann ich sagen, dass ich über seinen Tod hinweg bin. Viel wichtiger, als in seiner Trauer zu versinken, finde ich, sich an die schönen Zeiten mit ihm zu erinnern.

Jeder Mensch hinterlässt etwas, wenn er geht.

Und ja: David hat viel hinterlassen und mich sehr geprägt. Die Zeit mit ihm kann mir keiner nehmen – es war eine unvergesslich schöne Zeit, die ich immer in meinem Herzen tragen werde.

Kapitel 11

Endlich... Der Tag meiner Entlassung ist gekommen! Meine Zelle ist leer, genauso, wie ich sie am ersten Tag „in Empfang nahm". Sie ist bereit für den Nächsten, der diesem System zum Opfer fällt. Vor einigen Tagen hatte ich schon alles für meinen Nachfolger „fertiggemacht". Viel gab es da nicht. Meine paar Klamotten und den persönlichen Kram hatte ich in zehn Minuten zusammengepackt.

Unfassbar, dass es gleich wirklich vorbei ist... Zehn Jahre. Wenn ich daran zurückdenke, kann ich es kaum fassen, wie es überhaupt so weit kommen konnte. Zehn Jahre lang unschuldig hinter Schloss und Riegel. Ich würde gerne mal wissen, wie vielen es genauso wie mir ergeht, wie viele der rechtskräftig Verurteilten tatsächlich unschuldig sind...

Nun sitze ich hier und warte. Warte auf ein Zeichen, das mich nach vielen langen Jahren erlösen wird. Mit all dem hier habe ich im Kopf schon lange abgeschlossen. Jetzt fehlt nur noch der letzte Schritt: Der Schritt in die Freiheit!

„Frau Martin?"

„Ja?", antworte ich mit einem hoffnungsvollen Ton in der Stimme.

Die schwere Tür wird entriegelt und vor mir steht der Wächter. Er lächelt.

„Kommen Sie", fordert er mich auf, „folgen Sie mir."

Endlich. Ich folge ihm in einen kleinen Raum. Er wühlt in einem großen Schrank und dreht sich prompt zu mir.

„Hier."

Lächelnd drückt er mir einen Schlüssel, ein Portemonnaie und ein Handy in die Hand.

„Das ist von Ihnen."

Das hatte ich ja ganz vergessen! Es sind meine Sachen, die ich vor meinem Haftantritt abgeben musste. Etwas verblüfft begutachte ich das mir gut bekannte Handy. Und jetzt ist es nur noch eine einzige Tür, die mich von meinem neuen Leben trennt. Mein Herz schlägt schneller, das Blut schießt durch meine Adern. Nur noch diese Tür...

Ein letztes Mal lächelt er mir zu. Seine Augenbrauen heben sich ein wenig und mir wird warm ums Herz.

„Alles Gute Ihnen für die Zukunft!"

Vielleicht ein täglicher Satz für diesen Wächter. Aber für mich ist dieser Satz der Start in ein neues Leben – die Bestätigung, dass all die Jahre nun endlich Vergangenheit sind.

„Danke", entgegne ich ihm rasch, bevor sich die Tür öffnet, die Helligkeit mich kurz blendet und mein Herz für einen Moment stillsteht.

Dieses Gefühl ist unbeschreiblich! In Riesenschüben füllt sich meine Lunge mit Luft, mit uneingeschränkter Freiheit, die meinen ganzen Körper durchfährt. Überwältigt schaue ich um mich. Von Glück ergriffen gebe ich einen Freudenschrei von mir.

Das lange Warten hat ein Ende! Endlich kann ich wieder das tun, was *ich* will. Wie lange hatte ich davon geträumt?! Wie oft hatte ich mir vorgestellt, wie es sein muss dieses Gelände zu verlassen, frei zu sein?!

Den restlichen Tag verbringe ich in Freiheit, an der klaren, frischen Herbstluft. Ich schlendere einige Straßen entlang, ohne ein bestimmtes Ziel, vergesse vollkommen die Zeit. Immer wieder bleibe ich stehen und hole tief Luft. Ich bewundere diese bunten Herbstblätter, diesen Geruch von frischem Gras und die so schön blühenden Blumen auf dem grasgrünen Untergrund. Der blaue Himmel und die Vögel am Horizont beweisen mir, dass es nun tatsächlich so weit ist.

Ich laufe etwas durch den Wald, während ich spüre, wie scharf meine Sinne alles in sich aufsaugen, was ich vor mir erblicke. Wahrscheinlich realisiere ich zum ersten Mal in meinem Leben, was *Wald* bedeutet. Es ist nicht lediglich eine Ansammlung an Bäumen, Laub und Wiesen – es ist Natur pur, Vielfalt und unzählig viel Leben an einem einzigen Ort, an einem Ort des Durchatmens.

Diese Momente sind der Start in mein neues Leben!

Kapitel 12

Ich bin noch etwas müde. Während ich die Treppen zum Frühstückstisch runterlaufe, steigt mir der Geruch von heißem Kaffee und frischen Brötchen in die Nase und nimmt mich gefühlt in den Arm. Es fühlt sich warm und so vertraut an, wie ein Zuhause, obwohl ich so lange keins hatte. Ein Blick auf den reich gedeckten Frühstückstisch sagt mir, dass ich wirklich allen Grund dazu habe, mich wohlzufühlen und diesen Morgen zu genießen – sowas konnte ich in den vergangenen Jahren an keinem einzigen Tag behaupten.

Die vergangene Nacht war die beste seit Jahren! Ich hatte Sorge gehabt, durch diese ganzen Veränderungen in meinem Leben nicht schlafen zu können. Doch ich konnte. Und wie! Ich schlief wie ein Baby: zufrieden, unbeschwert, glücklich. Vermutlich war ich gestern einfach viel zu kaputt gewesen, um schlechte Träume zu haben oder um überhaupt nicht schlafen zu können. Schließlich hatte ich seit Jahren nicht mehr so viel getan und erlebt wie an diesem einzigen Tag, an einem Tag in Freiheit.

Das Geld ist nicht übermäßig viel, aber immerhin etwas. Zumindest reicht es für eine Bleibe. In der JVA habe ich als Schneiderin gearbeitet und mir so etwas dazu verdient. So stehe ich jetzt wenigstens nicht ganz mittellos da, sondern kann mir von meinem Verdienten etwas leisten. Unter anderem auch ein paar Tage in diesem kleinen, mit Liebe geführten Hotel. Es liegt etwas außerhalb, am Stadtrand. Wie lange hatte ich mir doch einen Morgen wie diesen erträumt? Wie lange hatte ich mir vorgestellt, an diesem Tisch zu sitzen, die Vögel zwitschern zu hören und einen morgendlichen Kaffee zu genießen? Definitiv zu lange.

Um Cleo will ich mich später kümmern. Jetzt bin erst einmal *ich* an der Reihe. Und ich will zu meiner Familie.

Unbedingt. Ganz gleich, ob sie mich wollen oder nicht – ich will sie sehen! Ich bin auf ihre Reaktion gespannt, wenn sie mich nach so langer Zeit das erste Mal wiedersehen werden...

Während ich durch die vollen Straßen Düsseldorfs spaziere, sehe ich in die Schaufenster zahlreicher Läden. Es ist wunderbar. Zwar war die Vorstellung, nach etlichen Jahren einfach wieder in eine volle Innenstadt zu gehen, etwas beängstigend, doch jetzt genieße ich jede einzelne Minute inmitten dieser ganzen Menschen.

„Smoothies für 2,50 Euro, frische Smoothies!"

Der ansprechende Stand und das freundliche Gesicht des Verkäufers machen mich neugierig. Was ist denn ein *Smoothie*? Hört sich exotisch an, unbekannt. Auf das nachfragende Gesicht des Verkäufers reagiere ich mit einem vorsichtigen Nicken.

„Ja, ich probiere das mal."

„2,50 Euro macht das dann."

„Hier."

Stumm strecke ich ihm einen 5 Euro Schein entgegen und beobachte ihn dann, wie er diesen *Smoothie* zubereitet. Sowas hab ich ja noch nie gesehen. Mit einem Lächeln gibt er mir das Rückgeld und drückt mir den großen kalten Becher in die Hand. Nachdenklich starre ich auf das komische Etwas im Inneren des Bechers. Es ist rot.

„Waldbeeren", erwidert er auf meinen kritischen Blick.

„Ach so, danke", antworte ich und gehe ein paar Schritte.

Nach ein paar weiteren skeptischen Blicken ins Innere des Bechers traue ich mich, einen Zug aus dem Strohhalm zu ziehen. Es schmeckt gut. Ungewohnt, aber ganz lecker.

Einige Meter weiter steigt mir der Duft von frischen Früchten in die Nase. Es ist ein Obststand. Allein schon der

Anblick dieser bunten Vielfalt lässt ein wohliges Gefühl in mir aufkommen.

Mit Früchten und Smoothie bepackt, erreiche ich die bekannte Rheinpromenade, an der einige Leute spazieren gehen. Meinen Smoothie noch schlürfend, setze ich mich auf eine der Bänke. Die Sonne zeigt sich immer mehr und nach einer Weile ist keine einzige Wolke mehr zu sehen. Ein blauer Himmel, soweit das Auge reicht. Freiheit! Endlich hab ich wieder genügend Platz und Luft zum Atmen.

Mein Blick fällt auf die gegenüberliegende Rheinwiese auf der anderen Rheinseite und danach auf den imposanten Rheinturm, einige Meter von mir entfernt. Zufrieden schließe ich die Augen und lasse mich von der Wärme der Sonne fixieren. Ich spüre regelrecht, wie mein Körper die Kraft der Sonne tankt und sich mit Energie füllt.

Nachdem der Smoothie vollständig ausgeschlürft ist, setze ich mich für einen Moment an das Ufer und strecke meine Füße in das kühle, erfrischende Wasser. Der perfekte Kontrast zu meinem von der Sonne aufgewärmten Körper.

Zurück in der Innenstadt laufe ich an einigen Geschäften vorbei, als mir eine Frau entgegenkommt. Sie ist etwa Ende 50, mittelgroß und dürr. Ihre schulterlangen, grauen Haare erinnern an eine alte Lehrerin. In straffem Tempo schreitet sie den Weg entlang, mir entgegen. Wirklich glücklich sieht sie nicht aus. Im Gegenteil: Ihr strenger Blick, ihr kaltes Auftreten und der grimmige Gesichtsausdruck deuten vielmehr auf eine verbitterte und unglückliche Frau hin. Aber was weiß die schon?! Wenn die wüsste... Wenn die wüsste, was ich gerade hinter mir hab, was ich die letzte Zeit alles durchmachen musste... Was haben all diese Leute für „Probleme", dass sie so eine Miene ziehen und sich bei diesem Wetter nicht freuen und *einfach mal glücklich* sein können?! Während der Zeit im Gefängnis ist mir immer bewusster geworden, wie banal die meisten Dinge doch sind, über die wir uns ärgern.

Nach ein paar weiteren Metern erreiche ich ihn schließlich: Meinen Buchladen! Aufgeregt sehe ich mich um und betrete dann etwas zögerlich den großen Laden. Er ist voll, überall sind Bücher, Menschen und noch mehr Bücher. Ich weiche zurück. So viele Eindrücke auf einmal... Für einen kurzen Moment schließe ich die Augen, hole tief Luft. Immer wieder muss ich feststellen, wie schwer es mir fällt, mich an alltägliche Dinge zu gewöhnen, selbst an das Einkaufen und Bezahlen im Supermarkt. Dinge, mit denen ich lange Zeit keine Berührungspunkte hatte, die ich aber nun wieder in meinen Alltag aufnehmen muss. Ich hatte lange Zeit keinen Kontakt zu „normalen" Menschen, zu denen, die man auf der Straße eben so trifft. Mir einzugestehen, dass ich das schlicht weg verlernt habe, tut weh und kratzt auch ein wenig am Ego. Besonders vor dem Hintergrund, dass ich lange Zeit als Personalleiterin gearbeitet habe und tagtäglich mit Menschen zu tun hatte. Eine Schande für mich.

Langsam traue ich mich weiter in den Laden, gehe an einigen Buchregalen vorbei. Es sind soo viele Bücher! Unfassbar. Ich bin überfordert und weiß überhaupt nicht, welches ich zuerst nehmen soll. Ohne es mir anzusehen, zücke ich ein Buch aus dem Regal und setze mich auf den Sessel. Von hier aus habe ich alles im Auge. Ich überblicke den Laden: Die volle Kasse, die Mitarbeiter, die die zahlreichen Bücher sortieren und nicht zuletzt diese vielen Menschen, die sich Cover und Klappentext der vielen Werke ansehen. Ein paar Minuten in diesem Sessel verschaffen mir mehr und mehr Sicherheit. Allmählich stehe ich auf und laufe durch den Laden. Die Massen an Büchern und Menschen sind zwar sehr viel auf einmal für mich, aber daran werde ich mich jetzt wieder gewöhnen müssen.

Ich habe immer gelesen. Recht viel sogar, besonders seitdem ich in Haft war. In dieser kleinen hässlichen Zelle musste ich mich noch anderweitig beschäftigen, um nicht völlig durchzudrehen. Im Nachhinein kann ich sagen, dass mich diese Ablenkung im Kopf fit gehalten hat. Ich glaube, hätte ich das nicht getan, wäre ich wirklich verblödet.

Es ist herrlich, diese ganzen Bücher vor mir liegen zu sehen. Mehr und mehr fühle ich mich wohl und durchforste unzählige Werke. Nach einiger Zeit erreiche ich einen Tisch mit zahlreichen elektronischen Geräten. Vorsichtig nehme ich eines von ihnen in die Hand und begutachte es. Merkwürdig. Sieht aus wie ein übergroßes Handy mit riesigem Display. Warum gibt es sowas denn hier? Stutzig lege ich es wieder hin. Ich gehe weiter, bis ich an ein Regal mit unzähligen Kochbüchern gelange. Doch auch hier kommen mir manche Sachen komisch vor.

Vegan
Rezepte, Tipps & Tricks

Was soll das denn sein?! *Vegan?* Scheinbar hat sich in der Zeit hinter Gittern doch mehr verändert, als ich dachte.

Ich stöbere noch etwas in dem Kochregal, wobei mir auch einige interessante Bücher mit leckeren Rezepten in die Hände fallen. Ich habe immer sehr gerne gekocht und diese Rezeptideen machen unheimlich Lust es wieder zu tun! Nach ein paar Griffen versinke ich schließlich in einem dieser Bücher.

„Frau Kaiser, bitte an die Kasse", ertönt es.

Erschrocken fahre ich zusammen. Das Lesen hat mich die Zeit völlig vergessen lassen. Durch das Schaufenster sehe ich, dass es langsam dunkler wird. Nach dem ganzen Wühlen in den verschiedensten Kochbüchern mit verlockenden Bildern bekomme ich selbst etwas Hunger. Ich schlage das Buch zu, kaufe es und mache mich dann auf nach draußen. Die klare, frische Luft und die leichte Brise Wind lassen mich lebendig fühlen und verstärken den kleinen großen Hunger in mir.

Ich setze mich in ein Lokal einige Straßen weiter. Doch es ist nicht irgendeins. Es ist mein ... *unser* Restaurant. Damals war ich regelmäßig mit Nathan hier. Das waren immer ganz besondere Abende zu zweit. Innen hat es sich kaum verändert. Der Duft von frischem Gemüse und Rosmarin lässt mir das Wasser im Mund zusammenlaufen, ehe ich nur einen Blick in die Speisekarte werfe. Obwohl es ein komisches und auch nicht wirklich angenehmes Gefühl ist, alleine hier zu sein, lasse ich mich richtig verwöhnen. Jahrelang habe ich mir ausgemalt das zu tun, worauf ich Lust habe. Und jetzt habe ich endlich die Gelegenheit, genau das zu tun. Ich versuche, ja, ich zwinge mich regelrecht dazu, nicht an meine Ängste und Sorgen zu denken. Heute will ich einfach nur ein glücklicher und zufriedener Mensch sein.

Schließlich habe ich auch allen Grund dazu – ich habe mein neues, langersehntes Leben wieder. Lange Zeit hatte ich Zweifel daran gehabt, dass ich es wirklich einmal wiederhaben würde. Im Gefängnis kam mir diese lange Haft wie eine Unendlichkeit vor, ja wie ein Schrecken, das kein Ende nehmen wollte. Doch das ist vorbei!

Als Abschluss für diesen gelungenen Tag mache ich mich nochmals zur Rheinpromenade auf, an der ich mich vorhin gesonnt habe. Der Wind bläst mir leicht ins Gesicht und erfrischt mich. Nach jahrelanger Unterdrückung fühle ich mich lebendig und auch ein kleinwenig machtvoll. Lange habe ich mich nicht mehr so leicht und unbeschwert, vom Wind getragen, gefühlt, so wie heute. Ich lasse meinen Gedanken freien Lauf, bis sie im rauschenden Wasser versinken. Noch bis tief in die Nacht laufe ich am Wasser entlang, bis ich mich auf die grüne Wiese lege, die nach frisch gemähtem Gras duftet, und schließlich die gesamte Nacht unter dem leuchtenden Sternenhimmel verbringe.

Kapitel 13

Den Rest der Woche verbringe ich im Büro damit, alle liegen gebliebenen Sachen abzuarbeiten. Und das funktioniert sehr gut. Nachdem ich mir genügend Kaffee dazugestellt habe, dauert es gar nicht so lange. Mit dem Ziel, *aktenfrei* ins Wochenende zu starten, arbeite ich zielstrebig die kleineren und größeren Akten- und Papierstapel durch, bereite einige Verfahren vor und lese die Akten, bis schließlich die letzte Aktenseite ausgelesen ist. Die Woche war echt produktiv. Und das kommt nicht sehr oft vor.

Zufrieden schlage ich die letzte Akte zu, verstaue alles Weitere im Aktenschrank neben meinem Schreibtisch und verlasse mit erstaunlich leerem Trolley das Büro. Die Nebenbüros sind schon zu, alle sind bereits im Wochenende. Okay, es ist mittlerweile auch schon knapp 16 Uhr. Freitags ist um diese Uhrzeit hier nichts mehr los. Jetzt bin ich auch fertig. Zwar etwas in Verzug, dafür nun wirklich ohne Arbeit! Das Wochenende gehört mir!

Wir treffen uns bei Monique, meiner besten Freundin. Wir wollen uns ein schönes Wochenende zusammen machen. *Wir* heißt Monique, Marc, Sarah, Tom und ich. Als ich Moniques Wohnung betrete, steigt mir bereits der Geruch von leckerem Essen in die Nase. Wir fallen uns in die Arme, haben uns – obwohl wir in der gleichen Stadt leben

– schon einige Wochen nicht mehr gesehen. Wir sind seit Kindertagen unzertrennlich.

Sarah, Tom und Marc kommen kurz nach mir. Marc kenne ich schon eine halbe Ewigkeit. Wir sind zusammen mit Monique zur Schule gegangen. Zwar nicht im gleichen Jahrgang, aber auf dieselbe Schule und sind seither sehr gut befreundet. Marc ist 25 Jahre alt und Single. Er arbeitet seit einigen Jahren in einer großen Werbeagentur in Düsseldorf als Abteilungsleiter. Es war immer sein großer Traum, in die Werbebranche einzusteigen – und er hat es geschafft. Marc hatte es nicht leicht in seinem Leben und hat sehr viel dafür getan und sich diesen Posten wirklich verdient.

Tom kenne ich noch nicht ganz so lange. Er studierte mit mir zusammen Jura in Köln und dadurch lernten wir uns kennen. Wir wurden enge Studienkollegen, lernten gemeinsam für Klausuren und hinterher auch fürs Staatsexamen. Mit Erfolg: Er arbeitet jetzt als Staatsanwalt und ich als Richter.

Die Zeit des Studiums war hart. Besonders zu Beginn war ich oft überfordert, es war alles so neu und ungewohnt. Zum ersten Mal lebte ich allein, wodurch ich viele Freiheiten aber ebenso viele neue Aufgaben und Pflichten hatte. Mit einem Mal prasselte alles auf mich ein und ich hatte das Gefühl, nicht alles unter einen Hut zu kriegen. Dass es wirklich *so* anstrengend werden sollte, war mir damals noch nicht bewusst. Ich hätte nicht gedacht, dass das Lernpensum und der Druck so enorm werden würde. Zu dieser Zeit hätte ich mir nicht träumen lassen, dass sich mein ganzes Leben in so manchen Klausurenphasen auf Lernen, Schlafen und Essen reduzieren würde. Und dennoch ist mir bewusst geworden, wie wichtig Schlaf, Sport und Freunde sind, die einen auch mal von den ganzen Paragrafen ablenken. Das Privatleben ist auch etwas sehr Wertvolles und dafür *muss* Zeit da sein. Man muss sich eben die Zeit für Dinge freischaufeln, die einem wichtig sind.

Jura war in jedem Fall die richtige Entscheidung – auch, wenn es ein langer und steiniger Weg war. Das Studium hat mir viel Spaß gemacht. Das war einfach das, was ich spannend und interessant fand, was mich begeistert hat. Aber man darf das Studium eben auch nicht unterschätzen: Besonders die Vorbereitung auf das Examen war wirklich hart. Nicht nur einmal habe ich in dieser Zeit darüber nachgedacht alles hinzuwerfen, weil ich so verzweifelt und teilweise auch am Rande meiner Kräfte war. Zum Glück hatte ich Tom an meiner Seite, mit dem ich zusammen die ganze Arbeit anging. Diese Unterstützung machte es uns beiden leichter.

In der Regel ist Tom für andere Strafsachen als ich zuständig. Dennoch kam es in der Vergangenheit schon mehrfach vor, dass er in Vertretung an Verfahren beteiligt war, in denen ich den Vorsitz als Richter hatte.

Seitdem Tom und ich das Examen bestanden haben und nun in unseren Berufen sind, haben wir weniger Kontakt. Doch in letzter Zeit habe ich das Gefühl, dass er etwas distanzierter zu mir ist. Keine Ahnung. Wirklich geredet habe ich mit ihm darüber nicht. Vielleicht bilde ich mir das aber auch nur ein und interpretiere zu viel. Schließlich hat er ja auch viel Stress in seinem Job.

Tom ist mittlerweile verheiratet. Seine Frau, Sarah, ist im sechsten Monat schwanger. Sie haben kürzlich erfahren, dass es ein Junge wird. Sie hatten sich schon lange eine Familie gewünscht, nun ist es bald soweit.

Zuerst wollen wir eine Kleinigkeit essen und dann noch irgendetwas unternehmen. Die Nacht wollen wir alle bei mir übernachten. Ich freue mich, mal wieder etwas mit ihnen zu machen – diesmal sogar mit Nachwuchs.

Kapitel 14

Ich stehe am Straßenrand. Neben mir brausen einige Autos vorbei. Neusser Straße. Gleich bin ich da. Nur noch wenige Meter trennen mich von meinem alten Zuhause. Hoffentlich wohnen sie überhaupt noch hier.

Als ich an der Kreuzung ankomme, halte ich einen Moment inne. Was habe ich jetzt eigentlich genau vor?! Zunächst erst einmal nur das Haus beobachten. Möglicherweise sehe ich irgendjemanden, vielleicht sogar Lisa oder Nathan. Vorsichtig wage ich einen kurzen Blick um die Ecke. Ich sehe es... Ich sehe unser Haus! Der Vorgarten noch so gepflegt wie damals, der Rasen grün, sprießende Blumen in den verschiedensten Farben. Es sieht immer noch genau so aus, wie an dem Tag, als ich das alles hier zum letzten Mal sah. An dem Tag, als ich das letzte Mal in die schönen Augen meiner hübschen Lisa blicken konnte und ihr süßes Lächeln zum letzten Mal sah. Der Lisa, die ich jetzt nicht mehr erkennen würde, weil sie fünf Jahre alt war, als ich sie zum letzten Mal sah...

Zu meinem Prozess kam Nathan nicht – lediglich zum letzten Tag, der Urteilsverkündung. Ich weiß nicht, was er gemacht hätte, wenn ich freigesprochen worden wäre. Hätte er mir noch in die Augen blicken können? Oder rechnete er gar nicht mehr damit, dass ich freikommen würde? War er sich wirklich so sicher, dass ich weggesperrt werden würde?

So gesehen ist dieser Ort das Letzte, was mich mit meiner guten Zeit, meinem „Leben davor" verbindet.

Genferweg 7. Ich bin da. Tatsächlich. Mein Herz fängt an, immer schneller zu schlagen. Nach einigen Augenblicken wage ich weitere vorsichtige Schritte nach vorne. Vor dem Haus steht kein Auto. Wäre ja auch zu schön gewesen.

Der Duft des frischen Rasens beruhigt mich etwas. Es ist ein angenehmer, frischer Geruch. Ein Duft, der mich schon damals immer umgeben hatte, wenn wir als Familie die sonnigen Frühlingstage im Garten verbrachten. Die Erinnerung ist zu schön, um wahr zu sein: Die heile glückliche Familie unter wolkenfreiem klarem Himmel, unbeschwert und nichtsahnend, was noch alles kommen würde...

Meine gedankliche Reise in die Vergangenheit wird abrupt unterbrochen, als ich ein Auto vorfahren sehe. Schnell verstecke ich mich hinter einer größeren Hecke. Es ist nicht das Auto meines Mannes, jedenfalls nicht das, was er vor zehn Jahren fuhr. Es ist ein Kombi, der einige Häuser weiterfährt. Glück gehabt! Für die Konfrontation mit Nathan bin ich gerade noch nicht bereit... Trotzdem bin ich neugierig. Schließlich bin ich nicht umsonst hierhergekommen. Wie magnetisch angezogen laufe ich immer weiter in Richtung des Hauses. Wohnen Lisa und Nathan hier überhaupt noch? Gespannt schreite ich bis zum Namensschild an der Klingel: *Martin.* Tatsächlich! Sie leben noch hier. Glücklich und verblüfft zugleich verlasse ich das Grundstück und laufe die Straße entl..

„Kann ich Ihnen helfen?"

Erschrocken drehe ich mich um. Erwischt. Bevor ich jedoch den Gedanken zu Ende spinnen kann, sehe ich die Frau auf der anderen Straßenseite. Mitte 50, kurze blonde Haare, blaues Shirt, kurze Hose. Für einen Moment fehlen mir die Worte.

„Was möchten Sie hier?"

„Ich suche nach einer Wohnung", schießt es aus mir heraus, „eh, vielmehr nach einem Haus. Also zur Miete. Miethaus. Und das hier ist eine schöne Gegend, da wollte ich mich einfach mal umschauen."

Was rede ich da... Das glaubt die mir doch nie im Leben.

„Ach so, okay. Ich wohn auch erst seit zwei Jahren hier. Hier in der Siedlung ist aber glaub ich nichts frei."

„Okay... Ich sehe mich trotzdem einfach mal um. Vielleicht find ich ja doch noch was."

„Dann suchen Sie mal weiter. Viel Erfolg noch."

„Danke."

In diesem Moment fällt mir ein Stein vom Herzen. Ein ziemlich Großer sogar. Damit, so überrascht zu werden, hatte ich nicht gerechnet. Zum Glück ist das nicht aufgeflogen... Rasch laufe ich weiter die Straße entlang, während ich die Häuser rechts und links betrachte. Viel hat sich in der Zeit nicht verändert. Ein paar Häuser hatte ich anders in Erinnerung, manche sind neu. Es ist ein komisches Gefühl, hier so durch die Siedlung zu laufen. Die Vorstellung, dass sich hier einst mein Leben abgespielt hat, scheint so surreal, ja absurd.

Einige Meter weiter gelange ich an einen Spielplatz. Dort beobachte ich einen Vater, der mit seiner kleinen Tochter zusammen schaukelt. Ich setze mich auf eine Bank, nicht weit von ihnen entfernt und sehe ihnen etwas zu. Ich bin wie verzaubert. Es ist unbeschreiblich, die beiden so vertraut und glücklich miteinander zu sehen. Der Vater lächelt, das Mädchen lacht.

Nach einer Weile läuft sie zu der Rutsche, die in der Mitte des kleinen Platzes steht. Unsicher blickt sie hinunter und traut sich nicht so ganz runter zu rutschen. Liebevoll hält der Vater die Hand seines kleinen Mädchens und spricht ihr Mut zu, bis sie dann doch schließlich rutscht. Unten angekommen empfängt sie ein jubelnder und stolzer Papa, der sie innig in den Arm nimmt. Man spürt förmlich die Liebe und Wärme, die er seiner Tochter schenkt.

Gerührt und doch innerlich zerrissen laufen mir Tränen übers Gesicht. Was habe ich nur alles verpasst in den letzten Jahren? Wie viele schöne Momente hätte ich wohl mit meiner Tochter und anderen tollen Menschen erleben können? Wer gibt mir die verpasste Zeit zurück?

Das ist so ungerecht... Am liebsten würde ich die Zeit zurückspulen und nochmal da einsetzen, wo alles gut war. Umso länger ich darüber nachdenke, desto größer wird meine Wut Cleo gegenüber. Sie soll dafür büßen, was sie mir angetan hat. So leicht kommt sie mir nicht davon. Bald wird abgerechnet. Bald ist Zahltag.

Kapitel 15

Zufrieden schließe ich die Tür meines Büros. Für einen Montagmorgen war ich heute sehr produktiv. Trotzdem schade, dass das Wochenende schon vorbei ist. Nachdem ich vergeblich versucht habe Steffi und Sabine ausfindig zu machen, um mit ihnen gemeinsam essen zu gehen, begebe ich mich schließlich alleine in die Cafeteria.

Das Essen genießend, schaue ich kurz auf mein Handy, wo gerade eine WhatsApp-Nachricht aufpoppt:

Hey Basti!
Danke nochmal für das tolle Wochenende mit euch! War wie immer mega schön mit euch Verrückten. Die Leute dachten bestimmt, wir hätten zu viel getrunken. Wenn die wüssten, dass wir immer so sind 😊
Freu mich schon auf den Urlaub mit euch!!
Liebe Grüße, Marc

Ein unvermeidbares Grinsen überkommt mein Gesicht. Es war wirklich ein gelungenes und lustiges Wochenende! Nachdem wir bei Monique gegessen hatten, fuhren wir nach Düsseldorf in die Altstadt noch etwas trinken und anschließend zu mir nach Hause, wo den Abend mit ein paar Filmen ausklingen ließen. Und ja, man kann auch mit Staatsanwälten und Richtern Spaß haben, wir sind nicht alle Spießer. Es war ein schöner Abend mit tollen Freunden, mehr oder weniger guten Filmen und den verschiedensten Cocktail-Kreationen – so wie „in den alten Zeiten". Auch, wenn ich dabei wie ein uralter Mittdreißiger klinge.

Was mir nur aufgefallen ist, was ich zunächst nicht wahrhaben wollte, war das komische Verhalten vo...

„Hey Sebastian!"

Erschrocken zucke ich zusammen.

„Hast du mich erschrocken, Robert! Hab dich gar nicht kommen sehen."

„Sorry", lacht er, „wollte dir nur kurz Hallo sagen, hab dich von Weitem gesehen."

„Was machst du hier?"

„Arbeiten?!"

„Davon geh ich aus, Robert", erwidere ich grinsend.

„Hatte gerade eine Verhandlung bei Richter Scholz."

Robert ist ein bekannter Staatsanwalt. Ein sehr fleißiger und dennoch am Boden gebliebener, sympathischer Mensch. Und das *am Boden bleiben* ist bei den Juristen nicht immer so selbstverständlich. Mit ihm macht die Zusammenarbeit echt Spaß. Er ist etwa fünf Jahre älter als ich und ein sehr entspannter Mensch, was ich insgeheim manchmal etwas beneide.

Robert ist häufig an Verfahren beteiligt, die ich leite. Er spricht – wie Tom auch – außerhalb des Gerichtssaals nicht viel über die Arbeit, was mir sehr gefällt. Denn besonders, wenn man sich mit einem Kollegen gut versteht, ist es umso wichtiger, sich nicht von seiner Meinung beeinflussen zu lassen. Schließlich vertritt er im Prozess eine bestimmte Position.

„Und ist heute viel los bei dir, Sebastian?"

„Es geht. Ich sag mal so: Ich bin mehr Arbeit gewohnt. Bei dir?"

„Mein Schreibtisch ist reichlich gefüllt – um es dezent auszudrücken. Aber was soll's, ich mach es ja gerne. Du, ich muss weiter... Wir sehen uns ja bald in der Wülfing-Sache, oder?"

„Ja, genau. Bis dann."

„Ciao, Sebastian."

Kapitel 16

Erholt und gut gelaunt setze ich mich an den Schreibtisch, bereit für den nächsten Fall.

Ich schlage die nächste Akte auf. Anklagepunkte: Sexueller Missbrauch von Kindern mit Todesfolge sowie Mord, §§ 211, 176b, 52 Strafgesetzbuch. Angeklagt ist ein 50-jähriger Mann, der einen achtjährigen Jungen gefangen gehalten, mehrfach vergewaltigt und ihn anschließend getötet haben soll. Ich schließe die Akte.

Zwar habe ich mir im Laufe der vielen Fälle ein dickes Fell angearbeitet, doch an solchen Stellen stoße auch ich an meine Grenzen. Ich bin ja nun schon einiges gewohnt – gerade hier beim Schwurgericht –, aber sowas geht auch mir als Strafrichter nahe. Ich hab zwar keine Kinder, stelle mir aber das Gefühl der Eltern unendlich schlimm vor. Trotzdem: Es ist „ein Fall" und auch der Angeklagte verdient einen fairen Prozess mit unvoreingenommenen Richtern.

Einer meiner ersten Fälle beim Schwurgericht war so ähnlich wie dieser und hat mir einige schlaflose Nächte bereitet. Doch mittlerweile hab ich gelernt mit solchen Fällen besser umzugehen und sich nicht von seinen Emotionen leiten zu lassen.

Sicher erscheint es den meisten unverständlich, wie man nur derartige Gefühle haben kann, dass man zu so einer Tat fähig ist. Ein Gedanke, der mir geholfen hat mit solchen Fällen besser umgehen zu können, war: So ein Verhalten ist aus gutem Grund eine schwere Straftat, aber ich glaube, *die Neigung an sich* sucht sich keiner freiwillig aus. Ich denke, kein Mensch würde sich aus freien Stücken dazu entschließen Gefühle zu haben, die dermaßen verachtet werden und für die man sogar umgebracht werden sollte, wenn es nach manche ginge.

Im Zuge meiner Recherchen zu diesem Thema bin ich auf einen Spot einer Kampagne gestoßen, die ich persönlich sehr gut finde. Sie nennt sich „Kein Täter werden" und bietet Menschen, die pädophile Empfindungen haben, Hilfe. Sie hilft Ihnen zu lernen mit solch einer Neigung umzugehen und damit besser leben zu können, ohne jemals Täter zu werden. Ein Satz, den ich aus diesem Spot persönlich sehr gut und richtig finde, lautet:

Niemand ist schuld an seiner sexuellen Neigung, aber jeder verantwortlich für sein Verhalten.

Ich finde, das zeigt sehr gut, dass Pädophilie nicht gleich Kinderschänder bedeutet. Es ist ein großer Unterschied, ob man solche Gefühle in sich trägt oder ob man diese auch auslebt. Ich ziehe den Hut vor denen, die sich trotz ihrer Gefühle fest dazu entschließen, diesen nicht nachzugeben und weiter hart an sich zu arbeiten, um niemals Täter zu werden.

Von Fällen wie dem, der jetzt auf meinem Schreibtisch liegt, hört man normalerweise nur durch die Medien oder sieht sie in einem Krimi – hier ist es Realität. Hört sich hart an, ist auch hart. Aber mit sowas muss man hier umgehen können. Das ist unser Job. So wie andere an Autos rumschrauben, im Büro für ein Unternehmen arbeiten oder dir morgens die Brötchen verkaufen, so ist es unsere Aufgabe, über derartige Straftaten zu urteilen. Gerade deswegen ist es mir auch so wichtig, ordentlich und genau zu arbeiten, da es *mein Gewissen* sonst ist, das mich bestraft. Und das sollte man nicht unterschätzen... Mit einem Fehlurteil, an dem ich beteiligt bin, muss schließlich *ich* leben.

Fehlurteile sind immer schlimm – egal, ob ein Mensch zu Unrecht freigesprochen oder verurteilt wird. Und gerade in meinem Aufgabenbereich wiegen solche Fehlurteile sehr schwer. Hier geht es nicht um eine Geldstrafe, die nicht weiter wehtut, sondern um hohe Haftstrafen. Im Gegensatz zu den Verfahren, die wir hier zu verhandeln haben, scheinen die Verfahren vor dem Amtsgericht fast nicht mehr der Rede wert.

Angenommen ein Familienvater wird von uns zu Unrecht wegen Totschlags verurteilt. Dann sitzt dieser Mann locker seine acht bis zwölf Jahre im Gefängnis. Für ihn bedeutet das aber noch viel mehr: Sein komplettes Familienleben wird dadurch zerstört. Ein einziges Urteil hat sehr viel Macht und kann viel kaputt machen. Wenn er zu Recht verurteilt wurde, ist die Strafe natürlich gerecht. Doch wenn nicht, kann so ein Urteil verheerende Folgen haben.

In Deutschland ist es glücklicherweise so – falls man bei Fehlurteilen überhaupt von Glück sprechen kann –, dass man eher zu Unrecht freigesprochen statt verurteilt wird. Nach dem Gesetz können solche Freisprüche vollkommen korrekt, nach menschlichem Empfinden jedoch falsch sein. Denn wenn man eine Tat nicht lückenlos und zweifelsfrei nachweisen kann, muss man im Zweifel den Angeklagten freisprechen. So kann es passieren, dass man einen Mörder „laufen lassen" muss, weil man ihm die Tat nicht nachweisen kann. Das Gericht muss von der Schuld des

Angeklagten überzeugt sein und die Tat für erwiesen halten. Zweifel führen zum Freispruch. Kein Fehlurteil im Sinne des Gesetzes, sondern eins im menschlichen Sinne.

Für mich, als gerechtigkeitsliebenden Menschen, sind solche Fehlurteile etwas Fürchterliches. Und wenn ich ehrlich bin, ist das eine meiner größten Ängste. Ich hatte immer Angst davor einmal einen „wahren Mörder" laufen lassen zu müssen, dass ich jemanden freisprechen muss, den ich eigentlich für schuldig halte.

Aber so ist nun einmal unser Rechtssystem. Und das ist auch gut so. Was wäre denn, wenn es nicht so wäre? Es würden viel einfacher unschuldige Menschen verurteilt und hinter Gitter gebracht werden. Menschen, die nichts getan und vielleicht nur zur falschen Zeit am falschen Ort waren.

Auch, wenn Menschen keine „wahre Gerechtigkeit" bringen können, brauchen wir die Justiz. Man sollte aber nicht so naiv sein und glauben, dass alles, was Gerichte – Menschen! – entscheiden, automatisch richtig ist. Wir als Gericht können nach Sach- und Rechtslage einen Fall zwar beurteilen – ob jedoch all unsere Entscheidungen juristisch und menschlich richtig sind, kann aber nicht garantiert werden. Wenn das Gericht jedoch nach bestem Wissen und Urteilsvermögen gehandelt hat, hat es sich nichts vorzuwerfen. Auch, wenn das Gewissen darauf nicht immer Rücksicht nimmt und uns trotzdem plagen kann. Solange Menschen über Menschen richten, wird es wohl immer Fehlurteile geben.

Ich habe lange überlegt, ob ich Strafrichter werden sollte. Die Arbeit ist spannend, man trägt viel Verantwortung und handelt im Sinne des Rechts. Ich hasse Ungerechtigkeit – und auch, wenn man oft sagt, dass „Recht und Gerechtigkeit zwei Paar Schuhe" sind, habe ich das Gefühl durch meine Arbeit die Welt ein kleines bisschen gerechter zu machen.

Doch der Job beim Schwurgericht ist hart. Man sieht viel Gewalt und erfährt viel über das Leben der Menschen, über ihre Hintergründe und deren teils wirklich tragische Vergangenheit mit ihren Schicksalen – sowohl auf Täter- wie auf Opferseite. Es ist wichtig, Respekt vor dem Beruf, aber nicht Angst vor den Angeklagten und vor der großen Verantwortung zu haben. Und obwohl einige meiner Kollegen sagen, dass sie sich nie vorstellen könnten, beim Schwurgericht zu arbeiten, mag ich die Arbeit hier sehr gerne.

Kapitel 17

Ich kriege keine Luft, mir ist heiß, mein Herz rast. Verzweifelt versuche ich, Luft zu bekommen, doch irgendetwas drückt auf meinen Hals. Erfolglos versuche ich es wegzubekommen, doch der Druck auf meine Kehle wird immer stärker. Mit einem Mal höre ich jemanden lachen. Mehrere. Sie scheinen um mich herum zu stehen, auf mich runter zu sehen. Plötzlich habe ich am ganzen Körper Schmerzen, spüre, wie der Sauerstoffvorrat zu Ende geht und ich zu ersticken drohe. Schweißgebadet will um Hilfe rufen, schreien, doch dazu fehlt mir die Kraft. Ich schüttel mich, versuche aufzustehen, wegzulaufen, doch es gelingt mir nicht. Dafür wird es immer enger, mir immer heißer.

Panisch reiße ich meine Augen auf. Und obwohl ich realisiere, dass es wohl wieder einmal nur ein schlechter Traum war, brauche ich einige Zeit, bis sich mein Atem wieder etwas beruhigt.

Noch heute verfolgt mich meine Vergangenheit... Unfähig wieder einzuschlafen, setze ich mich an die frische Luft und genieße einige Zeit lang das Gefühl, wie sich meine Lunge mit Sauerstoff füllt.

Die darauffolgenden Tage verbringe ich damit, über alles nachzudenken und mir auch um das Thema Arbeit Gedanken zu machen, schließlich reicht das Gesparte nicht ewig. Trotzdem hatte ich bisher nicht die Kraft mich aktiv um etwas in der Richtung zu kümmern. Vielmehr bin ich in Gedanken ständig bei meiner Familie, bei Nathan, Lisa und Zoé. Ich kann mich einfach nicht auf andere Sachen konzentrieren.

Um ehrlich zu sein, habe ich mich bislang nur nicht getraut, erneut zum Haus zu fahren. Ich will ja meine Familie zurückhaben und sie wiedersehen. Auf der anderen Seite mache ich mir viel zu viel Gedanken darüber, was alles passieren könnte. Doch was soll schon Schlimmes passieren? Ich hab nichts mehr zu verlieren!

Zwischen Wut, Freude, Angst und Trauer schwankend, ringe ich mich schlussendlich doch dazu durch, mich meinem Traum aber somit auch meinen größten Ängsten zu stellen. Nachdem ich genug Mut gesammelt habe laufe ich los. Anfangs hatte ich mit dem Gedanken gespielt, mir Mut *anzutrinken*, doch die Idee hatte ich schnell wieder verworfen. Schließlich geht es hier um mein Leben, das ich in die Hand nehmen muss. Da hat Alkohol nichts verloren, das muss ich selbst angehen – nüchtern und bei klarem Verstand. Da muss ich jetzt einfach durch!

Genferweg 7. Ich hole ein letztes Mal tief Luft und wage mich dann bis vor die Haustür. Was werden sie wohl sagen, wenn ich plötzlich wieder vor ihnen stehe? Weiß Lisa überhaupt, dass es mich gibt, oder hat sie mich vielleicht sogar noch in Erinnerung? Was, wenn sie mich nicht akzeptieren, mich nicht mehr wollen?!

Egal – ich will und werde es jetzt durchziehen! Ich habe lange warten müssen und jetzt habe ich endlich die Möglichkeit meine Familie wiederzusehen und Lisa richtig kennenzulernen! Das, was ich mir seit Jahren so sehnlichst herbeiwünsche. Jetzt bin ich dafür verantwortlich, wie es weitergeht, wie die nächsten Kapitel der Geschichte aussehen. Und das ist erst der Anfang...

Vor der Tür stehen einige Schuhe, Männer- und ... *Frauenschuhe*. Tatsächlich... Ein weiteres Mal prüfe ich das Namensschild: *Martin*. Mich überkommt ein komisches Bauchgefühl. Panik macht sich in mir breit und ruckartig trete ich einen Schritt zurück. Mein Herz schlägt schneller, mein Atem wird lauter. Ich bin kurz davor wegzulaufen – aber warum?! In diesem Augenblick stehe ich genau da, wo ich mich seit zehn Jahren sehe.

Was erwartet mich hinter dieser Tür? Was soll ich überhaupt sagen? Doch ich komme gar nicht mehr dazu, mir weiter Gedanken zu machen oder gar zu klingeln. Hinter der Tür sehe ich eine Person direkt auf mich zukommen. Mein Herz... Obwohl ich am liebsten wegrennen würde, bleibe ich wie angewurzelt stehen. Sie öffnet die Tür. Jetzt ist es zu spät. Für einen Moment bin ich wie gelähmt, bringe keinen Ton raus.

Kapitel 18

Vor mir steht ein junges, hübsches Mädchen. Sie hat lange blonde Haare, dezent aber schön geschminkte Augen, etwas Make-up auf dem Gesicht. Ihr rotes Top geht ihr bis über die schwarze Hose.

Mir fehlen die Worte. Ist das tatsächlich meine Tochter? Wenn das wirklich Lisa ist, sieht sie älter als 15 Jahre aus. Sie sieht mich etwas erschrocken an, doch ich kann nichts sagen. Stattdessen schaue ich in ihr bildhübsches Gesicht.

„Ehm, kann ich Ihnen irgendwie helfen?", fragt mich das Mädchen.

„Bist du Lisa?"

„Ja, warum? Wer sind Sie?"

Tatsächlich! Das Mädchen ist meine Tochter. Doch was nun? Was soll ich jetzt machen? Erkennt sie mich denn nicht?! Plötzlich sehe ich hinter ihr einen Mann zur Tür kommen. Erschrocken starrt er mich an. Es ist mein Mann, Nathan. Verdammt, wieso bin ich nur hierhergekommen?! Wir beide sehen uns einen Moment an. Er ist sichtlich überrascht, ja wirkt fast schon schockiert darüber, mich hier zu sehen. Damit hat er sicherlich nicht gerechnet... Doch trotz des unangenehmen Gefühls bin ich glücklich und auch ein wenig stolz. Ich bin genau da, wo ich mich seit zehn Jahren stehen sehe – vor meiner Familie.

„Papa, wer ist die Frau?"

Lisa schaut ihren Vater verwirrt an.

„Das ist.. ehm.."

Seine Kehle ist wie zugeschnürt. Ihm ist deutlich anzusehen, dass er mit meinem Auftreten total überfordert ist und nicht weiß, was er sagen soll. Doch das soll er mal schön selbst hinkriegen... Ich habe nichts zu verbergen. Wiederholt sieht er mich mit entsetztem Blick an.

„Lisa, geh bitte kurz rein. Ich klär das eben."

„Aber warum denn? Wer ist das denn?", erwidert Lisa.

„Geh einfach bitte rein, es ist alles okay. Ich erklär dir das später."

Widerwillig dreht sich Lisa um und geht ins Haus.

„Was machst du denn hier?!", fragt mich Nathan.

„Was ich hier mache? Das fragst du mich noch?"

„Du wurdest schon entlassen?!"

„Schon ist gut. Waren schließlich zehn Jahre. Aber die vergehen auch irgendwann."

„Und was willst du jetzt hier?"

„Nathan, wir müssen reden!"

„Muss das denn sein? Kannst du die Vergangenheit nicht einfach ruhen lassen? Es ist alles gesagt!"

„Nein, ich habe unschuldig zehn Jahre meines Lebens hinter Gittern verbracht. Das kann ich so schnell nicht vergessen. Ist das nicht verständlich, dass ich mit dir reden möchte?"

„Béatrice, ich habe gerade echt keine Zeit für sowas."

„Dann wirst du dir wohl diese Zeit nehmen müssen. Ist das dein Ernst?! Ich komme nach zehn langen Jahren endlich frei und will mit dir reden – und du hast *keine Zeit*?! Dass ich dir wirklich so wenig bedeute, hätte ich nicht gedacht."

Einen Moment sieht er mich schweigend an.

„In einer Stunde im Café an der Wiener Straße, okay?"

„Okay."

Ich verlasse das Grundstück und schaue etwas wehmütig zurück zum Hauseingang. Ich brauche einen Moment, um zu realisieren, was eben geschehen ist. Habe ich gerade wirklich meine Tochter Lisa wiedergesehen?

Ein wenig betrübt und doch erleichtert laufe ich die Straße in Richtung Kreuzung entlang. Auch, wenn alles überraschend und doch etwas ungeplant war, hat es mich gefreut, Lisa und Nathan wiederzusehen. Mich würde aber umso mehr interessieren, wie Nathan mein Auftreten vor Lisa erklärt. Wird er ihr die Wahrheit sagen? Wohl kaum... Doch zum Glück hat er nicht bestritten, mich zu kennen oder mich als *Irgendjemanden* abgestempelt. Ich glaube, das hätte noch mehr weh getan.

Einige Minuten später erreiche ich das Café an der Wiener Straße am Markt. Schon von außen erkenne ich, dass das Café recht gefüllt ist. Dieser Ort bedeutet mir sehr viel. Als ich das Café betrete, kommen sie wieder: All die Erinnerungen mit Nathan, die wir hier neben glücklichen Menschen und duftendem Kaffee schufen.

Ich warte. Und warte. Und dann, nach einer gefühlten Ewigkeit, öffnet sich die Tür und Nathan tritt ein. Endlich... Ungeduldig sehe ich zu ihm. Ich bin angespannt. Was wird er mir gleich sagen? Warum Sie nie bei mir im Gefängnis waren, warum ich nie eine Antwort auf meine Briefe bekommen habe...?

„Hallo Béatrice", begrüßt mich mein Mann. Oder wie man das auch immer nennen mag. Ist er noch *mein Mann*? Rechtmäßig sind wir ja noch verheiratet...

„Wartest du schon lange?", fragt er mich, während er sich zu mir an den Tisch setzt. Es scheint, als habe er lediglich eine Möglichkeit gesucht die Stille zu durchbrechen. Etwas abwesend reagiere ich mit einer kurzen Kopfbewegung, was ihn aber auch nicht wirklich zu interessieren scheint.

Wir bestellen uns einen Tee und sehen uns dann wortlos an. Obwohl unser Verhältnis und die ganze Situation mehr als komisch ist, genieße ich den Moment mit dem wichtigsten Menschen in meinem Leben, in Freiheit! Glücklich sehe ich zu Nathan.

„Weißt du noch damals? Als wir uns hier immer heimlich trafen, damit unsere Eltern nichts bemerken?"

Keine Reaktion. Warum antwortet er nicht? Bedeutet ihm die Vergangenheit denn gar nichts mehr? Kann er alles einfach so verdrängen und so tun, als wäre nie etwas geschehen? Ich wage einen neuen Versuch.

„Hier haben wir uns auch das erste Mal geküsst..."

„Béatrice, was willst du von mir?!", antwortet er hart.

„Freust du dich denn gar nicht, mich wiederzusehen?"

„Was soll ich sagen? Nein, um ehrlich zu sein nicht."

„Gib's doch zu: Du hast 'ne Andere!", entfährt es mich.

Verletzt und ein wenig wütend sehe ich nach draußen, wo es zu regnen beginnt.

„Nein Béatrice. Das hat damit überhaupt nichts zu tun."

„Also doch! Ich hab es gewusst..."

„Die letzten Jahre waren auch für mich nicht leicht, Béatrice. Ich habe wirklich einige Jahre gebraucht, um das alles zu verstehen, zu verarbeiten. Und auch, wenn ich allen Grund und das Recht dazu gehabt hätte: Bis zum heutigen Tag habe ich keine Frau an mich herangelassen. Du warst die einzige Frau, die ich je geliebt habe."

Gerührt neige ich mich zu ihm, will ihn in den Arm nehmen, doch er stößt mich zurück.

„Béatrice, es ist aus! Versteh das bitte! Es war nicht immer einfach als alleinerziehender Vater, der vorher nur Augen für seine Arbeit hatte. Doch das haben Lisa und ich gemeinsam geschafft – ohne dich. Wir sind ein Team. Das mit uns ist beiden, Béatrice, ist Vergangenheit. Du hast dich anders entschieden, also leb auch mit den Konsequenzen deiner Entscheidung."

„Aber, wir beide... Ich meine... Das ist was Besonderes! Das kannst du doch jetzt nicht einfach so wegwerfen!"

„Béatrice, bitte halt dich aus unserem Leben raus, du bist kein Teil mehr davon. Zehn Jahre lang habe ich Lisa alleine großgezogen und jetzt kommst du und willst einen auf perfekte Mama machen, oder was? Nein! Ich will nichts mehr von dir wissen, Béatrice."

Ich bin sprachlos und schaue ihn nur fassungslos an.

„Du willst mir Lisa vorenthalten?! Das kannst du nicht machen..."

„Lass Lisa aus dem Spiel."

„Lisa ist auch meine Tochter, schon vergessen? Ich bin ihre Mutter, habe sie geboren und mich jahrelang um sie gekümmert. Ich habe ein Recht darauf, Kontakt zu ihr zu haben und sie endlich kennenzulernen. Mir wurden zehn Jahre geraubt – die Zeit will ich aufholen, auch mit Lisa."

„Nein, das war sie mal – deine Tochter. Du hast gut Reden... Die vergangenen Jahre waren nicht nur für dich schwer. Während du in einer Zelle saßt, musste ich das ganze Leben hier draußen alleine managen! Plötzlich war ich alleine für Lisa verantwortlich. Vom einen auf den anderen Tag war Mama nicht mehr da und das hat auch Lisa gemerkt. Die ersten Wochen fragte sie ständig, wo du bist. Glaubst du, das war leicht?! Du hast keine Ahnung!"

„Aber ich..."

„Außerdem habe ich das alleinige Sorgerecht für Lisa. Du hast nichts mehr mit uns zu tun und ich will nicht, dass du Kontakt zu ihr hast. Das alles hat zehn Jahre lang so gut funktioniert, da musst du jetzt nicht kommen und ihr Leben durcheinanderbringen."

„Willst du mir jetzt auch noch das nehmen, was mir hier in Freiheit noch bleibt?! Seit Jahren wünsche ich mir nichts sehnlicher, als euch wieder zu haben."

„Béatrice, es ist viel passiert. Und das kannst du so ohne Weiteres nicht ungeschehen machen. Außerdem sehe ich das nicht ein: Wann warst du denn bitte da? Einschulung, erster Freund und Liebeskummer, erste fünf in Mathe – Wer war da? Du nicht!"

„Ich konnte nicht."

„Ja und warum nicht? Weil du einen Menschen auf dem Gewissen hast!"

„Nathan, du weißt, dass das nicht stimmt. Außerdem habe ich ständig Briefe geschrieben. Und bis heute hab ich keine einzige Antwort auf einen meiner Briefe bekommen."

„Ich wollte nicht, dass sie Kontakt zu dir hat. Und *ich* wollte übrigens auch keinen. Soweit käme es noch: Mutter im Knast besuchen – Traum eines jeden Kindes."

Einige Tränen laufen mir übers Gesicht. Das so von ihm zu hören ist unglaublich schmerzhaft. Jetzt habe ich meine Vermutung quittiert, dass er keinen Kontakt wollte.

„Und das hätte Lisa auch nicht gewollt."

„Woher willst du das wissen?! Hast du sie jemals gefragt?", entgegne ich unter Tränen.

„Nein, aber das muss ich auch nicht!"

Kopfschüttelnd wende ich mich von ihm ab, sehe durch ein Fenster in den Regen.

„Ich bin keine Mörderin!", stelle ich bestimmt fest.

„Doch Béatrice! Du hast einen Menschen ermordet."

„Ich hab das nicht getan! Ich saß zehn Jahre unschuldig in Haft und hatte in dieser ganzen Zeit keinen, der zu mir stand und mir geglaubt hat. Keiner. Selbst du, mein eigener Ehemann glaubt mir nicht. Weißt du, wie weh das tut?"

Die Tränen fließen schneller, brennen im Gesicht.

„Du weißt genauso gut wie ich, dass du zu Recht verurteilt wurdest. Das hast du dir selbst zuzuschreiben!"

„Ich habe Simone nicht umgebracht. Glaub mir doch!"

„Béatrice, sie hat dich in der Schule mit zwei anderen aus deiner Klasse jahrelang gemobbt. Auf dem Klassentreffen kam dann alles wieder hoch. Du hast sie vom Dach gestoßen, eiskalt ermordet."

„Das ist Quatsch. Cléo muss sich als »Ich« ausgegeben haben. Oder irgendjemand anders, in ihrem Auftrag."

„Das glaubst du doch selbst nicht."

„Was weiß ich denn... Dann hat die eben die Zeugen vor Gericht bestochen."

„Du willst es einfach nicht wahrhaben!"

„Nein! Ich war das nicht, ich bin unschuldig!"

„Béatrice, du bist krank! Dass du nicht in die Geschlossene kamst, war alles! Ich will keine Mörderin für Lisa als Mutter, versteh das doch. Glaub mir, bei mir ist sie in guten

Händen. Wenn du das Beste für Lisa willst, lässt du uns in Ruhe."

Ohne ein weiteres Wort springt Nathan auf und verlässt das Café. Draußen stürmt es. Nun sitze ich hier alleine, weinend und voller Schmerzen. Es tut so weh, so etwas aus dem Mund des Mannes zu hören, in den ich so viel Hoffnung auf einen Neuanfang gesetzt habe und nach wie vor liebe. Mir wird schlecht, fluchtartig rette ich mich aus dem Café in die kühle Luft. Ich stehe im Regen, sehe ein letztes Mal in das beleuchtete Café.

Kapitel 19

Die Sonne ist nicht mehr zu sehen und allmählich nähert sich die Dämmerung. Um das Gespräch zu verarbeiten, spaziere ich etwas durch den Park. Es ist der Park, den ich damals schon immer aufgesucht habe, wenn ich den Kopf freikriegen oder einfach mal raus musste. Die herbstlich bunten Bäume des Parks rauschen und trotz der anbrechenden Dunkelheit erkenne ich die vielen Farben der Blätter. Dieser Ort ist besonders. Man kann durchatmen, die blühende Natur in voller Gestalt erleben und bestaunen. Alles sprießt, trägt Lebensfreude in sich und strahlt das höchste Gut des Menschen aus: Freiheit.

Inmitten des Parks ist ein kleiner See, der diese Idylle perfekt macht und ihr einen besonderen Akzent verleiht. Auf dem Weg zu diesem gelange ich wie üblich an das Straßenschild, das eine Abbiegung markiert:

Fichtenweg

Der schmale Weg führt durch ein weiteres Waldstück zu einer benachbarten Siedlung. Das Schild ist verdreckt, belegt mit einer Moosschicht, deutlich schlimmer als früher. Trotzdem wirkt es so gleich, so unverändert und vertraut. Es ist, als wäre ich nie weg gewesen.

Ein seltsamer Gedanke: Hätte ich mir vor zehn Jahren, beim Joggen oder Spazieren, vorstellen können, dass ich heute hier stehen würde – jedoch mit dieser Vergangenheit?! Mit all dem, was sich in dieser langen Zeit zugetragen hat, hätte ich nie gerechnet! Vielleicht ist das auch besser so. Ich denke, wenn ich gewusst hätte, wie schlimm die Zeit hinter Gittern wirklich werden sollte, hätte ich das alles gar nicht auf mich genommen und mir vorher das Leben genommen.

Auf der anderen Seite: Vielleicht hätte ich mehr Dankbarkeit für das das *Normale* gehabt, für etwas zum Essen, zum Anziehen, für ein Dach über dem Kopf, ein *Zuhause,* für Gesundheit und Menschen, die einen lieben...

An meiner Lieblingsbank, nahe am Wasser, mache ich Halt. Schon damals beim Spazieren oder Joggen machte ich hier immer eine kleine Pause. Die Bank ist besetzt. Auf ihr sitzt ein alter Mann. Er trägt einen übergroßen grauen Pullover, eine braune Hose, eine Brille und hat einen mittellangen weißen Bart. Viel mehr kann ich nicht erkennen, da es schon recht dunkel ist. Der alte Mann sitzt regungslos auf der braunen Bank und starrt in Gedanken versunken in Richtung der vielen Bäume, hinter denen gerade die Sonne untergegangen ist.

Ohne groß nachzudenken oder ihn zu fragen setze mich zu ihm, auf den freien Platz neben ihm. Erst jetzt erkenne ich, dass der Mann nur ein Bein hat und eine Krücke mit sich führt. Zunächst schockt mich der Anblick, doch schon kurz danach bin auch ich in Gedanken woanders.

„Glauben Sie an Gerechtigkeit?", entfährt es mich plötzlich.

Keine Regung. Für einen Moment habe ich das Gefühl, er hätte überhaupt nichts gehört. Von Pein überkommen will ich mich entschuldigen, doch zu meiner Verwunderung bekomme ich keinen Ton raus. Bis eben wusste ich selbst nicht so recht, wo meine Gedanken sind und plötzlich, wie aus dem Nichts, spreche ich einen Fremden an.

Diese wenigen Sekunden kommen mir wie eine halbe Ewigkeit vor, so, als würde es sich in Zeitlupe abspielen. Ohne mir in die Augen zu schauen oder sonst eine Regung zu zeigen entgegnet er: „Glauben Sie an Schicksal?"

Verwirrt blicke ich zu ihm, doch er schaut weiterhin abwesend durch die Bäume. Ich folge seinem Blick und sehe dann in den dunklen Himmel.

„Ich weiß nicht", antworte ich, zu ihm blickend und ohne mir sicher zu sein, worauf seine Frage abzielen soll. Wieder keine Regung seinerseits. Zwischen Unwohlsein, Ungeduld und Neugier schwankend, sehe ich mich nach allen Seiten um und schaue dann wieder zu ihm.

Plötzlich, das erste Mal in dieser Konversation, dreht er seinen Kopf in meine Richtung und sieht mir in die Augen. Er sieht nett aus. Gestützt auf seine Krücke blickt er zu mir. Für einen Moment kommt mir die Situation unreal vor, wie in einem Traum.

Auf einmal sieht er mir tief in die Augen. Tiefer als eben. Seine glasklaren blaugrauen Augen, die ich nur mit Mühe erkennen kann, leuchten dezent und strahlen eine gewisse Art Weisheit und Reife aus. Doch schon im nächsten Moment kommt es mir so vor, als würden mich seine Augen durchdringen, ja förmlich tief in mein Innerstes hinabblicken. Es ist, als könne er meine Gedanken lesen, alles wissen. Mit einem Mal komme ich mir so ungeschützt, angreifbar und nackt vor. Seine Augen scheinen meine Blicke in sich zu verschlucken, sie in die Weiten seines Ozeans zu ziehen. Sein Blick wird immer stärker, immer intensiver. Mich überkommt eine Gänsehaut, die meinen ganzen Körper bedeckt. Nervös rutsche ich hin und her. Versehentlich berührt er dabei die Stelle an meinem Arm und mit einem Mal kommt alles wieder hoch...

Ich springe wortlos auf und laufe los, an ihm vorbei, seinem schrecklichen Blick entfliehend und verschwinde in der dunklen weiten Nacht. Ich laufe und laufe, zwinge mich, immer weiterzulaufen, nicht anzuhalten. Plötzlich spüre ich, wie die Kraft aus meinen Beinen weicht. Es ist, als wären sie aus Glas und würden zu Bruch gehen, doch ich laufe weiter. Immer weiter. Ich verliere jegliches Zeitgefühl und laufe, bis ich meinen Körper nicht mehr halten kann und er in sich zusammenfällt. Ich kann nichts tun, bin gefangen im eigenen Körper. Ich schließe ganz fest meine Augen und reiße sie ruckartig wieder auf. Ich sitze zusammengekauert im Dreck, einige Meter von einem Baum entfernt. Es ist wie in einem Albtraum. Und überall diese Splitter... Was ist das?

Ich verspüre ein Schmerzgefühl, einen stechenden Schmerz in der Brust. Es tut so weh, ja, es fühlt sich so an, als würde mir ein Messer in die Brust gerammt und mein Herz durchbohrt. Trotz meiner Versuche, den Schmerz auf irgendeine Weise zu stoppen, ist es, als müsste ich mich ohnmächtig diesem ergeben.

Doch mit einem Mal verstehe ich, dass es kein physischer Schmerz ist. Allmählich wird mir bewusst, was ich eigentlich alles verloren habe und was mir diese Knasthölle angetan hat. Und plötzlich schießt alles aus mir raus, all das, was ich die letzten zehn Jahre in mir getragen habe... Ich halt das nicht mehr aus, kann es nicht aufhalten: Tränen schießen mir aus den Augen, dicke Tränen rinnen über mein Gesicht, an den Wangen herunter. Fühlt sich *so* Verlust an? Ist das das Gefühl, nichts mehr zu haben?

Zwar kommt mir alles so unwirklich und wie ein Traum vor, doch ich schaffe es nicht aus diesem zu erwachen. Ich will das nicht, es soll aufhören. Doch es klappt nicht. Weiter bade ich in einem See meiner eigenen Tränen – der Tränen, die das ausspülen, was sich all die vergangenen Jahre angestaut hat. Die Zeit im Gefängnis geht doch nicht so spurlos an mir vorbei, wie ich es gehofft hatte.

Mir wird kalt, verzweifelt umklammere ich einen großen Baum und versuche, irgendeine Art von Schutz und Hilfe zu spüren. Doch statt eines befreienden Gefühls verspüre ich beim Weinen Schmerzen, ja, ein unglaublich großes Schamgefühl, das nicht von mir weichen will. Es holt mich einfach immer wieder ein... Immer und immer wieder muss ich die alten Zeiten, den Schmerz durchleben und schaffe es nicht das alles endlich hinter mir zu lassen.

Kapitel 20

Unschlüssig sehe ich runter. Trotz bleibender Zweifel steige ich vorsichtig über die kalte graue Brüstung, die mich an die Gefängnisgitter erinnert. Meine Hände umfassen das schmale, nicht wirklich stabil wirkende Gitter. Neben einigen Schutthaufen erblicke ich unter mir lange Zugschienen. Mein Puls wird immer stärker und ich immer unsicherer. Meine schwitzigen Hände rutschen immer wieder über das harte Stahlgeländer, das genauso kalt ist wie das, was ich in diesem Moment in mir spüre. Zwar versuche ich mich zu beruhigen, doch das gelingt mir nur sehr begrenzt.

Langsam beruhigt sich mein Atem etwas, doch innerlich fühle ich mich alles andere als ruhig. Beherrscht atme ich tief ein und aus und wage dann einen zögerlichen, kurzen

Blick nach unten, ins tiefe Nichts. Die Zugschienen scheinen in weiter Ferne, doch in Wirklichkeit bin ich nur wenige Sekunden weit von ihnen entfernt.

Mit zitternden Händen taste ich mich weiter vor, meine Schuhe rutschen über den dunklen Restschotter. Meine Füße passen nicht ganz auf das schmale Überbleibsel der Brücke, sondern schweben zu großen Teilen schon im Freien.

Der Gedanke, gleich von allem befreit zu sein, betäubt etwas den Schmerz, den ich tief in mir spüre. Doch *wirklich* ruhig kann ich nicht werden. Kalt peitscht mir der harte und unbarmherzige Wind ins Gesicht. Ein ungutes Gefühl durchschießt meinen Körper. Ich friere. Meine Zähne schlagen aufeinander und ich spüre eine Gänsehaut am ganzen Körper. Die dicken Regentropfen platschen auf meinen Kopf. Es sind so viele Gefühle auf einmal, zu viele. Nun stehe ich hier, gefangen zwischen Unsicherheit, Verlust, Schmerz und Tod.

Warum ist dieses Leben so ungerecht? Ist es Schicksal, dass mein Leben nun so und auf diese Weise endet? Was hab ich getan, dass es so weit kommen musste?! Zwar habe ich jetzt endlich die Freiheit, die ich mir immer so gewünscht habe, doch was bringt mir das schon? Nur weil man räumlich und von außen gesehen frei ist, heißt das noch lange nicht, dass man *wirklich frei* ist. Das habe ich wohl all die Jahre vergessen... Das macht alles keinen Sinn mehr! Was habe ich denn noch zu verlieren?! Mein Motto war zwar immer zu kämpfen, ja, ich habe immer gesagt, dass man erst dann verloren hat, wenn man aufgibt zu kämpfen. Doch was bringt das jetzt alles noch?!

Nathan will keinen Kontakt mehr zu mir – der Mensch, dem ich einst versprochen habe zu ihm zu stehen, ihn nie zu verlassen und ihn immer zu lieben, will mich noch. *In guten wie in schlechten Zeiten* hieß es. Ja, er war wirklich *der* Mensch, mit dem ich mein restliches Leben verbringen wollte, neben dem ich morgens aufwachen wollte, mit dem ich alt werden und unseren Kindern beim Großwerden zusehen wollte. *Der* Mensch, mit dem ich gemeinsam leben und schließlich auch gemeinsam dahinscheiden und diese Welt verlassen wollte.

Und Lisa? Sie kennt sicher nicht die Wahrheit, den *wahren* Grund, warum ich so plötzlich aus ihrem Leben getreten bin... Und vielleicht hat Nathan Recht, wenn er sagt, es sei besser, Lisa nichts zu sagen, es einfach dabei zu belassen. Vielleicht zeige ich wirklich mehr, dass ich sie liebe und sie respektiere, wenn ich mich von ihr fernhalte und mich nicht in ihr Leben einmische. Dieser Gedanke zerreißt mich, doch vielleicht ist es besser so...

Ich habe keine Familie mehr, keine Menschen, die mich lieben. Keinen, der auf mich wartet oder mich vermisst. Ich habe nichts mehr, für das es sich lohnt zu leben.

Zu meinem Erstaunen macht sich abrupt eine Art Gefühllosigkeit in mir breit. Wie in Trance sehe ich nach unten, schließe für einen Moment die Augen und fange an zu träumen. Zu träumen, wie es wohl ist, ohne all dem hier... Dieses Leben, ja dieses ganze System macht überhaupt keinen Sinn. Im Grunde sind wir doch alle gefangen, ohnmächtig etwas zu verändern. Wir sind nicht frei. Das bloße Einatmen kalter Luft und die damit verbundene Illusion, frei zu sein wie ein Vogel, wie Jack und Rose, ist doch totaler Unsinn. Sowas Naives!

Man denkt, man könne alles schaffen, sei anders als der Rest der Welt und würde sich von der Gesellschaft nichts sagen lassen. Jeder denkt, er sei was Besonderes, könne etwas bewegen, etwas verändern. Aber im Grunde sind wir doch nichts weiter als Scheinindividuen einer unpersönlichen Masse, in der in Wahrheit jeder nur sich selbst sieht, *sich, seine* Bedürfnisse und *seine* Probleme.

Erst jetzt bemerke ich, wie meine Hände noch immer an dem kalten, sich wie Stein anfühlenden Geländer kleben. Für einen Moment fühlt es sich so an, als seien meine Hände eingefroren, mit dem Gitter verschmolzen, nicht loszulösen.

Betrübt sehe ich nach unten. Die heißen Tränen laufen über meine eiskalten roten Wangen bis hin zu meinen glühenden Lippen. Die Tränen scheinen das Feuer rauszutragen, das ich einst tief in meinem Herzen hatte. Eine tiefe Leere macht sich in mir breit, eine riesige Lücke, die nichts ausfüllt. Stück für Stück verlässt mich mein altes Leben. Jede einzelne Träne scheint einen Teil meines Lebens auszuradieren, wegzuspülen, zu vernichten. Zum ersten Mal lasse ich wirklich los: Mein altes Leben, all den Schmerz, all die Enttäuschungen, all die verpassten Chancen, all die Momente, die schönen, die schlechten – alles ist so weit weg. Und diese Leere wird immer größer...

Doch mit einem Mal verspüre ich ein unheimliches Glücksgefühl. Es fühlt sich so an, als wäre ich den Schritt schon gegangen, hätte mich befreit von all dem Schmerz und Leid, all dem Verlust und den Erinnerungen an diese fürchterliche, kalte und unbarmherzige Welt. Es ist, als hätte ich mich losgerissen von meinem Leben in Ketten. Gedanklich bin ich schon weit weg von all dem hier, weg von all dem Stress, all der Unruhe, der Sinnlosigkeit und den unpersönlichen Menschenmassen, die in ihrem Hamsterrad gefangen sind und vergeblich ums Überleben kämpfen. Gleich ist das alles hier Vergangenheit. Gleich werde ich wissen, wie es ist zu sterben. Tut es weh? Hat Zoé etwas dabei gespürt?

Ein letztes Mal atme ich tief ein. Es fühlt sich so an, als fülle sich mein ganzer Körper mit Entschlossenheit. Mein Griff lockert sich etwas, mein Atem entspannt sich und zu meiner Verwunderung lässt auch das Adrenalingefühl nach. Tief in mir spüre ich Sicherheit und ein Gefühl, dass mir sagt, dass es das Richtige ist jetzt zu gehen. Diese Welt braucht mich nicht mehr und ich brauche sie auch nicht mehr.

Ein letztes Mal ziehe ich den Ärmel hoch und betrachte die dunklen, blaugrünen Stellen. Mein Blick wendet sich ab. Die Tränen laufen mir durchs Gesicht und tropfen hinunter in dieses tiefe Nichts. So sicher, wie in diesem Moment, war ich mir noch nie. Die Zeit ist gekommen... Ich schließe die Augen. Und dann, ohne jeden Zweifel und mit einem leichten Lächeln im Gesicht, lasse ich los.

Mit einem Mal höre ich das laute Kreischen des Zuges, der rasend näherkommt. Mit schrillendem Getöse rollt er über die alten Schienen, genau auf mich zu. Ich reiße die Augen auf und blicke erstarrt nach oben. Die Brüstung in weiter Ferne, der Abstand wird immer größer. Was habe ich da getan?! Der Gedanke ist so endgültig, so unwiderruflich. Werde ich gleich wirklich nicht mehr leben? Ich will das nicht, nein! Ich fang an zu schreien, mein Herz schlägt immer schneller, mein Atem rast. Das unausstehliche Heulen des Zuges kommt immer und immer näher, wird lauter. Nochmals sehe ich hinauf zur Brücke, doch es hilft nicht.

Plötzlich erscheint mir etwas: Ein Bild, mehrere. Gefühle kommen hinzu und wie aus dem Nichts befinde ich mich mitten in einem Film. Die nachfolgenden Sekunden fühlen sich wie eine Ewigkeit an. Vor meinem Auge spielt sich mein gesamtes Leben ab. Es ist wirklich so, wie ich es damals immer gehört habe, es aber nie so recht glauben konnte. Und jetzt erlebe ich es selber! Mein gesamtes Leben erscheint vor mir und obwohl das alles unheimlich schnell passiert, ist es so, als würde ich jede einzelne Sekunde meines Lebens nochmals durchleben, all die Gefühle spüren, all das Glück, die Freude und die Liebe, aber auch all den Schmerz, das Leid und den Verlust.

Ich bekomme Panik: Mein Leben naht sich dem Ende, ich sehe, wie ich durch den Wald bis zur Brücke hochlaufe, vorsichtig über die Brüstung steige, mit zitternden und schwitzenden Händen das Stahlgeländer umklammere und dann einfach loslasse. Einfach so!

Ich fange an zu schreien, meine Augen schießen Tränen wie Kanonen – ich will nicht sterben! Mein ganzer Körper bebt, meine Adern ziehen sich zusammen und scheinen langsam aber sicher das Blut abzudrücken. Es fühlt sich schrecklich an! Ich reiße wieder die Augen auf, immer noch bin ich in direktem Sturzflug Richtung Tod. Im Augenwinkel sehe ich den Zug über die alten rostigen Stahlschienen in meine Richtung rasen. Das Kreischen des Zuges wird immer lauter, die Schienen werden größer, der Boden kommt immer näher. Es ist nicht aufzuhalten...

Ein schrecklich lautes Krachen ertönt, ich höre nur noch einen grellen Ton im Ohr. Mein Blut fließt immer schneller, ja, es scheint doppelt, dreifach so schnell und stark zu pumpen, es fühlt sich so an, als würden meine Adern fast platzen, um den harten Blutdruck nachzugeben. Mein ganzer Körper schmerzt, das Blut scheint in mir zu glühen, mich von innen zu verbrennen. Der Schmerz durchbohrt mich, durchfährt meinen ganzen Körper. Ich ertrag das nicht länger. Schweißgebadet reiße ich meine brennenden Augen auf. Doch ich sehe nur sehr verschwommen. Vorsichtig taste ich um mich. Ich blinzle einige Male, bis ich vor mir etwas erkenne. Es ist eine Bank. Verwundert sehe ich an mir herunter: Ich lebe! Die schmutzige weiße Hose, der dreckige Waldboden. Habe ich wirklich nur geträumt?! War das alles nicht echt? Wie kann das sein? Ich habe doch all diese Gefühle gehabt, den harten Wind gespürt, diese Kälte, diese tiefe Leere in mir. Das hab ich mir doch nicht alles eingebildet!

Langsam, auf allen Vieren, begebe ich mich zur Bank. Sie ist kalt. Mich überkommt eine Gänsehaut, ich zittere am ganzen Körper. Völlig orientierungslos sehe ich mich um und erblicke in einiger Entfernung eine ältere Frau. Ich will etwas sagen, um Hilfe rufen, doch es geht nicht. Es scheint, als seien meine Lippen verklebt, meine Kehle zugeschnürt. Ohnmächtig sehe ich, wie sie mir einen kurzen ängstlichen Blick zuwirft, bevor sie sich von mir abwendet und im nächsten Moment hinter einer großen Hecke verschwindet. Ich elendes Etwas. Wie ein Tier hocke ich bemitleidenswert auf allen Vieren vor der kalten Bank. Ob der Mann da vorne auf der Bank noch sitzt?

Erst jetzt bemerke ich, dass es schon Morgen ist. Mein Blick fällt auf meine Armbanduhr, deren Zeiger ich verkrampft und doch erfolglos zu lesen versuche. Sie zeigen irgendwas zwischen sechs und acht. Durch einige Bäume strahlt leicht die Sonne. Habe ich wirklich die ganze Nacht hier draußen verbracht?! Was hat das alles zu bedeuten?!

Kapitel 21

Das kleine Eingangstor quietscht, als ich es öffne. Es ist alt. Bevor ich weitergehe, halte ich einen Moment inne. Ich friere. Meine Hände sind kalt, doch wirklich spüren tu ich sie nicht. Es regnet, der Boden ist matschig. Langsam gehe ich den verregneten Schotterweg entlang, bis mein Blick auf einen Stein fällt:

*Leonie: *02.11.2017 †17.09.2018*

Kein ganzes Jahr alt ist sie geworden... So wie Zoé. Betrübt gehe ich einige Schritte über den unebenen Weg. Sie hatte ihr ganzes Leben vor sich, noch so viele Sachen zu erleben, zu tun...

Noch darüber nachdenkend erreiche ich Zoés Grab. Betrübt sehe ich zur kalten Steintafel hinunter, die so klein und unbedeutend wirkt. Einige Momente sehe ich nur stur auf die Tafel, die für mich immer noch so unreal ist. Nichts hat sich verändert. Immer noch die gleiche Aufmachung wie damals. Selbst das Bild steht noch. Ich hätte mir nie träumen lassen, welche Bedeutung dieses Bild noch einmal haben würde, dass genau dieses Bild einmal hier stehen würde. Unglaublich, dass es schon so lange her ist. Dabei ist es für mich doch noch so wie gestern, wie sie ihre strampelnden kleinen Füße gegen meinen Bauch stieß, wie ich dieses Leben in mir spürte.

Traurig sehe ich mich einige Male um und betrachte die zahlreichen anderen Gräber. Ein ernüchternder Gedanke, dass alles hier einmal lebendig war, ja, dass alles einmal Menschen waren, von denen manche sogar noch vor ein paar Wochen gelebt haben. Menschen, die ihr eigenes Leben, Familie, Freunde, eine Arbeit, aber auch Sorgen und Probleme hatten. Und hier enden sie...

Wäre der Traum Wirklichkeit gewesen, würde einer dieser Steine nun bald wohl meiner gewesen sein. Zum Glück war es nur ein Traum. Vielleicht war es ein Zeichen weiter am Leben zu bleiben. Auch, wenn mich meine Familie nicht mehr will, bin ich mir nun sicher, dass ich nicht bereit bin zu gehen. Was heißt schon *bereit*... Ich bin mir sicher, Zoé hätte gewollt, dass ich mein Leben trotzdem weiterlebe und nicht meinem alten Leben hinterhertrauere, während ich immer unglücklicher werde. Warum habe ich so lange um diese Freiheit gekämpft, wenn ich sie nun doch nicht mehr haben und meinem Leben ein Ende setzen will?!

Nein! Ich habe nicht umsonst so lange ausgeharrt. Das gebe ich jetzt nicht auf!

Doch immer sicherer werde ich mir darin, was ich in jedem Falle jetzt zu tun habe: Cleo zur Verantwortung ziehen! Ich kann das, was geschehen ist, nicht einfach so stehen lassen! Trotz dieser vielen Jahre ist es noch immer ein schwarzer Fleck, der nie bereinigt wurde. Solange Cleo nicht für das büßt, was sie getan hat, wird auch Zoé keinen Frieden finden. Dieser Fleck wird erst dann verschwinden, wenn diese schreckliche Tat vergolten ist.

Kurz denke ich zurück an das Gespräch mit dem Mann von gestern auf der Parkbank. Was hätte er wohl noch gesagt? Und was sollte seine Frage nach Schicksal? Was hat Gerechtigkeit mit Schicksal zu tun?

Etwas missmutig sehe ich zu Zoés Bild. Schmerzerfüllt falle ich auf meine Knie und betrachte das Desaster. Cleo hat mir alles genommen, was ich hatte! Sie hat uns allen so viel Leid angetan. Dafür will ich sie bluten sehen.

Kapitel 22

Hey Tom,
Danke für das schöne Wochenende mit euch!
Ich wollte fragen, ob wir uns vielleicht treffen könnten, also nur wenn du willst, ...

Unzufrieden lösche ich die WhatsApp-Nachricht wieder. Wie schreibt man nur sowas? *Hey Tom, können wir uns mal treffen? Hab das Gefühl, dass du kein Bock mehr auf mich hast.?!* Ich dachte bis zuletzt, ich bilde mir das vielleicht alles nur ein. Aber trotz dieses schönen Wochenendes hatte ich wiederholt das Gefühl, dass Tom auf Abstand geht. Ich will das aus dem Weg räumen – aber wie?

Während ich den Gedanken zu Ende verfolge, lasse ich meinen Blick schweifen. An der Rheinpromenade entlang schlendernd, fällt mein Blick auf die gegenüberliegende, wiesengrüne Rheinseite sowie auf die beiden großen Brücken und den Rheinturm. Ab und an genieße ich diese Umgebung hier. Schon damals habe ich es hier geliebt. Und auch jetzt, einige Jahre später, liebe ich die Vorzüge dieser Stadt und erinnere mich gerne daran zurück, wie oft ich hier mit Freunden Zeit verbrachte.

Als ich wieder geradeaus schaue, sehe ich ein altes Ehepaar mir entgegenkommen. Ihre zahlreichen Falten im Gesicht erinnern mich daran, wie schnell das Leben doch vorbei sein kann. Ich bin mir sicher, dass sich diese beiden Menschen in ihrer Jugend nicht vorstellen konnten, wie alt sie einmal sein würden und was sich in ihrem Leben und im Laufe der Jahre noch alles verändern würde. Und auch wir wissen das nicht.

Enya singt in ihrem Song[3]: *„Who can say [...] where the day flows? Only time...".* Und so ist es tatsächlich. Wir wissen nicht, was morgen ist.

Dieses Lied erinnert mich immer wieder an die Anschläge vom 11. September auf das World Trade Center in New York. Vor einiger Zeit bin ich auf ein Video gestoßen, das mich sehr zum Nachdenken gebracht hat. Manchen, die in den beiden Türmen gefangen waren und nicht flüchten konnten, weil die unteren Stockwerke bereits abbrannten, blieben noch ein paar Minuten, um sich telefonisch von ihren Liebsten zu verabschieden, bis die Türme einstürzten. In dem Video waren einige der letzten Anrufe

---

[3] „Only Time" von Enya, *A Day Without Rain*, 2000

aus den Twintowers zu hören, die auf den Anrufbeantwortern hinterlassen wurden. Es war hart das zu hören.

Ich stelle mir diese Situation unfassbar schlimm vor: Ein Mensch verabschiedet sich telefonisch von seinen Liebsten oder hinterlässt seiner Familie und seinen Freunden eine Nachricht auf dem Anrufbeantworter. Eine Nachricht, die in dieser Form nie beantwortet werden würde... Dieser Mensch verabschiedet sich – in dem Wissen, dass die Familie diese Nachricht hören wird, wenn man bereits tot ist. Unvorstellbar.

Wer hätte damals damit gerechnet?! Wer hätte an jenem Morgen damit gerechnet, dass sein Leben in wenigen Stunden zu Ende sein und der Vergangenheit angehören würde?! Wer hätte wohl damit gerechnet, dass dieser Anruf das letzte sein würde, was man seiner Familie mitteilen kann? Ein letztes „Schatz, ich liebe dich!"

Vergessen wir nicht, den Menschen, die wir lieben, zu sagen, wie viel sie uns bedeuten – und das nicht nur zu besonderen Anlässen. Und bedanken wir uns nicht erst am Grab für alles...

Noch einmal sehe ich zu dem Ehepaar. Sie lächeln. Die Sonne strahlt in ihr Gesicht und tuschiert ihr Alter, ihre Falten und ihre Probleme. Beeindruckend. Glücklich sehe ich ihnen nach, wie sie Hand in Hand den Rhein weiter spazieren, bis sie in der untergehenden Sonne nicht mehr zu sehen sind.

Ruckartig zücke ich mein Handy... Warum mich quälen irgendeinen sinnfreien Text zu schreiben, über den ich mir den Kopf zerbreche. Es dauert einen Moment, doch schon bald erklingt eine vertraute Stimme.

„Ja?"

„Hey Tom! Ich bins, Basti."

„Hey Basti."

91

„Du, Tom..."

„Ja?"

„Ich..ehm.. Ich würde mich voll freuen, mit dir mal wieder was Trinken zu gehen. Haben wir lange nicht mehr gemacht."

„Das stimmt.. Ja, können wir machen. Hab momentan aber viel Stress auf Arbeit. Ich schreib dir, okay?"

„Okay. Ich freu mich."

„Ciao."

Wenn mich das jetzt beruhigen soll, hat das Telefonat seinen Sinn eindeutig verfehlt. Was hat das nur zu bedeuten?! Das ist doch sicher nur eine Ausrede... Oder? Manche Freundschaften leben sich auseinander – traurig aber wahr. Bei uns nun etwa auch? Ich hoffe, dass es bei mir und Tom nicht der Fall ist. Zwar waren wir nie beste Freunde, doch wir kamen sehr gut miteinander aus und haben während unseres Studiums viel Zeit miteinander verbracht. Soll das nun alles vorbei sein?!

Kapitel 23

Es ist ruhig. Außer dem leichten Wind ist fast nichts zu hören. Genau so habe ich ihn mir vorgestellt: Den perfekten Ort, um alles wieder in Ordnung zu bringen. Die Sonne scheint, es ist mild. Ich genieße noch einen Augenblick diese Ruhe und das angenehme Klima, bevor ich wieder zu ihr hineingehe. Es war gar nicht so einfach gewesen, Cleo ausfindig zu machen, da sie innerhalb von Düsseldorf umgezogen war. Doch jetzt ist sie hier, genau da, wo ich sie haben will.

Sie sitzt in der hinteren Ecke der Halle. So unschuldig habe ich diese Hexe lange nicht gesehen. Langsam wacht sie auf, sieht sich verwirrt um, bis ich vor sie trete. Ein erleichterter Blick macht sich bei ihr breit. Vergeblich versucht sie etwas zu sagen, bis ich schließlich den Knebel aus ihrem Mund entferne.

„Du bist es nur. Ich dachte schon, ich muss Angst haben."

Erschrocken über ihre gefasste Reaktion bringe ich zunächst keinen Ton raus.

„Bei so Gestörten, die einem Chloroform aufs Gesicht drücken..."

Sie wirft mir einen herausfordernden Blick zu.

„Hat's dir die Sprache verschlagen?! Doch nicht so taff wie geplant?"

„Sei still!"

„Hoho, Béatrice wird sauer. Was hast du mit mir vor?!"

„Du hast alles zerstört! Hast mir einen Mord in die Schuhe geschoben und alles genommen, was mir etwas bedeutet hat: Zoé und dann auch noch Lisa und Nathan. Und..."

„Und jetzt?"

Fassungslos starre ich in ihr provokantes Gesicht.

„Du hast keine Beweise. Keiner hat dir geglaubt und das wird sich durch einen weiteren Mord auch nicht ändern."

„Cleo, ich dachte, wir wären Freunde. Beste Freu..."

„Wir?! Komm, hör auf zu träumen. Du bist so naiv, das ist schon fast traurig."

„Wie kannst du mir das nur antun?! Hast du kein Herz? Du bist doch auch ein Mensch..."

„Ach, komm mir jetzt nicht auf die Mitleidstour."

Desinteressiert wendet sie den Blick von mir ab.

„Zehn lange Jahre... Zehn Jahre Knast voller Drangsalen und Schikanen. Dahinter steckst du auch, was?"

„Ich hoffe, sie haben ihren Job gut gemacht", entgegnet sie lachend, „deine Knastschwestern wirst du wohl so schnell nicht vergessen."

Kurz sehe ich zu den blauen Flecken meines Unterarmes. Sie sehen halb verheilt aus, doch noch immer ist dieser Anblick und die Vorstellung an all das kaum zu ertragen. Geschockt blicke ich zu Cleo, doch mehr als ein gehässiges Grinsen gibt sie nicht von sich.

„Wie kannst du mir das nur antun... Du hast mir meine Familie genommen!"

„Du bist selber schuld. Ich war wenigstens all die Jahre für Lisa da. Und Nathan konnte auch etwas Ablenkung gebrauchen. Wenn du verstehst, was ich meine..."

„Du Miststück!"

Ihr hämisches Lachen bringt das Fass zum Überlaufen. Ich spüre, wie die Gefühle in mir hochkochen, wie ich wütend werde.

„Du wirst dafür büßen, Cleo!"

„Béatrice, du reitest dich immer weiter in den Dreck. Akzeptier es jetzt einfach so, wie es ist, und mach nicht alles noch schlimmer."

„Auf der Stelle entschuldigst du dich! Sofort! Sonst..."

„Sonst was?! Sonst bringst du mich um? So wie diese Simone damals?"

„Das war ich nicht!"

„Kannst du das beweisen?!"

„Du warst es! Gib es zu!"

„Jedenfalls war das leichter als das mit dem Unfall."

Entsetzt sehe ich in ihre böse funkelnden Augen.

„Du hast Zoé auf dem Gewissen! Wie konntest du nur..."

„Die paar Brüche waren es mir Wert. Wenigstens hast du ab da an richtig am Rad gedreht."

„Du hast Zoé umgebracht!"

„Von was redest du da eigentlich? Zoé hier, Zoé da – es war ein winziges Embryo, ein kleines Stück Fleisch."

„Hör auf! Hör auf so zu reden!"

„Ist doch wahr. Dieses kleine Ding hat doch überhaupt nichts gespürt."

„Sei still! Halt endlich dein Maul!"

Wutentbrannt springe ich auf und hole das Fläschchen, in dem ich die Körner aufbewahre.

„Kein Wunder, dass niemand einen Zweifel daran hatte, dass du Simone umgebracht hast", ruft sie mir hinterher.

Ohnmächtig sitzt sie in der Ecke der großen Halle und schaut mit unklarem Blick in meine Richtung, während ich ihr entgegenkomme. Einen Moment genieße ich dieses Gefühl: Endlich entscheide *ich*, wie es weitergeht. Sie hat schon genug über mein Leben entschieden, jetzt bin ich an der Reihe.

„Das ist doch lächerlich, Béatrice. Lass mich frei. Wir wissen doch beide, dass du dafür viel zu feige bist."

„Das werden wir ja sehen."

Hochentschlossen und mit einem Mal schiebe ich den Löffel mit den Aconitin-Körnern in ihren Mund und halte sie fest. Einige Zeit passiert nichts, ich weiß nicht, ob sie die Körner nun wirklich zerkaut und runterschluckt.

„Trink das!"

Ohne ein Wort zu sagen, greift sie nach dem Wasserglas. Doch mit einem Mal scheint sie erst wirklich zu realisieren, was sie gerade getan hatte.

„Béatrice!", ruft sie. „Béatrice, hilf mir!"

Den Anblick nicht länger ertragend, flüchte ich Richtung Ausgang.

„Béatrice! Komm zurück!", höre ich sie hinter mir.

Kurz blicke ich zurück, wende mich dann jedoch entscheiden weg.

„Ich will nicht sterben!", schreit sie mit Leibeskräften.

„Das hättest du dir vorher überlegen sollen – bevor du mein Leben zerstört hast."

„Geh nicht, Béatrice! Hilf mir! Bitte!"

Es geht nicht. Ich halte mir die Ohren zu. Doch obwohl ich versuche sie zu ignorieren, höre ich ihre Schreie.

„Hiiilfe!! Béatrice, lass mich nicht sterben!"

Die Sonne umhüllt mich mit Wärme, als ich die Halle verlasse. Doch trotzdem kann ich mich nicht beruhigen. Zu sehr beschäftigt mich das Bild dieser hilf- und wehrlosen Cleo. Nervös versuche ich mich abzulenken, an etwas anderes zu denken. Doch die Sekunden vergehen nicht und kommen mir wie eine Ewigkeit vor. Nicht schwach werden, Béatrice. Das ziehst du jetzt durch. Ich zwinge mich, die Halle nicht zu betreten. Doch schon einige Sekunden später halte ich es nicht mehr aus. Ich laufe in die Halle, wo sich mir ein furchteinflößender Anblick bietet: Cleo scheint nicht mehr bei Bewusstsein, ihre Lippe hängen herunter. Ihr taub wirkendes Gesicht wird immer blasser und ihre Augen kleiner. Mit einem Mal bringt Cleo einen Laut raus, den ich zunächst nicht zuordnen kann. Doch dann werden es immer mehr Laute, bis sie sich plötzlich zur Seite dreht und sich übergibt.

Cleo krümmt sich, scheint starke Schmerzen zu haben. Plötzlich vernehme ich hinter mir ein Geräusch. Verwundert drehe ich mich um und blicke zum Eingang der Halle, wo Nathan in der Tür erscheint. Doch nicht alleine. Im Hintergrund eine Schar von Polizisten! Doch anstatt mir darüber weitere Gedanken zu machen, überkommt mich plötzlich ein Gefühl des Glücks und der unendlichen Zufriedenheit. Mit einem strahlenden Lächeln laufe ich auf Nathan zu.

„Nathan, Schatz! Das muss Schicksal sein!"

„Was hast du nur getan?!"

„Das hab ich doch alles nur für uns getan! Jetzt steht uns endlich nichts mehr im Weg!"

„Du bist doch krank! Béatrice, du brauchst Hilfe!"

„Vertrau mir, nur ein einziges Mal!"

„Du musst damit aufhören! Das macht dich kaputt! Glaubst du, Zoé wäre stolz auf dich, wenn sie das hier sehen würde? Du kannst Zoé nicht wieder lebendig machen!"

„Sag sowas nicht", entfährt es mich, „sag das nicht!"

„Béatrice, du bist krank, versteh das doch!"

„Ich musste das tun, verstehst du nicht? Das musste so sein, ich hab nur für Gerechtigkeit gesorgt, für Zoé. Cleo muss für das, was sie getan hat, büßen."

Doch Nathan läuft zu Cleo. Er redet auf sie ein, ja hat nur Augen für sie, für dieses hinterhältige Miststück!

„Lass das! Geh weg von der Hexe!"

„Bleiben Sie stehen!", ertönt es hinter mir, doch ich kann nicht anders, als zu Nathan zu laufen.

„Was willst du bei der? Ich wusste doch, dass da was läuft. Aber jetzt ist sie weg und jetzt wird alles wieder so wie damals!"

„Was redest du denn da? Du bist krank!"

Das ist das Letzte, was ich höre. Plötzlich höre ich einen Knall und spüre den Schmerz in meinem Bein.

Kapitel 24

Raum 5.033. Akten auf dem Tisch, Kalender auf, Notizblock und Stift parat: Bereit für die letzte Besprechung vor dem Urlaub. Kurz nach mir treffen auch Sabine und Horst in unserem Konferenzraum ein. In unserer festen Konstellation von drei Richtern besprechen wir die nächsten Sitzungstermine, aktuelle Fälle und teilen Aufgaben auf. Die Schöffen ändern sich zu jedem Verfahren, von daher sind nur wir drei mit den festen, wiederkehrenden Aufgaben betraut.

Mit Kaffee und Keksen machen wir uns noch ein letztes Mal an die wöchentliche Kammerbesprechung, bevor es für mich gleich Urlaub heißt.

„Seid ihr sicher? Ich kann die eine Sache doch wohl mitnehmen..."

„Mitnehmen? Du hast Urlaub!", entgegnet Sabine. „Du lässt alles schön im Büro. Nicht, dass du im Urlaub doch ganz zufällig an irgendwelchen Akten sitzt, so wie ich dich kenne."

„Das seh ich genauso", ergänzt Horst. „Sabine und ich kriegen das schon hin, mach dir da mal keine Sorgen. Du hast in den letzten Wochen genug gemacht."

„Wenn ich im Urlaub bin, darf ich ja auch nie was mitnehmen", fügt Sabine hinzu. „Mit euch beiden macht das Arbeiten wirklich Spaß!"

„Das geht mir genauso", stelle ich fest. „Bei euch hab ich echt das Gefühl, dass wir uns gegenseitig unterstützen und uns auch mal Arbeit abnehmen."

„Wenn du dir denn mal Arbeit abnehmen lässt, mein Lieber", ergänzt Sabine kichernd.

„Komm, ich hab mich schon verbessert, Sabine."

„Naja..."

Als ich gerade den Aktenschrank zuschließe, klopft Madame Bijou an die halboffene Tür.

„Oh nein, bitte keine neuen Akten", versuche ich sie lachend aufzuhalten.

„Ist nur eine..."

„Können Sie gerne Richterin Fischer geben. Mit einem dicken Gruß von mir, sie wollte ja meine Arbeit haben."

98

„Okay, mach ich. So aufgeräumt war ihr Schreibtisch ja schon lange nicht!", stellt sie schmunzelnd fest.

„Da haben Sie wohl recht."

„Sieht ja so aus, als wollten sie schon Platz für den Nächsten machen."

„Naja, soo schnell wollte ich Sie jetzt auch wieder nicht verlassen."

„Was soll das denn heißen?! Ich hoffe mal, dass Sie noch lange hier bleiben. Zu viel Veränderung ist in meinem Alter nicht mehr gut, das müssen Sie doch wissen", scherzt sie.

„Jaja, ist klar. Nein, sie werden wohl noch lange mit mir auskommen müssen..."

Ich mache eine letzte Runde durch die Büros, verabschiede mich von allen Kollegen und breche dann auf. Meine ständigen Ängste, irgendetwas vergessen zu haben, kann ich zwar nicht abschalten, dafür steigt aber die Vorfreude. Ein merkwürdiges Gefühl zu wissen, dass ich jetzt gute zwei Wochen nichts mit Akten, Toten und Mördern zu tun haben werde, einfach nur ein „ganz normaler Mensch" bin.

Auf dem Weg zum Ausgang überkommt mich ein strahlendes Lächeln. Es ist Caroline, die mir sichtlich erstaunt entgegenkommt.

„Hey, Sebastian! Lange nicht mehr gesehen."

„Caroline, lass dich drücken! Ja, da sagst du was."

„Wie geht's dir? Ich hab gehört, du bist mittlerweile beim Schwurgericht?! Da ist ja richtig was aus dir geworden."

„Jetzt übertreibst du aber..."

„Nein, ehrlich. Wie gefällt's dir denn da?"

„Ist ganz gut. Aber manchmal auch ganz schön belastend. Besonders bei meinem Perfektionismus."

„Den hattest du ja damals schon so schlimm..."

„Ja... Was machst du jetzt eigentlich?"

„Ich bin selbstständig. Anwältin im Zivilrecht. Strafrecht war mir dann doch ein bisschen zu wild."

„Echt? Damals wolltest du doch immer ins Strafrecht, oder nicht?"

„Ja, das stimmt. Aber kurz nach dem Referendariat ist mir bewusst geworden, dass das für mich auf Dauer nichts ist... Wenn ich du wäre und jeden Tag nur mit Mord und Totschlag zu tun hätte, würde ich irgendwann den Glauben an die Menschheit verlieren. Hast du das nicht?"

„Also bisher tatsächlich noch nicht. Es gibt schlimme Fälle, aber ich versuche sie nicht zu sehr an mich heranzulassen."

Auf der anderen Seite will ich als Mensch auch nicht abstumpfen, denke ich mir innerlich. Ich hoffe, dass mir das niemals passiert...

„Wow, Hut ab."

„Dann werden wir uns wohl so schnell in keinen Verhandlungen wiedersehen..."

„Es sei denn, du bist irgendwann Zivilrichter."

„Bitte nicht!", stelle ich lachend fest. „Zumindest nicht jetzt, wo ich frisch am Schwurgericht angekommen bin."

„Aber sobald du das Gefühl bekommst den Glauben an die Menschheit zu verlieren, wechselst du in eine Zivilabteilung. Versprich mir das!"

Irritiert sehe ich sie an.

„Ehh, ja."

„Hand drauf!"

Kurz verdrehe ich lachend die Augen, dann gebe ich ihr einen Handschlag auf unseren Deal.

„Sag mal: Ich hab am Montag hier wieder eine Verhandlung. Was hältst du davon, wenn wir zusammen einen Kaffee trinken gehen und ein bisschen quatschen?"

„Ich würde dir den Kaffee auch ausgeben, wenn ich hier wäre. Hatte aber heute meinen letzten Tag vorm Urlaub."

„Echt? Wo geht's denn hin?"

„Südfrankreich."

„Wie cool! Dann genieß mal schön die Sonne!"

„Das werde ich. Kannst mir ja schreiben, wenn du mal wieder hier bist. Und wenn's mal ganz spontan sein sollte: Ich sitz in 5.147. Ich bin ja eigentlich immer hier, daran solls nicht scheitern."

„Okay, machen wir so. Ich freu mich!"

„Ich mich auch. Bis dann."

Caroline und ich haben zusammen das Referendariat gemacht. Und das sogar genau hier, am Landgericht Düsseldorf. Worüber sich Caroline jedoch schon einmal kurz nach Beginn ihrer Arbeit als Rechtsanwältin beklagte, ist die Tatsache, dass man als selbstständige Anwältin wirklich *„selbst* und *ständig"* arbeitet. Das Geld kommt eben nicht vom Himmel gefallen. Im Gegensatz zu mir wird sie nach Mandanten und Fällen bezahlt und sollte deshalb auch nicht lange krankheitsbedingt ausfallen. Für mich war schon relativ früh – also eigentlich schon immer – klar, dass ich kein Anwalt und vor allem nicht selbstständig werden wollte.

Dass ich ins Strafrecht gehen würde, stand für mich schon relativ früh fest. Strafverteidiger wollte ich allerdings auf keinen Fall werden, da ich wusste, dass ich möglicherweise auch Menschen vertreten muss, die schwere Straftaten begangen haben. Und mir war klar, dass ich selbst dann, wenn mir ein Mandant gesteht, dass er schuldig ist, ihn so gut wie möglich vor Gericht vertreten und verteidigen müsste. Und das wiederum könnte ich nicht mit meinem Gewissen vereinbaren. Auch, wenn es vielleicht naiv klingt: Ich hasse Ungerechtigkeit und könnte nicht damit leben zu wissen, dass ich einen Verbrecher aus einer Sache „rausgeboxt" habe. Natürlich brauchen auch solche Menschen

101

eine rechtliche Vertretung und es ist wichtig, dass es Strafverteidiger gibt. Aber *ich* wollte das nicht sein.

Da blieb dann nur noch die Wahl zwischen Staatsanwalt und Richter. Ich wollte immer Menschen zu ihrem Recht verhelfen, „der Gerechte" sein. So wurde ich schließlich Richter. Als Richter hat man die Macht zu entscheiden und unterliegt nur dem Gesetz.

Kapitel 25

Der Sand ist heiß. Mehrere Male grabe ich meine Hände in den tiefen Sand ein. Monique, Marc und ich sitzen angelehnt an einer Steinmauer im weißen Sand und genießen den Anblick von klarem Wasser und glücklichen Menschen. Tom und Sarah konnten leider nicht mit, so wurde es ein reiner Single-Trip.

Ich schließe meine Augen. Das Rauschen der Meereswellen im Ohr, träume ich etwas vor mich hin, während ich das Kreischen der Möwen höre, die über unseren Köpfen hinweg fliegen. Traumhaft! Meine Füße im Sand eingebuddelt, strahlende Sonne und meine engsten Freunde um mich herum – wie lange habe ich mir das vorgestellt? Wie oft habe ich die Akten für einen Moment zugeschlagen, die Augen geschlossen und genau davon geträumt?

Langsam öffne ich meine Augen wieder und lasse meinen Blick am Strand entlang streifen. Dort sehe einen Vater, der von seiner kleinen Tochter einige Fotos macht. Sie steht mit ihren Füßen im Wasser, ihre langen blonden Haare wehen im Wind. Ein wunderschöner Moment, der mich etwas zum Nachdenken bringt.

Was wäre, wenn *ich* das Leben dieses Vaters führen würde? Wie wäre es, wenn ich schon eine Familie hätte, vielleicht sogar eine Tochter wie sie? Vom Alter her könnte sie gut meine Tochter sein. Oder was, wenn ich nicht Jura studiert hätte? Was für ein Leben würde ich jetzt führen?

Etwas weiter beobachte ich einen Mann, der der Frau neben sich ein Herz in den Sand malt und darin scheinbar ihren Namen schreibt. Süß. Einige Meter weiter erblicke ich ein junges Pärchen, das eng umschlungen im Sand sitzt und die Zeit miteinander verbringt. Die Frau sitzt im Schoß ihres Mannes und genießt ihre Cola, während er eine Selfiestange aus der Tasche holt. Nachdem sie einige Fotos gemacht haben, kuschelt sich die Frau in ihre Jacke ein.

Ich bin Single. Und das ist auch gut so. Ich genieße mein Leben so wie es ist. Viele denken, als Single könne man nicht glücklich sein, so ungeliebt und unvollständig wie man sei. Doch so muss das nicht sein. Ich habe nicht viele Verpflichtungen, bin unabhängig, habe eine spannende Arbeit und tolle Freunde. Ein guter oder ein bester Freund kann genauso jemand sein, mit dem man schwere Zeiten durchsteht, aber auch schöne Dinge erlebt und unvergessliche Erinnerungen teilt. Mit einem Freund kann man genauso Probleme lösen, Höhen feiern und Tiefen bezwingen. Ich glaube, man kann sehr froh sein, wenn man so jemanden in seinem Leben haben darf.

David war so ein Freund. Mir stand nie jemand so nahe wie er. Und obwohl er im Gegensatz zu mir irgendwann eine Frau hatte, war unsere Freundschaft etwas ganz Besonderes. Kathi akzeptierte das und ließ David und mir unsere Zeit. Dafür bin ich ihr sehr dankbar. Wir wussten alles über uns, haben uns geschworen immer für uns da zu sein, uns nie zu verlassen, uns nie zu vergessen, egal was passiert. Doch damals hatte ich ja keine Ahnung, was da alles noch kommen sollte und was es einmal heißen würde, den anderen einmal nicht mehr zu haben.

Ich werde nie unsere teils stundenlangen und tiefgehenden Gespräche, aber auch unsere zum Teil kontroversen Diskussionen, vergessen. Er machte mir immer gute Laune und gab mir Kraft. Und obwohl wir uns gegenseitig manchmal aufregten und auch mal Streit hatten, brauchten wir uns. Uns verbinden schöne Momente, aber auch schwere Zeiten. Doch die mit Abstand schwerste Zeit musste ich ohne ihn durchstehen...

Manchmal bin ich wütend, dass er einfach so gegangen ist. Jetzt merke ich besonders stark, wie viel mir diese Freundschaft bedeutet hat, ja, wie abhängig ich doch von ihm war, wie sehr ich ihn gebraucht habe und es immer noch tue. Er war und ist der Einzige, der alles von mir wusste und mich trotzdem gern hatte.

Wenn es noch eines gäbe, was ich ihm sagen könnte, wäre es: Danke! Danke für diese unvergesslich schöne Zeit! Ja, jeder Augenblick ist ein Geschenk. Das sollten wir nie vergessen.

Als Monique gerade auf Toilette ist, ergreife ich kurz die Gelegenheit.

„Du, Marc...“

„Ja?“

„Ich wollte dir nur sagen, wie sehr ich dich nach wie vor für das bewundere, was du alles bisher durchgestanden hast und wie du damit umgehst. Das ist wirklich stark!“

„Ach, das ist lieb. Was will man groß machen... Was geschehen ist, ist geschehen.“

Unser kurzes Gespräch hat ein schnelles Ende, als ich Monique auf uns zukommen sehe.

„Naa ihr beiden?“

„Ich hol uns ein Eis! Habt ihr Lust?“, schlägt Marc vor.

„Wie kommts, dass du plötzlich so gute Ideen hast?", kichert Monique.

„Was soll das denn heißen?!", entgegnet er gespielt aufgebracht. „Für die besten nur das Beste."

„Komm, rutsch nicht auf deiner Schleimspur aus", erwidert Monique lachend. „Warte, ich komm mit."

„Musst du doch nicht, Monique."

„Ein bisschen Bewegung tut gut."

„Seit wann denn das, Monique?", scherzt Marc.

„Halloo?!"

Empört nimmt Monique ihren rechten Flipflop und schlägt Marc damit auf den Hinterkopf.

„Das kriegst du noch zurück!"

Lachend rennt Monique dem flüchtendem Marc hinterher. Das sind zwei Banausen. Ich bin wirklich froh, dass ich so liebe und humorvolle Freunde habe, die sogar bereit sind, mich zwei Wochen am Stück auszuhalten. Das ist echt nicht selbstverständlich. Unglaublich, dass ich Monique und Marc wirklich schon so lange kenne. Schon damals in der Schule verbrachten wir so manche Pause zusammen. Naja, zumindest nach der Sache mit Marcs Vater...

Marc hatte es nicht leicht in seinem Leben. Er hatte keine leichte und auch nicht gerade schöne Kindheit. Seine Mutter war an Krebs verstorben, als er gerade elf Jahre alt war. So wuchs Marc ab da an nur noch bei seinem Vater auf, der über den Tod seiner Frau nie hinwegkam und mit dem Trinken begonnen hatte. Häusliche Gewalt war wegen seiner cholerischen und aggressiven Art jahrelang an der Tagesordnung.

Nicht selten kam Marc – wenn überhaupt – verheult und teilweise auch mit blauen Flecken in die Schule – natürlich so, dass die Lehrer es nicht bemerkten. Zunächst schwieg er und vertraute sich niemandem an. Auch nicht mir, obwohl wir zu der Zeit schon befreundet waren.

Doch eines Tages brach alles aus ihm heraus. Nachdem er die wohl schlimmste Nacht seines Lebens hinter sich gebracht hatte, brach es dann aus ihm heraus und er erzählte mir alles. Ich werde diesen Morgen nie vergessen, wie er mir heulend schilderte, wie er Zuhause behandelt werde. Statt Liebe und Geborgenheit erfuhr er Gewalt, Verachtung und tägliche Tyrannei.

Marc erzählte, er habe seinem Vater endlich die Augen öffnen wollen, als er ihn in seinem Rausch mal wieder verprügeln wollte. Doch das ging mächtig nach hinten los. Für den Vorwurf, sein Vater zerstöre seine Kindheit und seine Mutter würde sich im Grab umdrehen, wenn sie davon wüsste, kassierte Marc zahlreiche Schläge und viele blaue Flecken. Ich mag mir nicht ausmalen, wie schlimm diese Nacht gewesen sein muss. Marc sagte, er werde nie wieder zu diesem Mann nach Hause gehen. Nie wieder wolle er diesem Menschen in die Augen sehen, der ihm fünf Jahre lang das Leben zur Hölle gemacht hatte. Er habe sein Leben zerstört und das werde er ihm nie verzeihen.

Zunächst wollte und konnte ich nicht glauben, dass jemand einem Freund von mir so etwas antut. So wuchs ich doch in einem sehr behüteten Elternhaus auf. Auch, wenn das Verhältnis zu meinem Vater nicht wirklich gut war. Im Gegensatz zu dem, was Marc tagtäglich erlebte und durchmachte, hatte ich überhaupt keine Probleme. Zu sehen, wie es so manch anderem geht, hat mir geholfen meine eigene Situation mehr wertzuschätzen.

Das hat mich sehr zum Nachdenken gebracht. Fast nichts ist in der heutigen Welt selbstverständlich, noch nicht einmal das Geborenwerden als gesunder Mensch. Und trotzdem ärgert man sich oftmals über Kleinigkeiten, macht sich Probleme, wo überhaupt keine sind, oder redet sich Dinge schlecht, selbst dann, wenn man sie auch positiv betrachten könnte. Aber wenn man es selbst dann schafft, alles schlecht zu reden, wenn die Situation gut ist, was soll man dann erst machen, wenn die Situation mal wirklich schlecht ist? Das Leben ist nicht immer leicht. Besonders heutzutage. Jeder hat sein Päckchen zu tragen. Doch wenn man auch mal nach links oder rechts schaut, merkt man schnell, dass die eigenen Probleme im Vergleich oftmals gar nicht so groß sind. Und manchmal sind gerade Leute, denen es am schlechtesten geht, ein großes Vorbild darin, das Beste aus einer Situation zu machen und sich auf das Positive zu konzentrieren.

„Du Penner!"
Erschrocken zucke ich zusammen.
„Du hast noch mein Portemonnaie, Basti."
„Ohh sorry, Marc. Hier, fang."
„Danke. Bis gleich."

Zurück zu Marc: Er erzählte mir, sein Vater habe den Tod seiner Mutter nie verkraftet und stattdessen versucht seinen Frust durch Alkohol zu kompensieren und loszuwerden. Mit der Zeit habe er sich zu einem aggressiven Menschen entwickelt, obwohl dies anfangs überhaupt nicht so war. Weinend wiederholte Marc immer wieder, wie sehr er sich sein altes Leben zurückwünsche, so wie alles einmal war.

Er musste mit zweierlei Schmerz umgehen: Dem Verlust seiner Mutter und dem aggressiven Verhalten seines Vaters, der in seiner Trauer und dem Alkohol versank, anstatt seinem Sohn ein echter Vater zu sein. Seitdem hat Marc eine starke Abneigung, ja einen regelrechten Hass gegenüber Alkohol. Allein der Geruch davon widert ihn an. Schließlich war es der Alkohol, der sein Leben zerstört und ihm den Vater genommen hat...

Marc berichtete mir, er werde abhauen und nie wieder zurückkommen. Erst nach langen und ausgiebigen Überredungsversuchen konnte ich ihn schließlich dazu bringen, zum Jugendamt zu gehen und alles zu erzählen. Das Jugendamt holte ihn von seinem Vater weg und brachte ihn bei einer anderen Familie unter. Seitdem war die Last von seinen Schultern genommen. Er konnte wieder lachen, ja, er hatte wieder einen Halt im Leben. Auch seine Noten veränderten sich zum Guten. War ja auch kein Wunder, dass er unter den damaligen Verhältnissen keine guten Leistungen erbrachte. Endlich bekam er das, was ihm so lange vorenthalten wurde: Zuwendung, Anerkennung, Liebe.

Trotzdem: Selbst heute, viele Jahre später, spürt man noch immer die Auswirkungen... Marc hat Probleme, über seine Gefühle zu sprechen oder sie zu zeigen. Noch heute entschuldigt er sich manchmal dafür, dass er sich manchmal nicht richtig öffnen kann oder auch mir nicht so zeigen kann, wie wichtig ich ihm als Freund bin. Obwohl er sich mit der Zeit dahingehend wirklich verbessert hat.

Manchmal verstehen wir vielleicht nicht, warum jemand so ist, wie er ist, aber oft liegt es daran, was er erlebt und zu was ihn das Leben dadurch gemacht hat.

Ein Leben wie ein Gemälde
Kaputt und verschmiert
Doch Erinnerungen bleiben
Wie eintätowiert
Wir haben Ecken und Kanten
Wie ein rollender Stein

Der Song „So schön kaputt"[4] zeigt, dass uns das Leben prägt und auch manchmal seine Spuren hinterlässt.

---

[4] „So schön kaputt" von SDP, *Die bunte Seite der Macht*, 2017

Wir sind vom Leben gezeichnet
In den buntesten Farben
Und wir tragen sie mit Stolz
Unsere Wunden und Narben
Wir sind vom Leben gezeichnet
Mit Dreck und mit Schmutz
Doch es glänzt wie Perlmut
Wir sind so schön kaputt

Doch ist es wirklich immer „so schön" kaputt zu sein? Ist es wirklich schön, wenn jemand irgendwann durch sein Erlebtes den Zugang zu seinen Gefühlen verliert? Wenn ein Mensch vielleicht bis zu seinem Lebensende mit Kriegsgedanken zu kämpfen hat und für seine Enkelkinder nicht der Opa sein kann, den sie sich immer gewünscht haben? Wenn aus einem einst warmherzigen und verständnisvollen Menschen ein verbitterter, kaltherziger Mensch wird, der keinen mehr an sich ranlässt? Ist es dann wirklich so schön, kaputt zu sein?!

Den Kontakt zu seinem Vater brach Marc völlig ab. Seit seinem 16. Lebensjahr hat er ihn nicht mehr gesehen und hat auch nicht den Wunsch, ihm je wieder zu begegnen. Selbst, ob sein Vater nach all den Jahren noch in seinem Elternhaus lebt, wollte er nicht wissen.

Marc hat auf die harte Tour lernen müssen, dass man sich manche Dinge hart erkämpfen muss. Ich denke, das ist auch der Grund dafür, warum er so eine Kämpfernatur ist. Im Gegensatz zu anderen, die diese „Lektion" entweder sehr spät oder gar nicht gelernt haben, weiß er, dass man im Leben nicht alles geschenkt bekommt. Deshalb ist er wahrscheinlich auch so erfolgreich in seinem Job, obwohl die Werbebranche ein echt hartes Pflaster ist. Manchmal habe ich das Gefühl, dass sein Kampfgeist übertrieben und vielleicht auch nicht ganz gesund ist. Doch wahrscheinlich ist das seine Art, die Vergangenheit in Energie umzuwandeln. Nicht selten hat er mir gesagt, dass er kein Mitleid will und dass jeder sein Leben selbst in die Hand nehmen muss – egal wie schlimm die Kindheit auch gewesen sein mag. Denn selbst schwere Zeiten bieten uns die Möglichkeit, aus ihnen zu lernen und zu wachsen.

Kapitel 26

Eine leichte Brise weht mir ins Gesicht, als ich mich gerade umdrehen will. Das rauschende Meer im Ohr, spüre ich die Sonnenstrahlen an meinen Füßen. Als ich den warmen Sand mit meinen Händen ertaste, öffne ich langsam die Augen. Vor mir erblicke ich zahlreiche Wellen, die einige Meter vor mir am Strand brechen.

Während ich die Wärme in meinem Gesicht spüre, vernehme ich ein leichtes Schnarchen rechts neben mir. Erschrocken drehe ich mich zur Seite, wo sich mir das Bild eines schlafenden Marc bietet. Ich sehe nach links und schaue mich nach Monique um. Vergebens.

Einige Minuten vergehen, bis ich hinter mir ein Geräusch bemerke. Es ist Monique, die einen Crêpe essend mir entgegenkommt. Grinsend wie ein Honigkuchenpferd setzt sie sich wortlos zu mir, bis sie abrupt Marc so anstupst, dass sein Schnarchen verstummt und er langsam zu sich kommt.

„Das hält ja kein Mensch aus!"

Mit müden Augen sieht Marc Monique verwirrt an.

„Du kleine Schnarchbacke. Es ist schon 11 Uhr!"

„Schon so spät?"

„Als erster einpennen und dann am längsten dösen..."

„Wie als Erster?!"

„Das kann ich bezeugen", schalte ich mich amüsiert ein.

„Viel mehr als den Sonnenuntergang hast du nicht mehr mitbekommen", setzt Monique wieder ein. „Kaum war die Sonne weg, da fing schon das Schnarchen an..."

„Als ob..."

Lachend sehen wir Marc dabei zu, wie dieser sich noch einmal umdreht und die Augen schließt. Anfangs hatte ich Bedenken, ob am Strand schlafen eine so gute Idee ist. Aber ich muss sagen, bis auf den etwas harten Untergrund war es eine angenehme Nacht. Und entgegen meinen Befürchtungen war es auch gar nicht so kühl wie erwartet.

Ein weiterer wunderschöner Tag vergeht wie im Flug. Nachdem wir drei etwas an der Strandpromenade entlangliefen und uns der Duft von gebrannten Mandeln und frischen Waffeln dazu verführte, auf alle Abnehm- und Fitnessvorsätze zu pfeifen, genossen wir es uns all den süßen Sünden zu ergeben. Allmählich nähert sich der Tag seinem Ende. Um etwas Zeit für mich alleine zu haben, trenne ich mich von den beiden für den Rest des Abends. Vielleicht etwas ungewöhnlich, aber ich merke, dass ich wieder etwas Zeit für mich brauche.

Bis ich am Wasser ankomme, begegne ich noch ein paar Leuten, die mir, ohne es überhaupt zu wissen, ein Lächeln ins Gesicht zaubern. Einige Meter von mir entfernt beobachte ich, wie ein kleiner Junge in Unterhose einen Hang hochklettert, aber immer wieder auf seinen Hintern fällt. Der Vater kann sich ein Lachen nicht verkneifen und hilft seinem Jungen wieder auf die Beine. Diese kleinen zauberhaften Momente...

Die Gedanken schweifen lassend, schlendere ich mit Füßen im angenehm kühlen Wasser dem Sonnenuntergang entgegen. Die Sonne spiegelt sich im Wasser. Es tut richtig gut, das Leben wieder einmal bewusst zu genießen. Ich schlendere durch das flache Wasser, während die Sonne immer mehr an Kraft verliert. Auf meinem Weg kommen mir einige Leute entgegen, die sich diesen wundervollen Sommerabend auch nicht entgehen lassen wollen. Mit einem Mal kommt mir eine Frau entgegen, Mitte 30. Sie läuft in Schuhen am Wasser entlang, bis uns plötzlich starke Wellen überraschen. Überrascht blickt die Frau zu Boden, wo gerade ihre Schuhe innerhalb von Sekunden komplett im Wasser verschwinden, die sicherlich nicht nass werden sollten. Ich muss unweigerlich lachen. Es tut so gut, den gesamten Alltag und den Stress eine Zeit lang auszublenden.

Ich mag gar nicht daran denken, was jetzt wohl alles an schlimmen Dingen auf der Welt passiert, gerade in diesem Moment, in dem ich so unbeschwert am Strand entlanglaufe. Straftaten, deren Akten ich womöglich bald sogar auf meinem Schreibtisch haben werde... Die Sonne ist fast nicht mehr zu sehen. Noch eine ganze Weile beobachte ich die Menschen um mich herum, bis sich meine Gedanken in der untergehenden Sonne verlieren...

Kapitel 27

Nachdem wir das Flugzeug verlassen und unsere Koffer gesucht und auch gefunden haben, verlassen wir das Gate. Die Tür öffnet sich, wir laufen die kleine Rampe runter, unsere Koffer hinter uns herziehend.

„War echt schön mit euch!"

„Ja, mit euch auch", stimme ich zu und nehme Monique in den Arm.

„Das tat wirklich gut! Diese Sonne... Das hab ich richtig gebraucht. Und jetzt sind wir wieder voller Power für die Arbeit."

„Wir sind noch nicht mal aus'm Flughafengebäude raus und du sprichst schon von der Arbeit", unterbricht Monique Marc, „ich hab gar keine Lust morgen wieder ins Büro zu gehen."

„Übermorgen", korrigiert Marc. „Ich wusste gar nicht, dass du sonntags arbeitest", fügt er scherzend hinzu.

„Ist ja auch egal. Jedenfalls viel zu früh!", stellt Monique mit einem griesgrämigen Blick fest. Vor uns sind viele Leute, die vermutlich jemanden abholen wollen.

„Basti, ich fahr Monique und dich noch nach Hause." Einen Moment zögere ich.

„Ne ne, lass mal. Ich komm schon so nach Hause."

„Ist das dein Ernst?"

„Ja", antworte ich knapp, in der Hoffnung, dass keine weiteren Nachfragen kommen.

„Ich muss sowieso noch was erledigen", schiebe ich nach.

„Wenn du meinst... Dann machen Monique und ich es uns alleine im Auto schön", verkündet er mit einem sarkastischen Lächeln.

„Ganz sicher...", erwidert Monique mit einem scherzhaften, abwertenden Blick. „Also wenn ich nicht wüsste, dass du überzeugter Single bist, würde ich mit Basti fahren. Bei dem weiß ich das sicher."

Die Flughafenhalle ist zwar nicht ganz so voll wie an dem Tag, als wir auf dem Hinweg von hier aus nach Frankreich flogen, trotzdem tummeln sich viele Menschen in der großen Halle hier herum. Menschen, die vorhin angekommen sind, andere wegbringen, abholen oder gleich selber im Flugzeug sitzen und fliegen werden. Von da oben sieht das alles hier so klein, so mickrig aus. So unbedeutend...

Irgendwie konnte ich jetzt noch nicht nach Hause. Ich musste einfach nochmal mit dem Aufzug hierhin in die große Flughafenhalle fahren. Zu sehr fasziniert mich dieser Ort, als dass ich ihn so schnell wieder verlassen könnte.

Neben langen Schlangen und gestressten Leuten, die mit ihren Rollkoffern die lange Terminalhalle entlang hasten, fallen mir einige Stewardessen und auch vereinzelt Piloten auf, die vermutlich gleich abheben oder erst vor einigen Minuten selbst gelandet sind. Als ich mich etwas umsehe, fällt mir eine Schlange besonders ins Auge. Neben ein paar Familien, die vermutlich in den Urlaub fliegen, erblicke ich einige Businessleute, die etwas genervt am langen Schalter stehen. Vermutlich gehören der Flughafen und das Pendeln genauso zu ihrem Leben dazu, wie für manche das Zug- oder Autofahren. Das Ende der Schlange bilden drei junge Männer. Ihr einziges Gepäck besteht scheinbar aus einem großen Rucksack, den jeder der drei auf seinem Rücken trägt. Backpacker. Schon mutig, mit nur so wenig Gepäck zu verreisen. Aber auch irgendwie spannend. Ohne unnötigen Ballast, so einfach wie nur irgend möglich die Welt sehen...

Ich gehe etwas weiter, laufe an einigen Cafés vorbei, bis mein Blick auf ein Pärchen fällt, dass wohl noch ihre Koffer umpacken muss, damit sie nicht wegen zu viel Gepäck mehr bezahlen müssen. Kurzentschlossen nimmt der Mann einen Pulli aus dem Koffer und zieht ihn sich über. Vermutlich war der zu viel für den Koffer. Ich kann mir ein Lachen nicht verkneifen. *Gewusst wie.*

München	16.40 Uhr	112-130	Gate A 23
London	16.50 Uhr	210-230	Gate B 12
Marseille	17.20 Uhr	170-185	Gate A 17

Sehnsüchtig schaue ich auf die große Abflugtafel im Terminal und auf die weiteren Ziele der Flieger, die innerhalb der nächsten Stunde abheben werden.

Plötzlich höre ich leise eine Melodie. Fragend schaue ich mich um, bis mein Blick auf ein Klavier am Rande der Halle fällt, an dem jemand zu sitzen scheint. Es ist ein großer schwarzer Flügel. Wie magisch davon angezogen folge ich den Klängen, bis ich es erreiche. Ein bekanntes Bild. Gefesselt blicke ich auf die weißen und schwarzen Tasten, über die die spielende Hand gleitet. Mit einem Mal bemerke ich eine Träne, die meine Wange runterläuft. Die Vorstellung, dass David einst an genau so einem Flügel saß, will mich schier nicht loslassen. Meine Ohren vernehmen die Klänge, die mich wie ein Stich ins Herz treffen...

Musik kann durch nur einige wenige Töne Menschen berühren, selbst Herzen aus Eis zum Schmelzen bringen. Sie ist eine eigene Welt, kann Schutzmauern zerstören, die sich manche Menschen aufgebaut haben und einem gebrochenen Herzen eine Stimme geben. Musik sagt oft mehr als tausend Worte.

Die durch das Terminal schallende Ansage unterbricht mich in meinen Gedanken. Eine Passagierin wird ausgerufen und zum Gate gebeten. Etwas gefasster sehe ich ein letztes Mal zum Flügel, bevor ich glücklich und zugleich ein wenig entschlossener in Richtung Ausgang laufe, während ich noch etwas den Flair dieses Ortes genieße.

Kapitel 28

Das unerträgliche Piepen lässt mich kurz aufschrecken. Müde schaue ich auf das Display meines Smartphones: *06.45 Uhr.* Dass ich wirklich so hassen kann, wird mir bei einem weiteren Blick auf die Uhrzeit bewusst. Und dabei ist das ja noch nicht mal so früh... Trotzdem. Für den ersten Tag nach dem Urlaub ist kurz vor 7 schon heftig.

Widerwillig schalte ich den Weckmodus aus und zwinge mich, sofort aufzustehen. Mit Liegenbleiben und noch ein bisschen dösen hab ich keine guten Erfahrungen gemacht. Noch im Halbschlaf schleife ich mich ins Bad und schaue in mein müdes und nicht gerade ästhetisch wirkendes Gesicht – um es vorsichtig zu formulieren...

Ich passiere wie üblich den Eingang und die darauffolgende Sicherheitsschleuse. Es ist etwas ungewohnt nach zwei Wochen Urlaub den ersten Tag wieder zur Arbeit zu gehen. Und dann noch ausgerechnet ein Montag! Ich bin müde und etwas traurig darüber, dass der Urlaub schon wieder vorbei ist. Die Zeit vergeht immer viel zu schnell. Jedenfalls tat mir diese „aktenfreie Zeit" erstaunlich gut, so wie auch das Zusammensein mit Monique und Marc, die für jeden Spaß zu haben waren – selbst für eine Nacht am Strand. Und Monique unter anderem sogar für eine Runde Mitternachtsschwimmen. Marc war da ja längst am Schnarchen.

Noch etwas vor mich hindösend, drücke ich die Aufzugtaste. Einige Sekunden verstreichen, bis sich die Tür öffnet und ich den Aufzug betrete. Kurz bevor sich die Tür schließt, sehe ich Steffi auf mich zueilen.

„Basti, wart auf mich... Danke!"

„Gerne doch. Guten Morgen erstmal."

„Moin. Siehst aber nicht so ausgeschlafen aus."

„Ist auch mein erster Tag nach'm Urlaub, was erwartest du?", entgegne ich mit einem leichten Lächeln.

„Das hab ich ja voll vergessen! Na dann: Herzlich Willkommen zurück im lieben Alltag. Sorry, hab momentan viel um die Ohren. Die Akten türmen sich..."

„Echt?"

„Ja. Und bei euch sieht es wohl nicht anders aus. Sabine meinte, es sei die Hölle bei euch los."

„Na super..."

Überaus motiviert marschiere ich den Weg zu meinem Büro entlang, auf dem mir einige Kollegen entgegenkommen und mir nach einer netten Begrüßung jedoch wiederholt zu verstehen geben, dass der Urlaub nun wirklich vorbei ist. Nachdem mich sowohl Madame Bijou als auch ein großer Berg von Arbeit empfangen haben, brauche ich erst einmal einen Moment, um tatsächlich anzukommen. Am liebsten würde ich wieder nach Hause fahren, mich ins warme Bett legen und nichts sehen und hören. Aber davon werden die Akten ja nicht weniger. Und Sabine und Horst haben mir jetzt schon genug Arbeit abgenommen.

Der Duft von frischem Kaffee ist gefühlt das einzige, was mich an diesem Morgen im Gericht hält. Wenigstens *ein* guter Grund zum Aufstehen.

„Guten Mooorgeen!"

„Warum so motiviert?", entgegne ich Sabine wissend, was mich an Arbeit erwartet.

„Du bist zurück! Ist das denn nicht Grund genug?"

„Komm, hör auf", erwidere ich lachend, „bist doch bestimmt nur froh, dass ihr nicht mehr meinen Kram machen müsst."

„Ja, okay... Vielleicht hast du da ein kleines bisschen Recht. Aber auch, wenn wir nicht so viel zu tun hätten, wäre ich noch vorbeigekommen, um dir einen guten Start in die neue Arbeitswoche zu wünschen."

„Das ist lieb."

„Erzähl mal, wie wars? Bist ja ständig im Urlaub!"

„Bitte?! Ich? Ich erinner' dich nur mal an deinen New York Trip letzten Monat. Und an die Kreuzfahrt im Mai."

„Ja, ja, schon gut", lacht sie. „Wie war denn der Urlaub? Bist richtig braun geworden."

„Danke! Ja, der Urlaub war toll! Als wir am Dienstag im Supermarkt waren, hab ich der Kassiererin erstmal ein schönes Wochenende gewünscht – da hab ich gemerkt, dass ich eindeutig im Urlaub angekommen bin."

„Sowas würde dir sonst glaub ich nie passieren", erwidert sie lachend. „Ihr ward doch in Marseille, oder? Wirklich schön da!"

„Ja und wie! Besonders, wenn dann abends alles so schön beleuchtet ist. Und diese Sonnenuntergänge... Da will man gleich wegziehen!"

„Das glaub ich dir!"

14.26 Uhr. Nachdem mir Sabine einen ersten Überblick über die neuen Fälle gegeben und mir einige Akten „geschenkt" hat, geht die Arbeit wieder richtig los. Doch es funktioniert irgendwie nicht. Immer wieder fange ich von vorne an zu lesen, habe absolut keine Motivation. Ein Blick aus dem Fenster macht es auch nicht besser: Strömender Regen. Es ist ein Montag, wie er im Buche steht. Und trotz Kaffee und eines perfekt aufgeräumten Schreibtisches, der gewissermaßen zum Arbeiten „einlädt", kann ich mich nicht überwinden. Einige Minuten träume ich etwas vor mich hin und denke an den Urlaub zurück. Doch während ich noch am Fenster stehe, fällt mein Blick wieder auf die volle Hauptstraße vor dem Gerichtsgebäude. So geht das nicht weiter...

Kurz entschlossen gehe ich an den kleinen Schrank neben meinem Schreibtisch, öffne die unterste Schublade und krame den Flyer raus, den ich schon fast wieder verdrängt hatte...

Kapitel 29

Ich starre auf die graue, hässliche Wand vor mir. Sie ist genauso kalt und unpersönlich wie die meiner alten Zelle. Bis auf ein Waschbecken, eine Toilette und ein Bett ist der Raum komplett leer. Dass ich so schnell wieder hier sein würde, hätte ich mir zwar denken können, aber irgendwie habe ich bis zuletzt nicht wirklich damit gerechnet.

Ja, das mit Cleo habe ich getan. Aber das musste sein! Sie hat alles zerstört und dafür sollte sie büßen. Selbstjustiz hin oder her: Sie hat es nicht anders verdient! Aber war ja klar, dass dieses Monster das überlebt. Wäre sonst auch zu schön gewesen. Ich will gar nicht wissen, was sie jetzt schon alles wieder im Schilde führt, während ich hier bin, eingesperrt hinter dieser übermächtig großen Stahltür. Ich mag mir gar nicht vorstellen, wie sie jetzt, in diesem Moment, neben Nathan aufwacht, mit ihm frühstückt, ihm einen Kuss gibt...

Ich sehe zur Tür, die wie ein riesiges Tor zur Freiheit scheint. Ich weiß nicht so recht, was ich fühlen soll. Es ist zu wahnsinnig, um dafür Worte oder Gefühle zu haben. Warum ich?! Warum muss ausgerechnet *ich* dieses Leben leben? Ein Leben voll Ungerechtigkeit. Ist das Schicksal?! Was meinte nochmal der merkwürdige Mann auf der Parkbank? Auf meine Frage, ob er an wahre Gerechtigkeit glaube, entgegnete er mit der Frage: *Glauben Sie an Schicksal?* Warum hat er das gefragt?

Der Blick zur Tür macht mich wahnsinnig. Diese fehlende Klinke! *Würde des Menschen* – von wegen. Es ist ein Gefühl der Machtlosigkeit, des Verachtetwerdens, das Gefühl als Mensch versagt zu haben, alles gegeben und dennoch verloren zu haben.

Kapitel 30

Die weißen Schuhe sehen teuer aus, genauso wie seine schwarze Lederjacke, die in der grellen Sonne glänzt, die durch das Busfenster strahlt. Er sitzt mir schräg gegenüber, hört Musik. Türke, um die 20, Dreitagebart und Löcher in der Hose – diese aber eher gewollt als aus Versehen. Ein klischeehafter Macho, wenn man so will. Und schwups: Schublade zu, Urteil gefällt.

So in Gedanken vertieft bemerke ich zunächst nicht, dass ich ihn beinahe schon anstarre. Er ist braun gebrannt. Darauf kann man schon neidisch sein. Entschieden wende ich den Blick von ihm, um eine möglich peinliche Situation zu vermeiden.

Neben ihm tritt plötzlich ein kleiner Junge zum Vorschein, der sich mit aller Kraft versucht, so zu strecken, dass er mit seinem Finger an den „Bitte Halten - Knopf" des Busses rankommt. Nach einigen erfolglosen Versuchen gelingt es ihm schließlich, was ihm ein Strahlen ins Gesicht zaubert und ihn wohl auch ein kleines bisschen stolz macht. Ich muss unweigerlich grinsen und bemerke, dass selbst der von mir als Macho abgestempelte Typ lacht. Hätte ich ehrlich gesagt nicht von ihm erwartet. Wahrscheinlich, weil er auf mich einen oberflächlichen und selbstverliebten Eindruck machte. Irgendwie freu ich mich darüber, dass er gelacht hat – vielleicht, weil es mir ein weiteres Mal zeigt, dass die Klischeebilder, die wir manchmal so im Kopf haben, nicht immer der Realität entsprechen und die Schubladen doch nicht so einfach zuzumachen sind, wie es oft scheint.

In solchen Momenten freue ich mich darüber, mit Bus und Bahn unterwegs zu sein. Manchmal sind es eben die kleinen Dinge im Leben...

Hin und wieder mag ich es, die Menschen um mich herum etwas zu beobachten, so wie auch an diesem Morgen. Einige Minuten später im Zug sitze ich in einem Vierer. Mir gegenüber sitzt ein Mann, etwa so alt wie ich, mit Kopfhörern im Ohr und Augen geschlossen. Neben ihm sitzt eine Frau, vermutlich im selben Alter, ein Buch lesend. Darin versunken scheint sie gar nichts mehr um sich herum wahrzunehmen. Mich würde mal interessieren, was all diese Pendler beruflich oder auch sonst so in ihrem Leben machen, an was sie arbeiten, was ihre Ziele und Träume sind. Zumindest würde bei mir wohl kaum einer vermuten, dass ihm da gerade ein Richter im Zug gegenübersitzt.

Bevor ich aussteige, sehe ich nochmal kurz auf WhatsApp nach. Ich öffne den Chat mit Monique und lese schmunzelnd ihre Nachricht:

Hey Basti, danke für die Einladung! Ich komm gerne! Sag, was du noch an Essen oder so brauchst. Ich freu mich!! Bis Samstag :D

Als ich im Büro das letzte Scheiben im Fall überflogen habe, schließe ich die Akte. Der Kindesmissbrauch-Fall muss wohl noch einmal zurück zur Staatsanwaltschaft, um weitere Informationen zu ermitteln. Der Prozess gegen Marie König wegen Mordes wird hingegen schon in ein paar Wochen eröffnet werden. Immer wieder musste ich in den letzten Tagen daran denken, wie sie in U-Haft sitzt und auf ihren Prozess wartet...

Nachdem ich den halben Vormittag gearbeitet habe, schlendere ich über den langen Flur zum Kopierraum. Eigentlich ein untypischer Gang, aber es schadet ja nicht, wenn man auch mal selbst die „niedrigen Arbeiten" erledigt. Wenn man sich an den Luxus gewöhnt hat, sich nicht mit eigensinnigen Kopierern rumschlagen zu müssen, vergisst man schnell, was die anderen Angestellten alles so managen.

„Hast du ‘ne Ahnung, wo hier das Papier ist?"

„Bist wohl nicht so oft hier, wie man sieht", lacht Nadine und drückt mir ein Packen Papier zum Nachfüllen in die Hand.

Nadine arbeitet in der Geschäftsstelle, unserem Sekretariat, wenn man so will. Als Protokollführerin sitzt sie mit mir des Öfteren in Verhandlungen und schreibt am PC mit. Sie ist sehr sympathisch und mit ihren 27 Jahren auch noch recht jung. Sie sitzt einige Büros weiter und hat mit deutlich mehr Aktenpaketen umzugehen als ich. Als Sachbearbeiterin hat sie wie auch Madame Bijou nicht wirklich inhaltlich mit den Fällen zu tun, sondern eher mit dem ganzen Drumherum, der Verwaltung.

Ausgestattet mit einigen Kopien und neuem Wissen, was das Nachfüllpapier angeht, kehre ich zurück in mein Büro, vorbei an dem Zimmer von Madame Bijou.

„Ach, bevor ich's vergesse", ertönt es aus ihrem Zimmer, „neue Akten für Sie."

„Danke, Madame Bijou."

„Gerne", antwortet sie.

„Und bevor *ich's* vergesse: Haben Sie nächste Woche Samstag schon was vor?"

„Äh, glaube nicht", stockt sie, „wieso?"

Sie sieht mich unsicher an.

„Keine Angst", entgegne ich lachend, „also zu einem Date wollte ich Sie eigentlich nicht einladen."

„Puhh, da bin ich ja beruhigt... Bin glücklich verheiratet."

„Das weiß ich doch", lache ich.

„Ich bin ja auch schon ein halbes Jahrhundert alt und damit wohl auch etwas zu alt für Sie."

„Das haben *Sie* gesagt! Und außerdem: Liebe kennt kein Alter", entgegne ich scherzend. „Naja, weswegen ich frage: Ich feiere mein Einjähriges. Bin jetzt schon seit einem Jahr hier beim Schwurgericht. Und darauf wollte ich bei mir Zuhause gerne mit ein paar Leuten anstoßen. Also: Sie sind herzlich eingeladen!"

„Das ist ja lieb von Ihnen, dass ich dabei sein darf! Klar komm ich!"

„Natürlich will ich Sie dabei haben! Sie wissen wohl selbst, dass ohne Sie hier das komplette Chaos herrschen würde."

Sie muss schmunzeln.

„Also", ich räuspere mich, „ähm, ich werde versuchen zu kochen."

„Da bin ich mal gespannt, Herr Klein.", lacht sie. „Ansonsten: Wenn Sie Hilfe brauchen – meine Nummer haben Sie ja."

Nach kurzem Überlegen setze ich mich an meinen Schreibtisch und öffne die erste der neuen Akten, die mir Madame Bijou mitgegeben hat.

Als ich die Akte öffne, hab ich keine Ahnung, was alles noch auf mich zukommen sollte. Ein ganz normaler Fall, einer, wie jeder andere auch, so dachte ich. Ein Fall, der in einigen Wochen nach Prozess, Zeugenvernehmungen und Urteil bearbeitet im Archiv verschwinden würde. Doch diesmal sollte es anders sein. Dieser Fall sollte mir noch lange in Erinnerung bleiben...

Kapitel 31

Béatrice Martin, 51 Jahre alt, angeklagt wegen versuchten Mordes und einigen anderen Delikten, die offenbar damit zu tun haben. Sie soll versucht haben, ihre damals beste Freundin, Cleo Brandt, zu töten. Aus Rache.

Laut Anklage soll die Angeklagte sie dafür verantwortlich gemacht haben, dass sie fast zehn Jahre unschuldig wegen Totschlags an einer alten Klassenkameradin im Gefängnis saß. Die Angeklagte habe immer ihre Unschuld beteuert und sei sich sicher, dass Cleo Brandt ihr Leben zerstören wollte, indem sie ihr die Tat in die Schuhe schob.

Da die Angeklagte bisher von ihrem Schweigerecht Gebrauch gemacht und nichts zur Sache gesagt hat, stützt sich die Anklage nur auf das, was die Staatsanwaltschaft ohne ihre Aussage ermitteln konnte. Zwar liegt dazu noch ein medizinischer Bericht über die Vergiftung des Opfers vor, jedoch basiert im Wesentlichen alles auf den Aussagen der Geschädigten Cleo Brandt, dem Ehemann und der Tochter der Angeklagten, also Nathan und Lisa Martin sowie von einigen Polizisten, die am Tatort waren.

Laut Angabe des Opfers mache die Angeklagte sie zusätzlich für den Tod der ungeborenen Tochter der Angeklagten verantwortlich, die vor etwa 12 Jahren bei einem Autounfall ums Leben kam. Daher vermutet die Staatsanwaltschaft, dass die Angeklagte durch ihre Tat mit ihrem Opfer, Cleo Brandt, „abrechnen" wollte und die Tat als Racheakt zu werten sei. Cleo Brandt sagte, die Angeklagte „spinne sich da etwas zusammen".

Ich blättere etwas die Akte durch, überfliege einzelne Aussagen. Doch recht schnell merke ich: Dieser Fall ist anders. Béatrice Martin wurde bereits wegen einer ähnlichen Tat verurteilt. Bei einem Klassentreffen soll sie sich für

„jahrelange Schikanen einiger Mädchen ihrer Klasse" gerächt haben, indem sie die Anführerin dieser Gang umbrachte. Auch hier war das Motiv Rache. Das Urteil: Totschlag; neuneinhalb Jahre Gefängnis.

Nachdem ich mich einige Zeit in die Akte eingelesen und mir einen ersten Überblick verschafft habe, mache ich mir ein paar Gedanken zum Fall und fertige erste Notizen und Anmerkungen an. Aus der Akte ergeben sich jedoch keinerlei Zweifel hinsichtlich der Schuld der Angeklagten bezogen auf die hier angeklagte Tat. Im Weiteren werde ich alles noch einmal aufmerksam lesen, mich intensiv in die Akte einarbeiten und dann die Sitzungstermine bestimmen. Die anzuhörenden Zeugen müssen geladen und die jeweiligen Vernehmungen gründlich vorbereitet werden, sodass man sich nicht nur von Tat und Tatort ein Bild machen kann, sondern auch von der gesamten Lebenslage der Angeklagten und den Hintergründen der Tat.

Was mir jedoch bereits nach einem ersten Lesen der Akte merkwürdig erscheint, ist die Tatsache, dass die Angeklagte die Tat, die Hintergrund dieses Verfahrens ist, noch bis heute leugnet. Bis zuletzt bestritt Béatrice Martin die Klassenkameradin auf dem berüchtigten Klassentreffen ermordet zu haben. Ich glaube, für mich wäre es unheimlich befreiend, reinen Tisch zu machen, spätestens nach der Verurteilung, wenn eh nichts mehr zu retten ist. Es sei denn, es ist ein Fehlurteil...

„Na du? Fertig für die Mittagspause?"

Verwundert sehe ich auf mein Handydisplay: *12.07 Uhr.*

„Schon so spät?!"

„Ich dachte, *du* wolltest mich abholen", erwidert Steffi mit einem anklagenden Unterton. „Ich warte und warte..."

„Sorry, war voll vertieft in den neuen Fall..."

125

Kapitel 32

Er ist groß. Der Saal ist dezent und geschmackvoll eingerichtet. Ich schließe die große Saaltür und lasse meinen Blick etwas schweifen. Mittlerweile ist es schon halb 5 und in den Sälen laufen auch keine Verhandlungen mehr. Doch aus irgendeinem Grund hat es mich an diesem Nachmittag noch einmal hier hin gezogen.

Langsam gehe ich durch den Saal, an den Plätzen der Verteidigung und der Staatsanwaltschaft vorbei. Leer wirkt der Saal so viel größer. Bei Tag ist hier durch große Prozesse viel Trubel – davon ist jetzt nicht die leiseste Spur zu sehen. Schon morgen werden hier wieder die vielen Menschen sitzen – die Zuschauer, Anwälte und Verteidiger, die Zeugen, Staatsanwälte und schließlich auch die Richter, die das Urteil fällen.

Zufrieden gehe ich einige Meter. Tatsächlich habe ich durch meinen Job das Gefühl, ein wenig für Gerechtigkeit sorgen zu können. Denn obwohl es in unserer Justiz Dinge gibt, die nicht gut funktionieren, überflüssig oder unbrauchbar sind, finde ich, dass in unserem Land sehr viel wirklich gut läuft. Besonders wenn man unsere Justiz im Vergleich zu anderen Ländern sieht. Ja, in manchen Teilen der Welt gilt sogar die Todesstrafe als legitimes Mittel, um Verbrecher zu bestrafen. Selbst bei schweren Straftaten glaube ich, dass die Todesstrafe das falsche Mittel ist. Man nimmt dem Täter die Möglichkeit, sich zu verbessern, sein Leben zu ändern. Auch jemand, der eine schwere Straftat begangen hat, kann sich ändern.

Doch auch ich habe schon Forderungen nach der Todesstrafe gehört oder auch, dass man Sexualstraftäter „zumindest kastrieren" müsse. Das hat mich wirklich fassungslos gemacht. Psychisch Kranken muss geholfen werden! Das heißt nicht, dass man die Gesellschaft nicht schützen muss – keine Frage. Es ist gut und richtig, dass es spezielle Einrichtungen wie Psychiatrien gibt, die solchen Menschen helfen und sie betreuen. Doch man sollte sich zügeln, derartige absurden und menschenunwürdige Forderungen auszusprechen! Stellt man sich mit der Todesstrafe nicht auf die gleiche Stufe wie der Verbrecher, der ja „so *böse*" ist?! Man verabscheut Mord, übt ihn aber selbst aus?!

Die Todesstrafe ist kein legitimes Mittel und die Todesspritze auch keine *humane Exekution*, wie sie oft dargestellt wird. Die Todesstrafe wird ausschließlich den Opfern gerecht und deren Wunsch, den Verbrecher buchstäblich leiden und sterben zu sehen. Dieses Sterben kann man sich in manchen Ländern übrigens live und in Farbe vor Ort ansehen. Also wenn im Fernsehen mal nichts läuft...

Aber Spaß beiseite. Das muss man sich mal vorstellen: Irgendwelche Leute versammeln sich in einem Raum um dich *sterben* zu sehen. Dann geht der Vorhang auf und man sieht durch eine Glasscheibe, wie du auf einer Liege gefesselt bist, wie du vergeblich strampelst, ohnmächtig dich zu wehren. Dann wird das Gift wird freigesetzt, strömt in deinen wehrlosen Körper und gelangt schließlich in dein Herz, das mit einem Mal aufhört zu schlagen. Und dann bist du plötzlich tot. Fertig. Der Vorhang geht zu, Vorstellung vorbei. Und während sie nach Hause gehen, sagen sie großmäulig, wie schlimm Mord ist.

Das ist krank! Sowas würden noch nicht einmal Tiere machen! Doch das alles geschieht in manchen Ländern noch heute unter dem Deckmantel der Gerechtigkeit. Wie kann sich ein Staat anmaßen, über Leben und Tod zu entscheiden?!

Und was, wenn im Nachhinein rauskommt, dass der Getötete unschuldig war? Was, wenn es gar nicht so war, wie man die ganze Zeit dachte?

Sicher gibt es auch bei uns Justizirrtümer und Menschen, die zu Unrecht verurteilt wurden und viele Jahre unschuldig im Gefängnis sitzen. Und wahrscheinlich ist die Zahl der Fehlurteile, die überhaupt nicht rauskommen, noch deutlich höher. Fehlurteile, insbesondere Fehlverurteilungen sind immer schlimm. Doch der Unterschied ist: Die Todesstrafe ist endgültig. Sie kann nicht rückgängig gemacht oder entschädigt werden.

Deswegen glaube ich, dass das Gefängnis die einzig mögliche und umsetzbare Einrichtung ist, um Straftäter zu bestrafen – obwohl es auch hier nicht immer so zugeht, wie man es sich wünscht und sicherlich noch einiges verändert werden muss. Doch was ist die Alternative? Außerdem bieten sie besonders für junge Menschen verschiedene Möglichkeiten um ihren Schulabschluss nachholen, einen Beruf zu erlernen und Geld zu verdienen. Trotz seiner Kritikpunkte ist das Gefängnis unverzichtbar.

Ich gehe einige Meter weiter und erreiche schließlich den Zuschauerbereich, wo ich mich auf einen Stuhl setze. Es ist ein ungewöhnlicher Blick von hinten den Saal zu sehen, zur großen Richterkanzel hochzublicken. Sonst sitze *ich* da vorne und werde von all den Menschen angesehen. Lange habe ich daran gezweifelt, ob ich tatsächlich eines Tages dort sitzen würde...

Besonders, weil so ziemlich jeder Jurastudent früher oder später an Aufgeben denkt. In dem vorherrschenden Notensystem ist es so gut wie unmöglich wirklich gut abzuschneiden. Und selbst Klausuren nicht zu bestehen gehört zum „Jurastudent sein" dazu. Das Notensystem ist hart, die Frustration vorprogrammiert.

Man sollte sich darüber im Klaren sein, dass das einen hohen Preis haben kann, viel Zeit kostet und einem ein ganzes Stück harte Arbeit abverlangt, wo Ausdauer und Geduld unverzichtbar sind. Doch ich war bereit, das alles auf mich zu nehmen. Wenn es wirklich das ist, was man will, kann man das auch schaffen! Und dabei ist es normal, dass man auch mal an sich zweifelt. Wenn man aber irgendwann merkt, dass man eigentlich gar kein Spaß an all dem hat und sich eigentlich nur quält, dann sollte man auch den Mut haben aufzuhören. Denn kein Studium und keine Ausbildung dieser Welt ist es wert, unglücklich zu sein.

Was mich in meiner Zeit als Student aber wirklich geärgert hat, war, dass ich bei manchen Leuten das Gefühl hatte belächelt zu werden. Mir schien, dass trotz aller Belastungen, die das Student sein mit sich bringt, mit zweierlei Maß gemessen wird, wenn es um Studenten geht. Auf der einen Seite sagt man, man müsse echt gut sein, um studieren zu können, auf der anderen Seite belächelt man dann doch ihre „Arbeit". Fast nach dem Motto:

Studium ist schick, aber Studenten sind kacke.

Natürlich denken nicht alle so, aber besonders bei Leuten, die viel arbeiten, habe ich diese Einstellung schon öfter festgestellt. Oft wird dann der flexible Alltag des „Studentenlebens" belächelt, genauso wie die Freiheit zu entscheiden, ob man zu einer Vorlesung geht oder nicht. Man nimmt die typischen „Dauerstudenten" als Beispiel und unterstellt gewissermaßen, dass alle Studenten faul sind und dem Staat auf der Tasche liegen.

Als Student ist man tatsächlich in vielen Dingen freier als ein Arbeitnehmer und kann einiges selbstständig entscheiden. Was dabei aber gern vergessen wird, ist die Tatsache, dass genau daraus eine enorme Selbstverantwortung erwächst und man im Grunde sein ganzes Leben so managen muss, dass man alles hinbekommt. Zumindest für Jura kann ich sagen: Mit Chillen ist da nicht viel. Besonders für Studenten, die neben der Uni noch arbeiten und vielleicht sogar einen eigenen Haushalt haben, ist es eine enorme Herausforderung, alles unter einen Hut zu bekommen. Und ich bin davon überzeugt, dass viele Studenten unterm Strich bei weitem mehr machen als so mancher Vollzeit-Arbeitnehmer.

Besonders Studenten, die nicht von ihren Eltern unterstützt werden, haben es häufig nicht leicht – selbst mit finanzieller Unterstützung vom Staat, die man später auch zumindest zum Teil zurückzahlen muss. Im Klartext: Man macht Schulden. Jeden Monat. Man kann sich keine großen Sprünge erlauben, muss gucken, wie man sich jahrelang so klein hält, dass man finanziell nicht auf die Nase fällt. Und daraus entsteht wiederum ein enormer Druck: Breche ich das Studium ab, habe ich keinen Abschluss, aber Schulden. Zudem lebt man lange Zeit in Ungewissheit und Berufschancen sind auch nicht überall blendend.

Wenn man mal überlegt, dass dahingegen so mancher, der schon mit 16 Jahren arbeitet, monatlich teilweise mehrere hundert Euro verdient, kann man sich schon fragen, ob das System wirklich so gerecht ist. Und andere wissen nicht, wie sie ihre Uni-Bücher bezahlen sollen. Nur mal so viel dazu...

Auch ich habe mich jahrelang mit mehreren Jobs über Wasser halten müssen. Doch jetzt bin ich hier, stehe inmitten dieses großen Saales. Ich gehe einige Meter, bis ich die große Richterkanzel erreiche, die durch eine Stufe etwas erhöht ist, und mich an meinen Platz setze. Vor mir der große Saal, der „Zeugenstuhl", der Zuschauerbereich sowie die Tische der Staatsanwaltschaft und der Verteidigung.

Ein leichtes Lächeln macht sich in meinem Gesicht breit. Ich bin gespannt, was ich hier noch alles für Fälle verhandeln werde...

Kapitel 33

Vier Wochen später.

08.40 Uhr. Mit deutlich zu wenig Schlaf und einem dicken Kaffeepott in der Hand betrete ich das Büro von Madame Bijou.

„Guten Morgen."

„Guten Morgen, Herr Klein. Naa, aufgeregt?"

„Ja, etwas... War auch 'ne kurze Nacht. Konnte überhaupt nicht einschlafen. Lag zwar schon um neun im Bett, aber richtig schlafen konnte ich erst gegen zwei."

„Warum denn?"

„Ich bin immer wieder zum Schreibtisch gelaufen, um noch irgendwelche Sachen nachzugucken, die mir im Kopf rumschwirrten – Zeugenvernehmungen, Polizeiprotokolle, Gutachten..."

„Das tut mir leid..."

„Passiert mir öfters vor neuen Prozessen. Mittlerweile denk ich mir, dass ich das gar nicht mehr haben sollte. Schließlich mach ich das jetzt schon ein ganzes Jahr!"

„Ach, Herr Klein. Ich glaube, das ist nicht schlimm. Es ist wichtig, dass man sich immer dessen bewusst ist, welch große Verantwortung Sie als Richter tragen. Von daher: Alles gut, Herr Klein!"

„Das ist lieb von Ihnen. Ja, an sich denke ich das auch."

„Aber stimmt es, dass Herr Eggers der Verteidiger der Angeklagten ist?"

„Ja... Wenn ich ehrlich bin, macht mich das noch mehr nervös", gestehe ich.

„Kann ich verstehen. Aber was soll der schon machen... Der ist 'n Kotzbrocken, mehr nicht."

Herrn Eggers, den Anwalt der Angeklagten, kenne ich bereits aus einem damaligen Verfahren. Er ist ein unangenehmer Zeitgenosse und wie ich später erfuhr, hatten auch andere Kollegen Probleme mit ihm. Einmal war er an einem Prozess beteiligt, den ich – damals noch am Amtsgericht – geleitet habe. Während der Verhandlung meinte er, mehrfach meine Befragungen unterbrechen zu müssen, bis ich ihn in seine Schranken wies. Ich glaube, das kratzt noch immer an seinem Ego. Besonders, weil ich im Gegensatz zu ihm ja noch ein „Küken" bin. Wenn wir uns danach auf dem Flur sahen, ging er mir auffällig aus dem Weg. Stören tut es mich nicht, dass er an dem neuen Prozess beteiligt ist, jedoch sollte ich jetzt genau aufpassen, was ich tue...

„Hab die Nacht sogar geträumt, dass er einen Befangenheitsantrag gegen mich gestellt hat."

„Ohh, das war sicher keine schöne Nacht."

„Da sagen Sie was... Mal sehen, wie heute der erste Tag so verläuft."

„Ja, das wird schon! Sagen Sie, haben Sie eine neue Tasse?! Da passt ja literweise Kaffee rein", lacht sie.

„Als ich die gesehen hab, musste ich die einfach kaufen!"

„Ach, bevor ich's vergesse", sie reicht mir eine kleine Dose mit Süßigkeiten, „hier noch etwas Nervennahrung für zwischendurch."

„Dankeschön, das ist echt lieb von Ihnen! Jetzt muss ich aber nochmal in mein Büro, bevor's gleich losgeht."

„Ich drück Ihnen die Daumen!"

Nervös laufe ich durch mein Büro, unsicher darüber, ob ich noch irgendwas vergessen habe für den Prozess. Doch das bringt nichts, macht mich nur verrückt. Ich schlage die dicke rote Akte zu, dessen Inhalt ich schon fast im Schlaf runterspulen könnte. Vernehmungen vorbereitet, Zeugen geladen – alles organisiert. Zwischen einigen Papieren fällt mir etwas Buntes ins Auge. Es ist der Flyer. Unschlüssig ziehe ich ihn aus dem Papierstapel und sehe ihn mir nochmals an. Soll ich wirklich...?

„Sebastian, was ist das denn hier?", platzt Sabine wutentbrannt in mein Büro. „Ohh, entschuldige, ich hätte klopfen müssen!", durchfährt es sie. „Sorry Sebastian. Stör ich?"

„Ne ne, schon gut, komm rein."

Schnell verstecke ich den Flyer unter einigen Akten.

„Was ist denn los, Sabine?"

Geschockt schmettert sie mir eine Zeitung auf den Schreibtisch.

BRUTALER RACHETEUFEL VOR GERICHT! WIRD DAS GERICHT DIE FEIGE RACHETAT DER WEGEN MORDES VORBESTRAFTEN BÉATRICE M. VERGELTEN ODER WIRD SIE UNGESCHOREN DAVONKOMMEN?

Stirnrunzelnd überfliege ich den Artikel.

„Guck dir das nur an! Diese Presse... Unfassbar! Der Prozess hat noch nicht mal angefangen und die sind schon fleißig am Tratsch verbreiten. Wie mich sowas aufregt! Fehlt nur noch, dass die heute mit 'nem Aufmarsch von Pressefutzis von der Boulevardpresse auftauchen!"

„Du warst wohl noch nicht unten", schmunzel ich, „der Flur ist voll!"

„Nicht dein Ernst jetzt! Soo typisch! Angeklagt hin oder her – aber so durch den Kakao gezogen zu werden verdient echt keiner. Und besonders nicht *vor* dem Prozess, wo ja noch nix feststeht! Aber das scheint die ja nicht zu interessieren..."

„Ist ja immer das Gleiche. Die Presse weiß ja sowieso immer alles am besten. Besonders: Die Angeklagte saß wegen

Totschlags, nicht wegen Mordes. Das ist nochmal ein kleiner Unterschied!"

„Und sowas nennt man 'Unschuldsvermutung'?! Eine Schande ist sowas!", faucht sie.

„Reg dich nicht auf, Sabine. Wir müssen sowieso langsam runter, die Verhandlung geht gleich los. Ich glaub, Horst und die Schöffen warten schon unten."

Wie man unschwer merkt, sind wir hier nicht so die größten Pressefreunde. Naja, eigentlich stört uns nur die unseriöse Berichterstattung der Boulevardpresse, die nicht selten mit vorschnellen Urteilen arbeitet. Sabine und ich entschließen uns, nicht den Aufzug, sondern das Hintertreppenhaus zu nehmen, um möglichst unerkannt und ungestört zum Saal zu gelangen. Und dann vor dem Saal, wie erwartet, viele Menschen. Sabine und ich bahnen uns einen Weg durch die wartende Menge vor dem Saal ins Hinterzimmer von Saal E.122.

„Mega voll hier", keucht sie.

„Ja, aber ist ja immer das Gleiche. Die ersten zwei Prozesstage ist alles voll, dann kommt kein Schwein aber dann bei der Urteilsverkündung wollen sie alle direkt den Exklusivbericht haben..."

„Und am besten uns direkt persönlich interviewen."

„Sabine?", schießt es plötzlich aus mir raus.

„Ja?"

„Ich wollt dir nochmal sagen, wie glücklich ich bin, dass ich euch beide als Kollegen habe. Bei euch fühl ich mich wirklich gut aufgehoben – besonders, weil ich noch nicht so erfahren bin wie ihr."

„Du bist ja süß. Wir sind auch froh so einen engagierten, sympathischen und dazu noch so attraktiven Kollegen bekommen zu haben!"

„Du machst mich ja fast verlegen."

„War auch nur 'n Scherz", lacht sie vergnügt und haut mir dabei leicht auf die Schulter.

„Jaja, du mich auch, Sabine", entgegne ich gespielt gekränkt.

Lachend betreten wir das Hinterzimmer, in dem Horst und die beiden Schöffen bereits am Tisch sitzen. Ich finde es immer wieder spannend, die Leute kennenzulernen, die sich freiwillig für dieses Amt beworben haben. Schließlich ist es ja eine Sache, die allgemein nicht sehr bekannt ist. Die beiden *Unbekannten* sind ein Mann und eine Frau, beide etwa Anfang 30. Recht ungewöhnlich, dass beide Schöffen noch so jung sind – eine schöne, lebendige Truppe!

„So, Hallo zusammen", begrüße ich die Runde. Ich schüttle den Schöffen die Hand und nehme mit Sabine ebenfalls an dem großen Tisch Platz. Auf dem Tisch steht eine große Keksdose von Horst. Das macht er öfter im Winter, da er mit seiner Frau zusammen dann immer fleißig Kekse backt. Vanillekipferl – wie ich sie liebe! Die Kekse und Horsts lockere Art machen eine angenehme Atmosphäre, in der es sich gut besprechen lässt. 09.15 Uhr. In 15 Minuten geht die Sitzung los.

Kapitel 34

„Frau Martin?"

Mein hoffnungsvoller Blick wird schnell zunichte gemacht, als ich sehe, dass diesmal *zwei* Polizeibeamte vor meiner Zelle stehen und mir Handschellen anlegen wollen. Ein böser Blick reicht leider nicht, sie davon abzubringen.

„Zu unserer und Ihrer Sicherheit."

Ich bin wütend, will nur noch raus, einfach weg von hier. Schon als die Tür des Hinterausganges aufgeht, sehe ich den blausilbernen Bus. Er sieht modern aus. Doch das macht es auch nicht besser. Es ist ungewöhnlich, wieder in so einer kleinen Buszelle zu sitzen. Schließlich ist es etliche Jahre her, dass ich mit genau so einem Bus schon einmal zu Gericht transportiert wurde. Ich bin die einzige an diesem Morgen, die mit dem Bus zum Gericht gefahren wird. Nachdem die Polizeibeamten mich in diese Mini-Zelle gepfercht haben, versuche ich es mir so gut wie möglich bequem zu machen und nicht mit den Gedanken andauernd um den Prozess zu kreisen.

Der Bus fährt los. Durch das Fenster, das von außen verdunkelt ist, beobachte ich die Umgebung. Zunächst fahren wir auf einer Landstraße, bis wir schließlich auf eine viel befahrene Straße abbiegen. Als wir an einer Ampel zum Stehen kommen, sehe ich auf dem Bürgersteig zwei Kinder, die an der Hand ihrer Mutter gehen. Diese scheint den Kindern noch einige Anweisungen zu erteilen, die genervt die Augen verdrehen. Einige Meter neben ihr stehen zwei Männer, die sich angeregt unterhalten und einen Kaffee dabei schlürfen.

Nach einigen weiteren Metern kommt der Bus zum Stehen. Stau. Der Fahrer in dem Auto, das neben uns steht, scheint sich mächtig darüber aufzuregen, dass es nicht vorangeht. Mit bösem Gesicht macht er wie wild Gesten und versucht sich bemerkbar zu machen. Hast du Sorgen... So ein Rumgejammere. Wir können gerne tauschen. Wie liebend gerne würde ich jetzt mit dem Auto im Stau stehen...

Bei Gericht angekommen, werde ich von drei Wächtern in Empfang genommen, von denen mich zwei in die Zelle des Hausgefängnisses bringt. Den einen kenne ich. Doch für Smalltalk oder Ähnliches ergibt sich keine Gelegenheit. Seinen verwirrten Blick ignoriere ich gekonnt. Ja, ich bin's wieder. Hättest du dir aber auch denken können...

Wirklich lange bleibe ich jedoch nicht in der Zelle, schon eine halbe Stunde später werde ich abgeholt. Gemeinsam mit einer Kollegin führt mich ein noch sehr junger Wächter durch lange Kellergänge, bis wir einige Aufzüge erreichen. Von hier aus werden die Angeklagten nach oben in die Sitzungssäle gebracht. Der Wächter schließt den Aufzug auf, blickt hierbei aber immer wieder unsicher zu mir rüber. Er ist noch recht jung, wahrscheinlich so Anfang 20. Links neben mir hält eine etwas ältere Wächterin selbstbewusst und schon fast selbstsicher die Stellung. Hexe. Nachdem wir uns zusammen in den kleinen Aufzug gequetscht haben, schließt sich die Tür. Es ist eng. Sehr eng. Ich kann mich kaum bewegen, drehen ist schier unmöglich. Ich starre auf die Anzeige:

Saal E.122

Ich bin nervös. Ein Gefühl der Aufregung durchfährt mich, des Nichtwissens, wie es weitergeht...

Die Tür geht auf. Nachdem der junge Wächter ausgestiegen und sich panisch nach allen Seiten umgesehen hat, darf auch ich endlich dieses kleine, stickige Verlies verlassen. Vor mir öffnet er eine weitere Tür. Die Tür, die direkt in den Saal führt.

Kapitel 35
Mit Perspektivwechsel

„Möchten Sie sich vielleicht auch kurz vorstellen? Ich find es immer schön, auch etwas über Sie als Schöffen zu erfahren. Schließlich sind wir für diesen Fall Kollegen."

„Ja gern", räuspert sich der junge Mann. „Ich bin Martin Lehmann, 29 Jahre alt und arbeite als Lektor in einem Verlag. Ich wollte damals eigentlich auch Jura studieren, aber dann war mir das Studium doch eine Nummer zu hoch. Ich hab mich also für was Einfacheres entschieden, wollte aber gerne die Chance ergreifen einmal als Schöffe zu arbeiten."

„Und ich bin Anja Winter und 36 Jahre alt. Bis vor Kurzem wusste ich noch gar nicht, was ein Schöffe ist. Eine Freundin erzählte mir dann davon, woraufhin ich mich informierte und mich schließlich dafür beworben habe. Ich finde die Arbeit sehr abwechslungsreich und spannend, aber es ist auch mit viel Verantwortung verbunden."

„Okay, danke." Mein Blick wendet sich Sabine und Horst zu. „Vielleicht wollt ihr beiden euch auch den Schöffen vorstellen?"

„Ja, also mein Name ist Horst Schürmann. Ich bin hier der *alte Hase* und seit 30 Jahren im Geschäft. Zwischendurch war ich auch Zivil- und Familienrichter, aber dann hat es mich doch zum Strafgericht gezogen."

„Und ich bin Sabine Fischer und seit acht Jahren Richterin. Ich war bisher nur am Strafgericht, aber hier gefällt es mir soweit auch sehr gut. Nebenbei arbeite ich noch im Bereich der städtischen Jugendarbeit."

„Echt? Wie kamen Sie denn dazu, wenn ich fragen darf?", schaltet sich der Schöffe ein.

„Ich wollte damals Sozialarbeiterin werden, weil ich es wichtig finde, jungen Menschen zur Seite zu stehen", antwortet Sabine. „Jugend ist keine leichte Zeit... Und weil ich hauptberuflich schon Richterin bin, möchte ich mich trotzdem etwas in dem Bereich engagieren."

„Ah okay. Find ich gut."

„Dann auch noch kurz was zu mir: Ich bin Sebastian Klein, 34 Jahre alt und seit etwa einem Jahr Vorsitzender Strafrichter hier am Schwurgericht, also noch recht frisch. So, dann mal zum Fall. Viel Zeit haben wir nämlich nicht mehr. Wir können ja später in der Pause weiterreden. Vielleicht haben Sie schon einiges über den Fall in den Medien gehört, aber hier kriegen Sie nochmal eine Zusammenfassung, was der Angeklagten konkret vorgeworfen wird. Ihre Rechte und Pflichten als Schöffen kennen Sie ja schon, ist ja für Sie beide nicht Ihr erster Fall, bei dem Sie als Schöffe mitwirken. Zum Fall..."

Wie ich es hasse! Die Tür geht auf, alle starren mich an und ich blicke in den großen aber dennoch überfüllten Saal. Damals war es genauso. Bevor ich dazu komme genauer in die Menge zu schauen, sehe ich rings um mich herum Kameras. Mein Anwalt reicht mir einen schwarzen Ordner und ich halte ihn mir vor mein Gesicht. Schrecklich so vorgeführt zu werden... Doch mit einem Mal überkommt mich die Wut, ich lege den Ordner hin und zeige demonstrativ mein Gesicht. Sollen sie mich doch fotografieren, diese Nichtsnutze. Ich komm so oder so in die Zeitung. Überall Pressefutzis, geldgeile Karrierehaie und eine hungrige Meute, die nur darauf wartet, mich verurteilt zu sehen. Die wollen doch sowieso nur den Exklusivbericht, der möglichst viele Auflagen bringt. Schließlich bin ich für die Presse ein gefundenes Fressen. Bluthungrige Wölfe, die nur darauf warten etwas zu verschlingen...

„So, es reicht jetzt", ruft einer der Polizeibeamten, „packen Sie bitte die Kameras weg."

Obwohl man es vielleicht nicht glaubt: Für mich ist die Verachtung der Menschen, die man hier vor Gericht erlebt, schon fast schlimmer als die Verurteilung – denn im Kopf der Menschen ist man längst verurteilt und abgeschrieben. Das gilt sowohl für Unschuldige als auch für Täter, die auf eine neue Chance hoffen.

Wenigstens nimmt mir ein Polizeibeamter die Handschellen ab. Wütend und zugleich peinlich berührt darüber, so aufgeführt zu werden, starre ich zu Boden. Ohne ein Wort zu sagen setze ich mich und versuche in Gedanken dieser unangenehmen Situation zu entfliehen.

„Es geht um Folgendes: Der Angeklagten wird vorgeworfen, versucht zu haben, ihre damals beste Freundin aus Rache zu töten. Sie habe ihr die Schuld für den Tod ihrer ungeborenen Tochter gegeben, die bei einem Autounfall vor etwa zehneinhalb Jahren ums Leben kam. Bei diesem Autounfall war das Opfer, Cleo Brandt, die Fahrerin."

Kurz pausiere ich, sehe nochmals in die Akte.

„Zudem habe die Angeklagte ihr die Schuld dafür gegeben, dass sie fast zehn Jahre lang wegen Totschlags im Gefängnis saß. Sie soll geglaubt haben, ihre damals beste Freundin hätte sie absichtlich der Tat verdächtigt und somit ins Gefängnis gebracht. Die Angeklagte soll versucht haben Cleo Brandt, das Opfer, durch das Gift Aconitin zu töten."

„Ich hätte eine Frage", meldet sich Herr Lehmann.

„Ja?"

„Gibt es denn Anzeichen darauf, dass die Angeklagte damals wirklich unschuldig war und die Tat ihr nur in die Schuhe geschoben wurde?"

„Eigentlich nicht. Jedenfalls gibt es ein rechtskräftiges Urteil. Nach dem damaligen Urteil hat die Angeklagte bei einem Klassentreffen eine Ex-Schulkameradin getötet, da diese sie zu Schulzeiten mit einigen anderen Schülerinnen gemobbt hat."

„Okay."

„Aber Genaueres gilt es in der Verhandlung zu klären. Vorerst haben wir 6 Verhandlungstage angesetzt. Die Zeugenvernehmungen werden daher auch dementsprechend lang sein."

Während es beim Amtsgericht in den „kleinen Fällen" häufig vorkommt, dass ein Zeuge schon nach zehn, fünfzehn Minuten wieder gehen kann, dauern die Zeugenvernehmungen bei den Prozessen, die wir leiten, teils mehrere Stunden, da die Informationen sehr viel detaillierter gefordert sind und oft deutlich mehr Wissen nötig ist, um eine solche Straftat bewerten zu können und schließlich zu einem vertretbaren Urteil zu kommen.

„Haben Sie sonst noch Fragen?"

„Erstmal nicht", druckst die Schöffin, Anja Winter, etwas unsicher.

„Keine Sorge!", versuche ich zu beruhigen. „Gleich wird die Anklage verlesen, sie hören das Ganze also noch einmal. Außerdem geht der Prozess ja mehrere Tage."

„Vieles wird sich auch im Verlauf des Verfahrens ergeben", ergänzt Sabine.

„Ansonsten: Wenn Sie zwischendurch Fragen haben, wir sind immer für Sie da! Ich weiß, es wird viel Trubel um den Prozess gemacht und man sollte das Ganze auch nicht unterschätzen, schließlich ist es ein großes Verfahren. Aber wir sind zu fünft ein gutes Team."

Bevor die Hintertür aufgeht und wir den großen Saal betreten, wende ich mich nochmals an Herrn Lehmann und Frau Winter, die beiden Schöffen: „Keine Sorge, das wird bestimmt ein ganz normaler Fall."

Zumindest dachte ich das. Doch schon sehr bald sollte ich eines Besseren belehrt werden...

Ich hebe meinen Blick. Der Saal ist voll. Meine Augen wandern vom Zuschauerbereich über den böse blickenden Staatsanwalt hin zur großen, noch unbesetzten Richterkanzel. Plötzlich wird es ruhig im Saal, das Gemurmel wird leiser und die Tür vorne geht auf. Die Richter betreten den Saal, alle erheben sich, ich mich schließlich auch.

Für einen kurzen Moment genieße ich die Situation. Irgendwie tut es gut, diese erhobene Menge so vor mir zu sehen – und ich an ihrer Spitze als Vorsitzender. Vielleicht ein hochnäsiger und arroganter Gedanke. Doch genau diese Vorstellung hat mir die Motivation und auch die Kraft gegeben, alles für meinen Traum zu geben. Selbst in den langweiligsten Verwaltungsrechtsvorlesungen und den stressigsten Prüfungsphasen. Es ist ein unbeschreibliches Gefühl, genau das erreicht zu haben, von dem ich so viele harte Jahre geträumt habe. Obwohl ich dennoch immer befürchtet hatte, es sei unerreichbar. Dieser Augenblick erinnert mich daran, dass man an sich glauben und für seine Träume und Ziele kämpfen sollte.

„Nehmen Sie bitte Platz."

Mit einem inneren Lächeln öffne ich die dicke rote Akte.

Er ist noch recht jung. Wahrscheinlich so Anfang 30. Er ist recht groß und trägt eine schwarze Brille. Seine schwarzen Haare sind nach oben gegelt. Er ist hübsch. Irgendwie passt die lange schwarze Robe gar nicht zu ihm. Würde ich ihn auf der Straße treffen, würde ich im Leben nicht darauf kommen, dass er ein Richter ist. Aber sowas sieht man einem Menschen eben nicht an.

Ungewöhnlich, dass so ein junger Pimpf schon beim Schwurgericht ist – und dann sogar als Vorsitzender. Er könnte mein Sohn sein!

Während er redet, sehe ich einige Male die Richterkanzel entlang. Einer der Richter, der Ältere, kommt mir bekannt vor. War er etwa schon in meinem damaligen Prozess einer der Richter?

Hochkonzentriert gehe ich die Personalien der Angeklagten laut durch, während ich gefühlt alles andere ausblende. Der Saal ist voll, alle verfolgen gespannt das Geschehen.

Er hat ein sympathisches Gesicht. Trotzdem wirkt er professionell, konzentriert und genau. Doch trotz aller Sympathie scheint er so fern, in einem anderen Leben. Als sich unsere Blicke treffen, wendet er sich schnell wieder dem eigentlichen Geschehen zu. Sicher Sohn aus reichem Hause, verwöhntes Einzelkind, das es nie in seinem Leben schwer hatte. Bestimmt Dauerkunde auf der Kö, der Düsseldorfer Bonzen-Shoppingmeile, und über Vitamin B schon so früh Vorsitzender Richter. Was weiß der schon...

Der Staatsanwalt steht auf und beginnt die Anklage zu verlesen, doch ich schalte etwas ab und sehe in den vollen Zuschauerbereich. Was sind das für Leute, diese *Zuschauer*, die sich so einen Prozess ansehen? Presse, Hobbyjuristen und unterbeschäftigte Tratschtanten, die meinen sich um alles kümmern zu müssen. Manche Gesichter kommen mir bekannt vor, vielleicht alte Nachbarn oder so. Muss ja ein riesen Gesprächsthema im Viertel gewesen sein... Der Großteil ist jedoch eine mir unbekannte Horde, von der manche am Mitschreiben sind.

Doch mitten drin, mitten in der Masse, sitzt ein Junge. Er ist etwa zwölf, dreizehn Jahre alt. Was macht der hier?! Muss der nicht in der Schule sein? Wohl ist mir dabei nicht, dass sich ein noch so kleiner Junge sowas ansieht. Warum ist der hier? Mit großen Augen schaut er nach vorn zum Vorsitzenden, der mal wieder in seinen Papieren kramt. Will der etwa auch mal Richter werden?

Durch das Fenster scheinen einige Sonnenstrahlen, die den Saal zumindest für einen Moment ein wenig aufhellen. Doch mit einem Mal verschwinden sie – so schnell, wie sie gekommen waren. Ich wende mich zur Angeklagten und sehe ihr einen Moment lang tief in die Augen. Währenddessen höre ich den Staatsanwalt die Anklage weiter vorlesen:

„Das Opfer Cleo Brandt erlitt durch diese Vergiftung eine schwere Entzündung der Magenschleimhäute sowie temporäre Herzrhythmusstörungen und Lähmungen in Gesicht, Armen und Beinen. Die Geschädigte konnte nur knapp gerettet werden. Sie musste eine Woche stationär behandelt werden. Die Angeklagte wollte sich auf diese Weise an dem Opfer rächen..."

Schon beängstigend, über welche Taten wir hier urteilen: Über versuchte und vollendete Tötungen! Über den Tod von Menschen, die auch Gedanken und Gefühle hatten. Von Menschen, die eine Vergangenheit und eigentlich auch eine Zukunft gehabt hätten. Man weiß nie, was jemand noch erreicht hätte, was für schöne Momente er noch erlebt und wie viele tolle Menschen er noch kennengelernt hätte...

Etwas erschrocken bemerke ich, wie der Junge etwas auf ein Blatt kritzelt. Naja. Schreibt. Er macht sich Notizen... Während der Staatsanwalt die Anklage weiter vorliest, geht der Blick des Jungen abwechselnd zu ihm und zum Vorsitzenden. Einmal treffen sich unsere Blicke. Blitzschnell wendet er den Blick von mir. Warum schreibt er mit? Ich fühle mich mehr und mehr unwohl, sehe beschämt zu Boden.

Ich schaue die Angeklagte eine Weile an. Sie ist ca. 1.60 Meter groß, recht schlank und hat ein sehr schmales Gesicht. Sie trägt ihre dunkelbraunen Haare in einem dünnen Pferdeschwanz zusammengebunden und schaut nur selten zu mir hoch. Sie trägt ein dunkelgrünes Oberteil und eine blaue Jeans. Schminke oder Schmuck trägt sie nicht.

„Die Angeklagte wird daher des versuchten Mordes in Tateinheit mit Freiheitsberaubung und gefährlicher Körperverletzung beschuldigt, strafbar gemäß §§ 211; 223, Abs. 1; 224, Abs. 1, 2; 239; 23, 52 StGB."

Der Staatsanwalt setzt sich.

„Frau Martin, als Angeklagte haben Sie das Recht zu schweigen. Möchten Sie hiervon Gebrauch machen oder wollen Sie aussagen?"

„Frau Martin?"

Ich zucke zusammen.

„Ja?", erwidere ich.

„Wollen Sie nun aussagen oder nicht?"

Kurz blicke ich zu meinem Anwalt.

„Meine Mandantin sagt hier gar nichts", entgegnet der Anwalt der Angeklagten großschnäuzig.

145

Etwas perplex über die Antwort von Herrn Eggers sehe ich in die Akte.

„Sie haben bisher keinerlei Angaben gemacht..."

Schade. Ich habe bis zuletzt gehofft, etwas von der Angeklagten selbst zu erfahren.

„Frau Martin, stimmen Sie dem zu?"

Ich nicke. Sein sympathischer Blick verliert plötzlich an Ausdruck, er sieht in die Akte. Eigentlich will ich ja was sagen. Aber was soll das schon bringen. Ich mein, was nützen da Worte?

Doch sie sagt nichts. Keine Erklärung, keine Entschuldigung. Nichts. Schweigend sieht sie zu Boden, den Blicken und der Verantwortung ausweichend. Außer einem entschiedenen Blick des Verteidigers tut sich nichts.

„Wenn Sie sich nicht äußern möchten, vernehmen wir als Nächstes die Geschädigte, Frau Cleo Brandt."

Nadine, die Protokollführerin, schaltet das Mikrofon ein und ruft Frau Brandt in den Saal. Kurze Zeit später hört man ein Geräusch und langsam öffnet sich die große schwere Tür und eine Frau betritt den Saal. Sie ist relativ groß, ca. 1.80 Meter, hat lange blonde Haare, trägt einen kurzen schwarzen Rock und ein blaues Top. Zwar wirkt sie durch ihr Auftreten recht selbstbewusst, doch bei genauerem Hinschauen macht sie einen eher verängstigten Eindruck. Unsicher schaut sie zu mir nach vorne und dann zur Angeklagten und ihren Anwalt. Ich sehe nochmals kurz in die Akte, bevor ich die Vernehmung starten will.

„Du Monster", höre ich es plötzlich kreischen, „du hast alles zerstört!"

Wutentbrannt springt die Angeklagte auf und beschimpft Frau Brandt, die ängstlich zurückweicht.

„Du hast alles kaputt gemacht!"

„Béatrice, ich..."

„Sei still, du falsche Schlange!"

Zwei der Polizisten halten die Angeklagte fest, damit sie nicht auf die Geschädigte losgeht.

„Ruhe bitte!", schalte ich mich ein. „So geht das nicht!"

Doch das scheint keinen zu interessieren. Stattdessen spitzt sich die Situation weiter zu.

„Alles wegen dir! Zehn lange Jahre zu Unrecht hinter Schloss und Riegel, zehn verdammte Jahre!"

„Béatrice, was redest du da?!"

„Und mich jetzt noch als blöd darstellen..."

„Das reicht jetzt!", schalte ich mich ein weiteres Mal ein, in der Hoffnung, dass die Situation nicht eskaliert. Doch es scheint nichts zu bringen.

„Das kannst du gut, was?! Andere als bekloppt darstellen, als verrückt!"

Die Angeklagte scheint vor Wut nur so zu kochen und ihr jetzt ein Ventil zu geben.

„Frau Martin, Sie können nicht..."

„Das Flittchen hat's doch nicht anders verdient", unterbricht sie mich und sieht mich an. „Nur schade, dass die nicht verreckt ist, diese Hure! Ich hätt's ihr gegönnt! Da haben Sie meine Aussage!"

„Frau Mart.."

„Ja ist doch wahr!"

„Nein, es reicht jetzt! Sie haben nicht auf diese Art und Weise mit der Geschädigten zu sprechen und ein solches Verhalten akzeptiere ich nicht."

Nach einem kurzen Blick zu Horst fahr ich fort: „Es ergeht daher folgender Beschluss: Der Angeklagten Béatrice Martin werden Handfesseln angelegt und gegen sie wird ein Ordnungsgeld in Höhe von 100 Euro, ersatzweise zwei Tage Ordnungshaft, verhängt."

„Zwei Tage machen's jetzt auch nicht schlimmer..."

Kapitel 36

Die einzige Reaktion auf meine erneute Ermahnung ist ein stummes, halbherziges Nicken der Angeklagten. Sie wirkt immer noch ziemlich angespannt, doch hält sich bis auf einen kühlen, abwertenden Blick zur Geschädigten zurück. Wie gewohnt versuche ich, die Befragung zu starten.

„Frau Brandt, Sie sind hier um als Geschädigte auszusagen. Als Zeugin vor Gericht sind Sie verpflichtet, die Wahrheit zu sagen. Wenn Sie dies nicht tun, würden Sie sich strafbar machen. Es ist auch möglich, dass Sie vereidigt werden, also Ihre Aussage beschwören müssen. Für einen Meineid oder auch eine uneidliche Falschaussage sieht der Gesetzgeber hohe Strafen vor. Haben Sie das soweit verstanden?"

Sie nickt.

„Kommen wir zu Ihren Personalien: Wie alt sind Sie?"

„Ich bin 42 Jahre alt."

„Als was arbeiten Sie?"

„Chefsekretärin."

„Und Sie wohnen in Düsseldorf?"

„Ja."

„Ihr Personenstand? Also sind Sie verheiratet, ledig...?"

„Ledig. Ich bin Single."

„Lüg nicht!", widerspricht die Angeklagte. „Ich weiß doch ganz genau, was hier abgeht. Du hast dich an meinen Mann rangemacht, nachdem du mich hinter Gitter gebracht hast!"

„Völliger Blödsinn", erwidert die Geschädigte aufgebracht, „das spinnst du dir zusammen."

Nach einem strengen Blick zur Angeklagten verzichte ich auf eine weitere Ermahnung in der Hoffnung, dass die Angeklagte sich von nun an zurückhält.

„Dann nehme ich diesen Punkt auch direkt auf", fahre ich fort, „diese Frage ist nämlich von großer Bedeutung: Hatten oder haben Sie ein Verhältnis mit dem Mann der Angeklagten, Herrn Martin?"

„Nein, da war nie was!"

Mit strengem Blick schaue ich sie an.

„Ich weise Sie nochmals darauf hin, dass Sie sich strafbar machen, wenn Sie uns jetzt hier anlügen. Der Strafrahmen für eine uneidliche Falschaussage liegt bei drei Monaten bis fünf Jahre Freiheitsstrafe, Meineid noch höher."

„Ich lüge aber nicht. Die Anschuldigungen sind haltlos."

„Okay. Schildern Sie uns bitte den Tattag aus Ihrer Sicht."

„Ich war nach der Arbeit noch kurz ein paar Besorgungen machen, bevor ich nach Hause kam. Als ich gerade die Tür öffnete, drückte mir jemand von hinten ein stinkendes Tuch auf Mund und Nase. Ich wurde bewusstlos. Und dann waren wir da..."

„Wo?"

„Es war eine Art Lagerhalle. Ich war gefesselt und geknebelt und saß in einer verdreckten Ecke. Dann kam sie zu mir, sagte mir, sie müsse für Gerechtigkeit sorgen. Und heute sei der perfekte Tag dafür. Dann offenbarte sie mir ihren Plan: Sie wollte mich an dem gleichen Tag sterben lassen, an dem vor zehn Jahren Zoé gestorben war. Es war alles perfide durchgeplant! Selbst die Uhrzeit stimmte... Es war wie in einem schlechten Horrorfilm: Béatrice hatte einen richtigen Altar aufgebaut, zündete Kerzen an und verkündete, Zoés Todestag würde nun auch meiner sein.

Sowas Krankes! Sie meinte, Zoé wäre stolz auf sie. Wie eine Irre starrte sie auf dieses kleine Ultraschallbild, auf dem nichts zu erkennen war. Ja, sie vergötterte es! Sie vergötterte ein unscharfes Schwarz-Weiß-Bild!"

„Hör auf!", unterbricht die Angeklagte die Geschädigte. „Hör auf, so zu reden!"

„Ist doch wahr. Natürlich ist es tragisch, was passiert ist, aber was kann ich denn dafür?! Neben viel wirrem Zeug wiederholte sie ständig, ich sei an allem schuld und müsse nun dafür büßen. Und dann passierte das Unglaubliche: Sie holte ein kleines Fläschchen mit Körnern und erklärte mir, wie ich gleich sterben würde."

„Was sagte sie Ihnen denn genau?"

„Sie schilderte mir im Detail wie die Körner wirken würden: Zunächst würde ich ein Prickeln und Brennen im Mund verspüren, mein Mund würde taub und meine Zunge gelähmt. An den Händen und Füßen würde ich ein starkes Kribbeln verspüren und mir wäre am ganzen Körper unglaublich kalt. Ich würde nach Luft ringen und spüren, wie es sich anfühlt zu sterben. Und genauso kam es. Sie meinte, es sei ein schleichender, schmerz- und qualvoller Tod. Und ja: Es war die reinste Hölle! Solche Schmerzen hatte ich in meinem ganzen Leben noch nicht. Es war, als wäre ich gefangen in meinem Körper, ohnmächtig etwas dagegen zu tun. Vergeblich versuchte ich zu sprechen, nach Hilfe zu rufen. Doch nachdem das Gift zu wirken begonnen hatte, konnte ich nichts mehr sagen. Es ging einfach nicht. Sie meinte, ich würde wie Zoé sterben. Sie hätte damals auch keine Möglichkeit gehabt, dem Tod zu entweichen. Béatrice sagte, Zoé sei qualvoll, in ihrem Bauch gefangen, verendet. Ich bekam richtig Angst, wollte nur noch weg. Als ich mich dann von den Handfesseln losriss, um zu flüchten, schlug sie auf mich ein und rammte mir ein Messer in den Oberarm. Alles war rot, überall war

Blut. Und obwohl ich zusammenbrach, trat sie weiter auf mich ein und spuckte mir ins Gesicht. Es war schrecklich! Sie steigerte sich immer mehr rein, beschimpfte mich und sagte, dass ich daran schuld sei, dass Nathan kein Kontakt mehr zu ihr wolle, weil ich meine Finger nicht von ihm lassen konnte. Ich hätte es nicht verdient zu leben und sollte stattdessen für immer in der Hölle schmoren."

„Konnten Sie mit der Angeklagten sprechen?"

„Zunächst nicht, schließlich hatte ich einen Knebel im Mund. Als ich dann deutlich machte, dass ich mit ihr sprechen wollte, versuchte sie zunächst mich davon abzuhalten. Sie faselte etwas davon, das bringe alles durcheinander und Zoé hätte es nicht gewollt, dass ich diesen Augenblick zerstöre. Doch nach einigem Zögern interessierte sie wohl doch zu sehr dafür, was ich zu sagen hatte und entfernte den dicken Knebel aus meinem Mund."

„Und dann?"

„Ich machte ihr mehrfach deutlich, dass ich nichts getan habe. Doch das interessierte sie nicht. Auch meine ernst und gut gemeinten Ratschläge, sie brauche professionelle Hilfe, ignorierte sie. Stattdessen spielte sie sich auf und wiederholte mehrfach, *nur sie* könne Gerechtigkeit bringen. Das verlogene, korrupte Justizsystem ließe ihr keine andere Wahl. Jeder Mensch müsse sein Schicksal selbst in die Hand nehmen. Ich machte ihr klar, dass sie ein weiteres Mal ins Gefängnis gehen würde. Lebenslang. Ich sagte immer wieder, dass sie genau dorthin zurückkehren würde, woher sie gekommen war. Doch darauf reagierte sie nicht. Stattdessen erklärte sie mir, wo sie meine Leiche vergraben würde: An der Landstraße, wo wir damals mit dem Auto verunglückt waren, an dem Ort wo Zoé verstarb. Das ist doch sowas von krank!"

„Das stimmt doch gar nicht!", schaltet sich die Angeklagte sichtlich aufgebracht ein. „Das war alles ganz anders!"

„Frau Martin, Sie sind nicht dran!", weise ich die Angeklagte zurecht. „Fahren Sie fort, Frau Brandt."

„Als sie dann schließlich diese Körner aus dem Fläschchen holte: Sie strahlte. Sie strahlte im ganzen Gesicht. Immer wieder betonte sie, dass es gleich vorbei sein würde und dass gleich wieder Gerechtigkeit herrschen würde. Ich flehte sie an, mich gehen zu lassen. Vergebens. Verzweifelt rief ich um Hilfe, doch außer Béatrice hörte mich niemand. Und dann, als ich fragte *Glaubst du wirklich, Zoé hätte gewollt, dass du für sie einen Mord begehst?* rastete sie komplett aus. Sie schrie, ich solle nicht so über Zoé sprechen. Zoé sei in jedem Fall stolz auf sie. Und dann, wie eine wildgewordene Furie, steckte sie mir einen dicken Löffel in den Mund. Es waren diese Körner. Sich zu wehren machte für mich keinen Sinn mehr. Falsche Entscheidung. Ab da begann für mich die Hölle auf Erden: Mir wurde schlecht, ich begann unglaublich zu frieren, spürte nichts mehr. Es war ein sinnloser, schmerzvoller Kampf ums Überleben. Es war, als würde mich das Gift von innen zerfressen, mich bei vollem Bewusstsein zersetzen. Ich schrie so laut, wie ich nur konnte um Hilfe, bis ich es vor Schmerzen nicht mehr konnte. Mit jedem Laut, den ich vor Schmerzen ausstieß, wurde Béatrice nur noch euphorischer. Diese Irre geilte sich an jedem meiner Qualen auf! Ich musste mich übergeben und wäre fast an meinem eigenen Erbrochenem erstickt. Ich dachte, jetzt sei es vorbei..."

Sie stockt.

„Und ab da weiß ich nicht mehr weiter..."

„Okay."

„Doch, eine Sache habe ich noch mitbekommen: Nachdem sie mir das Gift verabreicht hatte, fing sie an, mit Zoé zu sprechen! Sie nahm das Ultraschallbild in die Hände und redete mit diesem. Und als sie dann mein taubes und offenbar kreidebleiches Gesicht betrachtete, sagte sie: *So weiß wie Schnee.*"

„Haben Sie das alles noch mitbekommen?"

„Ja. Mehr aber nicht. Da wollte ich auch nichts mehr mitbekommen. Was mir aber hinterher auffiel: Sie hat das Gift genau um 19.26 Uhr verabreicht. Genau um diese Uhrzeit muss Zoé bei dem Unfall verstorben sein."

„Sind Sie sicher?"

„Ja."

12.38 Uhr. Pause. Durchatmen.

„Wenn Sie möchten, können wir zusammen in die Cafeteria gehen", schlägt Sabine den beiden Schöffen vor.

Ein kurzer Blick, ein Nicken und kurz darauf sitzen wir fünf an einem Tisch in der Kantine. Während wir zusammen essen und uns unterhalten, fallen mir einige Zuschauer aus dem Prozess auf, die auch hier essen. Als der Staatsanwalt sich gerade sein Essen geholt hat, blickt er kurz zu uns herüber, setzt sich aber dann doch alleine an einen Tisch, einige Meter von uns entfernt. Ich muss schmunzeln. Ein ungewöhnliches Bild: Erst alle gemeinsam im Gerichtssaal, da, wo alles so streng und steif ist. Und dann hier in der Gerichtskantine – ohne Roben –, wo auch mal ein Witz drin ist, wo man etwas über die Hintergründe der Schöffen erfährt, was sie eigentlich so machen. Für manche mag das komisch aussehen: Die so groß und mächtig wirkenden Richter sitzen gemütlich in der Cafeteria. Aber wir haben schließlich auch Bedürfnisse.

„Und was haben Sie bisher für einen Eindruck?", frage ich in die Rund, Frau Winter und Herrn Lehmann ansehend.

„Sehr spannend", antwortet Frau Winter. „Aber auch irgendwie hart. Bin gespannt, wie es weitergeht."

153

„So einen Fall hatte ich lange nicht mehr. Ist eher selten, dass es schon am ersten Tag so eskaliert", stellt Horst fest.

„Ja, das stimmt." Sabine und ich nicken.

„Ich muss sagen, ich war schon ziemlich aufgeregt heute Morgen vor Prozessbeginn – aber mittlerweile geht es."

„Kann ich verstehen, Herr Lehmann", schalte ich mich ein, „mir geht es aber ähnlich. Auch ich bin immer noch etwas nervös, wenn so ein neuer und großer Prozess vor der Tür steht."

„Haben Sie eigentlich Personenschutz?"

„Wir hier nicht", antworte ich Herrn Lehmann.

„Aber Sie wissen schon, dass Sie gefährlich leben, oder?", entgegnet Frau Winter schmunzelnd und mit einem etwas verständnislosen Blick.

„Ja, da haben Sie schon recht", erwidert Sabine. „In wirklich heiklen Prozessen würden wir uns sicher dafür einsetzen, Personenschutz zu bekommen."

„Besonders gefährlich leben aber die Richter, die in Terrorstrafsachen oder in Verfahren gegen organisierte Kriminalität urteilen. Da haben einige Strafrichter sogar ihre Häuser mit schusssicherem Glas ausgestattet", ergänzt Horst.

„Bei organisierter Kriminalität kann ich mir das auch gut vorstellen, wie man nächtlichen Besuch von irgendwelchen Bandenmitgliedern bekommt, die sich bei einer schönen Tasse Tee mal über das Strafmaß informieren wollen..."

„Zum Glück ist unser Verfahren hier ja bei weitem nicht so gefährlich", stellt Sabine fest. „Nicht wahr, Sebastian?"

Auffordernd sieht mich Sabine mit einem übertriebenen Lächeln an. Vermutlich in der Hoffnung, dass ich mit solchen Horrorszenarien nicht weiter den Schöffen den Appetit verderbe.

„Ja, das stimmt", reagiere ich auf Sabines Blick.

„Und was ist mit ehemaligen Angeklagten, die Sie zu hohen Haftstrafen verurteilt haben?", gibt Herr Lehmann nicht wirklich überzeugt zu denken. „Die kommen ja auch irgendwann frei und manche wollen sich vielleicht an Ihnen rächen."

„Die Gefahr besteht natürlich immer", antwortet Horst.

„Ich persönlich hatte so ein *Vergnügen* noch nicht. Aber was nicht ist, kann ja noch werden...", ergänze ich lachend.

„Och, Sebastian. Mal jetzt mal den Teufel nicht an die Wand", entgegnet Sabine, etwas genervt. „Und wie gesagt: Wenn Sie im Laufe des Verfahrens Fragen haben, wir sind immer für Sie da!"

„Wir beißen auch nicht", fügt Horst lachend hinzu.

„Da wäre ich mir bei Richter Schürmann nicht so sicher", scherze ich mit einem Blick zu Horst.

Noch einmal kurz raus an die frische Luft, ein neuer Kaffee und dann geht es auch schon weiter mit der Befragung von Cleo Brandt.

„Nein, ich hatte keinen Kontakt mit der Angeklagten nach ihrer Entlassung. Auch nicht während ihrer Zeit im Gefängnis."

„Warum nicht?"

„Um ehrlich zu sein: Ich weiß es nicht. Ich war mir so unsicher und Nathan hat mir auch davon abgeraten. Außerdem fühlte ich mich so schlecht, besonders nach der Sache mit Zoé. Auch wenn ich nicht wusste, dass sie mich noch immer so sehr dafür hasst, plagten mich Gewissensbisse."

„Sie wussten also nicht, dass die Angeklagte Sie nach wie vor für den Tod ihrer ungeborenen Tochter verantwortlich machte?"

„Nein, wirklich nicht."

Betroffen wendet sie sich zur Angeklagten.

„Béatrice, dass du mir all die Jahre die Schuld an Zoés Tod gegeben hast, war mir nicht bewusst!"

Wusste sie es wirklich nicht oder ist es nur Taktik? Vielleicht steckt ja doch etwas hinter den Anschuldigungen der Angeklagten...

„Ja, es stimmt: Ich bin das Auto gefahren. Aber ich konnte nichts dafür! Wir waren gemeinsam nach dem Shoppen auf dem Weg nach Hause, als es passierte..."

„Was genau?"

„Der Unfall. Ich verlor die Kontrolle über das Auto. Es war Glatteis, ich konnte nichts tun. Wir kamen von der Straße ab und landeten in diesem Graben..."

„Haben Sie von dem Unfall Schäden davongetragen?"

„Nicht so wirklich."

„Nicht so wirklich?"

„Also ich habe mir bei dem Unfall den Unterarm verdreht und aufgeschlagen. Ich musste notoperiert werden und habe seitdem eine recht große Narbe am Arm. Diese Narbe erinnert mich Tag für Tag an das, was geschehen ist... Ich habe mir jahrelang Vorwürfe gemacht, aber ich konnte nichts machen!"

Sie sieht zur Angeklagten. Für einen Moment herrscht im ganzen Saal Totenstille. Doch dann versuche ich, trotz der bedrückten Stimmung weiterzumachen.

„Dieser berüchtigte Unfall soll ja unter anderem Motiv für die hier angeklagte Tat gewesen sein. Sie sagten ja bereits, dass es nie ein Verhältnis zwischen Ihnen und dem Mann der Angeklagten gegeben hat..."

Sie nickt.

„Was haben Sie zu der Anschuldigung der Angeklagten zu sagen, Sie hätten sie bei ihrer Tochter, Lisa, ersetzt?"

Etwas wehmütig sieht die Zeugin zur Anklagebank.

„Ich habe nie versucht, dich zu ersetzen, Béatrice. Du bist und bleibst ihre Mutter! Aber sie brauchte jemanden. Du warst schließlich nicht da. Sie war sehr einsam..."

Sie richtet ihren Blick zu mir nach vorne.

„Ich wollte ihr lediglich eine gute Freundin sein, ein Ansprechpartner. Trotz allem bin ich nicht ihre Mutter, Béatrice. *Du* bist ihre Mutter!"

Sie wendet sich zu der Angeklagten, doch die sieht nur kopfschüttelnd zu Boden.

Fragend sehe ich zu Staatsanwalt und Verteidiger.

„Noch Fragen?"

Sowohl Herr Eggers, der Anwalt der Angeklagten, als auch der Staatsanwalt schütteln den Kopf. Auch Sabine, Horst und die Schöffen machen keine Andeutungen, dass sie noch etwas wissen wollen.

„Dann sind sie als Zeugin entlassen..."

Kapitel 37

15.47 Uhr. Ende. Schon ganz schön viel Trubel für den ersten Tag. Nachdem wir die Sitzung beendet und noch kurz über den Fall gesprochen haben, ist für uns Feierabend. Horst, Sabine aber auch den Schöffen ist anzusehen, dass sie erschöpft sind und nach Hause wollen. Ich bin zwar auch etwas müde, freue mich aber schon auf mein Treffen mit Tom. Er hatte mir gestern Abend spontan geschrieben und mich gefragt, ob ich heute Abend Zeit hätte. Obwohl es doch etwas viel ist, sagte ich zu. Schließlich hatte *ich* vorgeschlagen, uns mal wieder zu treffen. Und wenn er jetzt schon von sich aus einen Termin vorschlägt, will ich nicht so gerne direkt absagen.

Als wir fünf gemeinsam das Hinterzimmer verlassen, sehe ich bereits Tom, der auf dem großen Flur vor dem Saal wartet. Die meisten der Prozessbeteiligten sind bereits gegangen, weshalb er fast der Einzige in der Vorhalle ist. Als Tom mich sieht, tippt er lächelnd mit seinem Finger auf seine Armbanduhr. Ich muss schmunzeln und gebe ihm ein Handzeichen, dass ich gleich da bin. Erleichtert darüber, dass er gut drauf zu sein scheint, hole ich meine Sachen aus dem Büro, verabschiede mich von meinen Kollegen und treffe unten am Ausgang auf Tom.

Ich finde es erstaunlich: Sobald man die Robe ausgezogen hat, gilt man irgendwie wieder als „normaler Mensch". Das Gleiche kann man auch bei Ärzten und Polizisten sehen. Sobald sie keine Uniform mehr tragen, sind sie wie jeder andere, nichts Besonderes.

Zuerst ist es etwas komisch. Ich bin nervös. Doch nach kurzer Zeit sind wir im Gespräch und von meinem mulmigen Gefühl ist fast nichts mehr übrig. Tom und ich, Staatsanwalt und Richter in Zivil, fahren mit der U-Bahn in die Altstadt. Wir setzen uns in ein Lokal, bestellen uns einen Drink und quatschen ein wenig. Doch plötzlich fängt Tom an, ernster zu sprechen.

„Basti?"

„Ja?"

Etwas nervös spiele ich an meinem Glas herum.

„Ich denke, ich bin dir noch eine Erklärung schuldig. Du hast sicherlich gemerkt, dass ich mich in letzter Zeit etwas von dir zurückgezogen habe."

Zögerlich drucke ich etwas umher. „Ja, schon, ehm..."

„Ich möchte dir das erklären."

Zustimmend nicke ich und versuche zu lächeln.

„Da gibt es zwei Gründe. Zum einen geht es um Sarah. Wie du weißt, ist Sarah im siebten Monat schwanger. Sarah und ich waren immer sehr glücklich. Und als wir geheiratet

158

haben, haben wir beide gesagt, dass wir irgendwann Kinder wollen. Doch als es jetzt nun wirklich so kam, hat mir das irgendwie überhaupt nicht in den Kram gepasst... Klar, wir haben immer gesagt, dass wir Kinder möchten, aber mit der Zeit ist das nach und nach etwas in Vergessenheit geraten. Und durch meine Arbeit war ich total eingespannt und hab den Gedanken irgendwann im Kopf verabschiedet."

Er macht eine kurze Pause.

„Als Sarah mir eines Tages schließlich sagte, dass sie schwanger sei, konnte ich mich absolut nicht freuen. Ehrlich nicht. Das Erste, was ich dachte, war: Wie konnte das nur passieren? Wir haben doch verhütet.. Ein Unfall. Weder passte mir das in meine aktuelle Lebenssituation, noch fühlte ich mich bereit, eine so große Verantwortung zu übernehmen. Hört sich hart an, aber es ist die Wahrheit. Und es kam, wie es kommen musste: Alles drehte sich von nun an nur noch ums Baby: Baby hier, Baby da, Mädchen oder Junge, Sollen wir umziehen? Mit einem Mal war ich für Sarah nicht mehr wichtig, alles drehte sich nur noch um unser zukünftiges Kind. Zwischenzeitlich hatte ich sogar das Gefühl, dass sich meine Funktion auf das Zeugen eines Babys reduziert hatte. Sie gab mir keine Aufmerksamkeit mehr. Ich konnte noch nicht mal mehr normal mit ihr reden. Jede nächstbeste Gelegenheit ergriff sie, um wieder das Babythema anzufangen. Es war, als stünde dieses Baby zwischen uns."

„Hast du sie denn mal darauf angesprochen?"

„Ja. Aber sie hat abgeblockt, das als lächerlich abgetan. Mit der Zeit wurde es sogar so schlimm, dass ich zwischendurch sogar das Gefühl hatte dieses Kind überhaupt nicht lieben zu können."

„Echt?"

„Ja. Und das wiederum führte dazu, dass ich mich schlecht und schuldig fühlte. Daraufhin habe ich mich isoliert, wollte erst einmal keinen sehen und hören. Ich brauchte etwas Zeit für mich, um auf meine Gefühle und mein Leben generell klarzukommen.

„Das tut mir leid...“

Ein *Du hättest doch mit mir reden können* verkneife ich mir. Was bringt das schon.

„Danke.. In dieser Zeit brauchte ich zu alles und jedem erst einmal Abstand. Aber das war gut: In der Zeit habe ich meine Gedanken und Gefühle ordnen können. Mittlerweile freu ich mich sogar auf unsere Tochter und mit Sarah wird es langsam immer besser!“

„Das freut mich.“

Ich nehme ihn in den Arm.

„Es gibt da allerdings noch einen anderen Grund. Und der hat mit *dir* zu tun...“

„Okay..?“

Kurz runzel ich die Stirn.

„Basti... Ich kenn dein kleines Geheimnis.“

Unsicher blicke ich zu ihm.

„Welches Geheimnis? Was meinst du?“

„Basti... Du weißt es ganz genau...“

Schockiert sehe ich in das Innere meines Glases, das vor mir auf dem Tisch steht.

„Woher weißt..“

„Das ist doch egal. Ich weiß es auf jeden Fall.“

Peinlich berührt sehe ich zu Boden.

„Das hat mich sehr enttäuscht. Deshalb wollte ich auch erstmal Abstand zu dir.“

Verlegen nicke ich.

„Ich finde, du solltest es den anderen sagen.“

„Was?!“

Entsetzt sehe ich ihn an.

160

„Das kannst du nicht von mir verlangen!"

„Doch. Und du weißt ganz genau, wem du es als Erstes sagen wirst..."

„Nein! Bist du wahnsinnig? Das kann ich nicht!"

„Doch, Basti. Du kannst und du wirst."

„Aber wieso?!"

„Basti, früher oder später wird er es sowieso erfahren. Und dann ist es noch viel schlimmer!"

Stille.

„Du machst ihm was vor und nutzt sein Vertrauen aus! Sowas ist keine Freundschaft, Basti. Und wenn du so weitermachst, wird es nicht das einzige bleiben, was du ihm verschweigst... Ich hab dich echt gerne und will nur dein Bestes. Aber du weißt, dass es das Richtige ist."

Einen Moment ist alles ruhig.

„Tut mir leid, Tom. Aber das werde ich beim besten Willen nicht tun."

Entschieden sehe ich Tom an.

„Basti, die Zeit ist gekommen. Wenn *du* es nicht tust, werde *ich* es ihm sagen..."

Ohne ein weiteres Wort steht Tom auf und verlässt das Lokal.

Kapitel 38

Zurück in dieser kleinen Zelle blicke ich wieder auf die hässliche Wand. Das soll es nun gewesen sein? *Das traurige und ausweglose Schicksal der gefangenen Mutter.* Warum sieht denn keiner, was Cleo mit mir abzieht?! Ich dachte, wenn ich schon ein weiteres Mal vor Gericht stehe, kommt wenigstens dieses Mal die Wahrheit ans Licht. Doch da hatte ich mich zu früh gefreut...

Dieser Gedanke macht mich fertig. Noch einmal so lange im Gefängnis zu sein schaffe ich nicht mehr. Und selbst wenn ich das Ganze ein weiteres Mal durchstehe und irgendwann wieder freikommen sollte: Einen Teil von mir habe ich für immer verloren... Und mit ihren Lügen kommt Cleo sogar noch durch! Vielleicht ist es ja Schicksal, ob wir Gerechtigkeit erfahren. Oder was meinte der alte Mann auf der Parkbank sonst damit?

Wütend schlage ich gegen die dicke Stahltür. Vergebens. Außer einem Schmerz in der Hand tut sich nicht das Geringste. Ich verspüre Wut, Hass. Dieses ganze System ist doch so falsch! Staatsanwalt und Richter gehen vor der Verhandlung noch einen Kaffee zusammen trinken und klären schon mal nebenbei, was sie mit den Angeklagten machen. *Unabhängige Richter* – von wegen! Um uns schert sich keiner, die können mit uns abziehen, was sie wollen. Und das nennt man dann *Rechtsstaat*.

Und das ist bei Weitem nicht das Einzige, was hier schiefläuft. Allein schon das Konstrukt *Gefängnis* ist doch völliger Unsinn! Das Gefängnis soll Menschen bestrafen, „resozialisieren" und in ein normales Leben zurückführen. Aber wie soll das denn bitte gehen? Sicherlich nicht, indem man Menschen wegsperrt, um genau diese dann wieder in die Gesellschaft einzugliedern. Man grenzt sie von der restlichen Gesellschaft aus, zerstört ihre Lebensgrundlage, sperrt sie mit anderen Verbrechern, *Gleichgesinnten*, weg und hofft, dass die Gleichung aufgeht:

Verbrecher + Freiheitsentzug + andere Verbrecher

=

besserer Mensch ?!

Und da wundert man sich, warum das nicht funktioniert?! Viele Gefangene werden erneut straffällig und müssen wieder in den Knast. Aber wie soll man auch einen Häftling in eine Gesellschaft wiedereingliedern, ihn *integrieren*, wenn man ihn jahrelang in seinen acht Quadratmetern kleinhält, aber dann ab dem Tag seiner Entlassung von ihm verlangt, dass er sein gesamtes Leben in Freiheit alleine in den Griff bekommt?! Ich habe nicht das Gefühl durch die Haft in irgendeiner Weise resozialisiert oder auf das Leben in Freiheit, das *normale Leben*, vorbereitet worden zu sein. Wenn selbst schon das Einkaufen im Supermarkt immer wieder aufs Neue eine Schwierigkeit darstellt, ist da offensichtlich was ganz schön schiefgelaufen. Aber ist doch klar, dass viele ihr Leben nicht bewältigen können, wenn sie durch das Gefängnis sozial handlungsunfähig, *lebensuntauglich*, gemacht werden!

Es ist paradox: Man überlässt Gefangene sich selbst und anderen Straftätern, erwartet aber gleichzeitig, dass sie sich zum Positiven verändern, „bessere Menschen" werden.

Im Gegenteil: Ich bin davon überzeugt, dass die meisten erst im Gefängnis richtig kriminell werden. Jetzt, nach meiner Zeit im Gefängnis, weiß ich, wie man am geschicktesten einen Raub einfädelt, in Häuser einbricht und wo man am besten Hehlerware verticktt. Viele der Leute, die am lautesten nach strengeren Vollzügen und härteren Strafen rufen, haben in Wirklichkeit gar keine Ahnung.

Und dabei wird oft die Realität, die andere Seite des angeblichen „Erholungsheims" verschwiegen: Besonders im Männerknast sind Gewalt, Schlägereien, Bedrohung und Erpressung an der Tagesordnung. Selbst Vergewaltigungen und Folter sind in der Vergangenheit nicht nur einmal vorgekommen. Unter den Häftlingen geschieht oftmals mehr, als man vermutet. Und selbst manche Wächter stecken mit denen unter einer Decke.

Im Knast gelten andere Regeln und wenn man dort überleben will, dann hält man sich an diese und verscherzt es sich auch nicht mit den Falschen. Als Außenstehender mag man das für unmöglich halten, doch selbst im Gefängnis gibt es Mittel und Wege, um an das zu kommen, was man will. Und mit den richtigen Connections oder dem nötigen Kleingeld besteht auch die Möglichkeit, unliebsamen Mithäftlingen einen Denkzettel zu verpassen.

In der Realität ist der Knast eben nicht das, was man gerne hätte und sich in der Theorie ausmalt. Den Menschen da draußen wird suggeriert, sie seien geschützt, alle Bösen seien weggesperrt. Doch früher oder später wird fast jeder entlassen. Und darauf muss vorbereitet werden! Ein Gefängnis kann dies offensichtlich nicht leisten. Es müsste vielmehr soziale Projekte geben, die einen Häftling zurückholen, in die Gesellschaft einbinden und ihm eine echte Perspektive geben. So, wie es derzeit ist, ist es jedenfalls zum Scheitern verurteilt!

Und anstatt nur Symptome zu bekämpfen, sollte man mal das System grundlegend überdenken und nötige Änderungen vornehmen. Es sind Fehler im System, die solche Missstände ermöglichen. Und sind wir doch mal ehrlich: An die großen Bosse im Knast kommt man nicht mal so eben ran. Auspacken will da meist keiner, schließlich möchte keiner sein eigenes Todesurteil unterschreiben.

Das Gefängnis: Die Einrichtung, die alles wieder geradebiegen soll. Es ist eine Scheinsicherheit, der sich viele hingeben. Für uns ist es selbstverständlich, dass es Gefängnisse gibt. Doch wir müssen auch mal hinterfragen, ob das System überhaupt tauglich ist und zu guten Ergebnissen führt, uns auch mal die unbequemen Fragen stellen und der Wahrheit ins Gesicht schauen, anstatt stur die Augen zu

verschließen und Probleme totzuschweigen. Blindes Vertrauen und die Einstellung *Wird schon alles gut so sein*
kann da wohl kaum die Lösung sein.

Kapitel 39

Ich schaue dem Bus noch kurz hinterher bevor ich die
Straße überquere und auf den schmalen Weg einbiege:

Fichtenweg

Trotz der leichten Moosschicht auf dem abgenutzt wirkenden Schild kann ich die Buchstaben noch erkennen. Der
Weg führt zu mir nach Hause, durch ein kleines Waldstück
hindurch. Hier gehe ich gerne spazieren, besonders dann,
wenn mir Zuhause die Decke auf den Kopf fällt. Ich kann
mich noch gut daran erinnern, wie ich in meiner Zeit vor
dem Examen gefühlt jeden Abend hier draußen war, um
meinen Kopf *durchzulüften* und auf andere Gedanken zu
kommen. Diese Stille, die frische und klare Luft zum
Durchatmen – einfach herrlich.

Doch trotz dieser beruhigenden Atmosphäre fühle ich
mich etwas unwohl. Besonders mit Blick auf die Uhr: *22.45*
Uhr. Zeitweise blicke ich nach rechts und links, sehe mich
nach allen Seiten um. Es ist mittlerweile stockdunkel und
neben ein paar zu viel gesehenen Gruselfilmen ist mein Job
auch keine wirkliche Beruhigung. Es leuchten nur noch wenige Laternen und so drehe ich mich nochmals um, um
mich zu vergewissern, dass mich niemand verfolgt. Kurz gesagt: Ich hab Schiss. Einen Moment lang empfinde ich
einen Hauch von Scham. So ist es doch heutzutage in unserer Gesellschaft nicht so gerne gesehen, wenn Männer

Angst oder Schwäche zeigen. Wobei viele solcher Vorstellungen einfach nur lächerlich sind. Wenn schon Gefühle wie Angst, tiefe Trauer, Selbstzweifel und Unsicherheit bei Männern nicht gerne gesehen sind und Weinen als Schwäche gilt, kann ich das nicht nachvollziehen. Warum haben dann Männer überhaupt Gefühle, wenn sie die nicht mal zeigen sollen?!

Manches davon fängt ja schon in der Schule an: Ein „richtiger Mann" ist gut in Mathe und Sport, „Laberfächer" wie Deutsch sind nur was für Mädchen und Französisch ist 'ne „Schwuchtelsprache". Erzieher ist ein Frauenberuf und Friseure sind automatisch schwul.

Glücklicherweise ist vieles von dem nicht mehr so vorherrschend, aber ich bin mir sicher, dass sich manche Männer schämen, wenn sie zum Beispiel weniger als ihre Frau verdienen. Und darf ein Mann nicht auch mal zweifeln oder nicht wissen, was er überhaupt will? Also, ich weiß ehrlich gesagt nicht immer, was das Richtige ist. Ich frage auch nach dem Weg. Und gucke kein Fußball. Ich bin Warmduscher, handwerklich eine Null, überzeugter ÖPNV-Nutzer und mag Französisch. Und ich bin trotzdem ein Mann – das sagt mir zumindest mein Geschlecht, wenn ich richtig gucke. Ich muss deswegen auch nicht gleich schwul sein.

Kurz muss ich an den Song[5] denken, den ich vor einigen Tagen gehört habe.

Sie sagten mir:
Männer weinen nicht
Sie schrein den Schmerz in sich hinein,
wie sollt es anders sein

---

[5] „Männer weinen nicht" von Adesse feat. Sido, *Fechnerstraße*, 2016

Ja wie sollt es anders sein
Männer weinen nicht
Ich mein, sie leiden doch sie zeigens nicht,
denn eigentlich
denkt ein Mann, immer stark zu sein ist seine Pflicht
und wenn er weint, verliert er sein Gesicht

Und das soll gesund sein?! Den Schmerz in sich hinein-
schreien? Ist das wirklich besser, anstatt einfach ein paar
Tränen rauszulassen? Sowas ist doch Quatsch! Echt erschreckend, dass man sich selbst bei der Berufswahl mit
solchen Vorstellungen konfrontiert sieht.

Ich mache noch einen kleinen Schlenker durch den Wald,
sodass ich an den kleinen See in der Mitte des Waldstücks
gelange. Ich mag es hier sehr gerne. Es ist eine klare Nacht,
der Himmel bietet einen hervorragenden Sternenhimmel
zum Bestaunen. Ich nähere mich dem Wasser, erreiche
eine Parkbank, von der ich eine prima Aussicht habe. Nach
einigen Minuten kehre ich um.

Ich laufe an einigen dunklen Ecken vorbei und sehe
mich mehrfach um. Und trotzdem kann ich es nicht lassen
abends im Dunkeln spazieren zu gehen. Nein: Vielleicht
will ich es auch einfach nicht lassen. Wahrscheinlich ist es
der *Bock* in mir, den mir mein Vater vererbt hat – wenigstens etwas, wofür ich ihm halbwegs dankbar bin. Ich will
mich nicht derartig einschränken lassen und es mir nehmen
lassen mich in Freiheit draußen aufzuhalten. So werde ich
auch trotz der Gefahr eines möglichen Terroranschlags weiterhin in große Städte gehen, mich an Bahnhöfen und
Flughäfen aufhalten und zu Konzerten gehen. So viel Stur-
kopf bin ich dann doch.

Ich verlasse den Wald und erreiche eine benachbarte Straße. Kein einziges Auto ist zu hören. Die Straßen sind wie leergefegt. Bei Nacht ist so viel anders als am Tag.

An Schlaf ist nicht zu denken. Die Sache mit Tom lässt mich nicht zur Ruhe kommen. Warum bringt er mich in so eine blöde Situation? Ich kann das nicht tun... Vielleicht kann ich ihn doch noch vom Gegenteil überzeugen.

Auch der Martin-Prozess beschäftigt mich. Immer wieder stehe ich auf, gehe zum Schreibtisch und schaue noch einmal in meine Notizen, die ich mir während der Vernehmungen gemacht habe. Der Fall geht mir einfach nicht aus dem Kopf. Berufskrankheit. Doch diesmal ist es schlimmer als sonst. Ständig muss ich an die Zeugenaussagen denken und daran, wie die Angeklagte dazwischenrief, dass es so nicht gewesen sei. Sie hat zwar zugegeben, es gewesen zu sein, meinte aber, dass es ganz anders abgelaufen sei. Nach wie vor scheint sie von ihrer Unschuld hinsichtlich der Tat auf dem Klassentreffen überzeugt zu sein. War sie damals tatsächlich unschuldig? Ich finde es schade, dass sie keine richtige Aussage machen will. Ihr gutes Recht – erschwert aber den Prozess enorm.

Der heutige Tag lässt mich nicht los. Es ist wie eine innere Aufgewühltheit, die mich vom Schafen abhält.

Kapitel 40

„Guten Morgen", begrüßt er mich, als er die dicke Stahltür öffnet.

Es ist der Wächter, den ich noch von früher kenne. Schon damals sah er so groß und furchteinflößend aus. Doch mittlerweile weiß ich, dass er in Wirklichkeit ein ganz Netter ist – im Gegensatz zu vielen anderen hier. Er wirkt bedrohlich. Mit seinem braun gebrannten, durchtrainierten Körper, besonders seinen muskulösen Oberarmen, und der Glatze passt er in gewisser Weise ins Gefängnis – aber eher als Insasse statt als Wächter. Er wirkt wie einer dieser Türsteher, die vor den beliebten Diskotheken für Ordnung sorgen und allein schon durch ihre Anwesenheit beeindrucken.

„Morgen", antworte ich, etwas missmutig.

Als mein erster Prozess vor zehn Jahren stattfand, hatte er gerade seine Ausbildung beendet. Damals arbeitete er in der JVA, wo ich meine Jahre absaß. Einige Male haben wir uns damals unterhalten, wenn wir die Möglichkeit dazu hatten. Doch nach ein paar Jahren wechselte er als Wachtmeister zum Landgericht Düsseldorf, weshalb wir uns nun hier im Hausgefängnis wieder begegnen.

Seinen mitleidigen Blick erwidere ich durch ein knappes, aufgesetztes Lächeln. Die Frage, warum er eigentlich bei so einem Schwachsinn von Justiz mitmacht, erspare ich mir. Obwohl mich seine Antwort schon interessieren würde. Aber ich will es mir nicht auch noch mit dem Wächter verscherzen, der als einziger noch nett zu mir ist und wenigstens den Anschein macht, dass er mich nicht so sieht wie der Rest. Für die anderen bin ich eh längst abgeschrieben: Eine eiskalte Mörderin, eine gefährliche Wiederholungstäterin, die hinter Schloss und Riegel gehört.

Wir laufen durch die Gänge bis zu dem Aufzug, der mich in den Saal fährt. Als ich kurz zu dem Wächter sehe, zwinkert er mir Mut machend zu. Eine Konversation ist nicht wirklich möglich, schließlich ist die alte Hexe von gestern dabei. Schade eigentlich.

169

Kapitel 41

Seine dunkelblauen Augenringe zeichnen sich stark in seinem Gesicht ab. Offensichtlich bin ich nicht der Einzige, der heute so müde ist. Der Mann sieht zu Boden, scheint immer wieder einzunicken. Das darf mir auf keinen Fall passieren! Wäre schon ziemlich peinlich, als Vorsitzender Richter zu einem großen Prozess zu spät zu kommen, weil man die Haltestelle verpennt hat.

Mein Handy habe ich versehentlich auf dem Schreibtisch liegen lassen und es in der Eile gar nicht bemerkt. Und um noch einmal nach Hause zu fahren und es zu holen reichte mein morgendliches Zeitkontingent dann doch nicht ganz aus. Als ich etwas durch den Bus sehe, wird mir bewusst, wie viele Leute an ihren Smartphones sind. Ich kann mich zwar davon nicht freisprechen, doch jetzt, wo ich meins einmal nicht dabeihabe, empfinde ich das Verhalten der anderen als umso extremer. Etwas ungläubig muss ich feststellen, dass bis auf wenige Ausnahmen alle mit ihren Handys beschäftigt sind...

Als ich den Bus verlasse, um in die U-Bahn umzusteigen, fällt mein Blick auf einige verdunkelte Scheiben. Es ist ein Bus. Besser gesagt ein Reisebus ähnlicher Transporter der Justiz, der Häftlinge von A nach B befördert. Meist vom Gefängnis zum Gericht und zurück.

Bevor ich in die U-Bahn umsteige, hole ich mir noch schnell ein Brötchen. Auch für ein Frühstück reichte die Zeit heute Morgen mal wieder nicht aus. Typisch. Also mit Organisation und Perfektionismus hab ich's zwar, aber komischerweise nur auf der Arbeit. Im *echten* Leben bin ich deutlich verpeilter.

Kontrollschleuse, Aufzug hoch, ins Büro Akten holen. Merkwürdig. Das Büro von Madame Bijou ist zwar offen, doch sie ist nicht da. Etwas unter Zeitdruck packe ich die

Akten und den üblichen Krimskrams in meinen Trolley und verlasse rasch mein Büro. Der Aufzug kommt, die Tür öffnet sich und vor mir präsentiert sich das Bild eines Mannes im Anzug. *Ich bin es.* Zögernd betrete ich den Aufzug, kann jedoch den Blick nicht von meinem Spiegelbild lassen. Auf der rechten Seite den vollbepackten Trolley, links über dem Arm die lange schwarze Robe. Dabei bin ich doch gar nicht so stark, wie es nach außen hin immer wirkt. Ein komisches Bild: Ich, der doch noch so jung und im Herzen immer noch ein Kind: Ich, der Richter! Die Aufzugtür öffnet sich wieder und durch den Spiegel erblicke ich einige Menschen im Flur. Ich drehe mich um, verlasse den Aufzug.

„Guten Morgen zusammen!", begrüße ich Horst und Sabine, als ich das Hinterzimmer betrete.

„Morgen", erwidern sie, etwas monoton.

Sie sitzen am Tisch und brüten über einigen Papieren. Sabine sieht müde aus. Horst eher weniger, er ist da etwas disziplinierter. Der *alte Schlag* eben.

„Naa, ausgeschlafen?", fragt mich Horst mit einem breiten Grinsen im Gesicht.

„Total", antworte ich mit etwas Ironie in der Stimme.

„Ausgeschlafen sieht anders aus", kichert Sabine.

„Musst du grad sagen", entgegne ich lachend, „du bist mindestens genauso müde wie ich."

„Also ich bin hellwach", stellt Horst amüsiert fest.

„Ja komm, Horst, du bist eben immer wach!"

Die Atmosphäre bei uns dreien ist echt super. Sabine und Horst sind sympathische, lustige und verständnisvolle Kollegen – da hätte es mich wirklich schlimmer treffen können! Ich finde die Vorstellung, dass Richter zu sein auch „nur" ihr Job ist irgendwie komisch. Ist zwar an sich logisch, aber für mich ist es schon eine merkwürdige Vorstellung, dass selbst diese Menschen – zu denen ich ja auch gehöre – ihre Roben ausziehen, nach Hause gehen und sich auf ihre Familie freuen. Eben ganz normale Menschen. Nur weil man Richter ist, heißt das ja nicht, dass sich alles im Leben darum dreht. Der Beruf ist eben auch nur *eine* Facette des Lebens, eine Rolle wie viele andere, in die man tagtäglich schlüpft.

„Und du hast wieder deinen ganzen Trolley dabei, was?“, lacht Horst.

„Ja, ich brauch das eben“, schmunzle ich.

Unverständig schüttelt er den Kopf.

„Damit kannst du ja verreisen...“

„Sebastian“, schaltet sich Sabine ein. „Hast du schon Zeitung gelesen?“

„Ne. Ist vermutlich auch besser so.“

„Sieh mal.“

Sie schiebt mir die dicke Zeitung ein Stück zu. Skeptisch sehe ich zu Sabine.

„Und? Was hab ich diesmal falsch gemacht?“

„Wie falsch?“

„Wäre ja nicht das erste Mal, dass die Presse irgendwas von mir wieder blöd kommentiert!“

„Nein! Du kommst erstaunlich gut davon! Hör mal:

Professionell und souverän eröffnete Richter Sebastian Klein den Prozess im berüchtigten Racheteufel-Prozess. Trotz seines verhältnismäßig jungen Alters meisterte der Vorsitzende den ersten Tag und wies die Angeklagte streng in ihre Schranken. Ein guter Fang für das Landgericht.

Also schlecht ist was anderes.“

Ungläubig nehme ich Sabine die Zeitung aus der Hand. Tatsächlich. Wenn die wüssten...

„Was machen Sie denn hier?!"

„Protokoll führen. Guten Morgen erstmal", lächelt sie.

„Guten Morgen Madame Bijou. Entschuldigen Sie diese unschöne Begrüßung. Ich hab mich schon gewundert, dass sie nicht oben im Büro waren."

„Schon gut."

„Aber das Protokoll macht doch eigentlich Nadine?!"

„Ja, aber die ist heute krank. Ich übernehm das."

„Wie... Aber...? Brauchen Sie noch was?"

„Ja, alles gut", lacht sie. „Keine Panik! Ich mach das nicht zum ersten Mal. Hab das schon im Griff."

Ich hole kurz tief Luft.

„Entschuldigung, das sollte nicht so rüberkommen. Aber ich hab manchmal Sorge, dass irgendwas schiefläuft. Hab da manchmal so ein kleines Talent für."

„Ich merk's."

Sie schmunzelt.

„Das wird schon. Und wenn ich was brauch, meld' ich mich", sagt sie und zwinkert mir dabei zu.

Fünf Minuten später treffen Herr Lehmann und Frau Winter ein. Kurz danach öffnet sich ein kleiner Spalt der Tür zum Saal.

„Sie können. Alle sind da", flüstert Madame Bijou.

Rasch suchen wir unsere Sachen zusammen und machen uns bereit.

„Du musst mich gar nicht so angucken, Sebastian", lacht Sabine los, „jetzt schaff ich es alleine mit der Robe, mein Arm ist wieder heile!"

„Sicher?", entgegne ich mit einem breiten Grinsen.

„Denkst du, mir war das letztens nicht peinlich? Was dachten denn die Schöffen?! Kompetenz pur", kichert sie.

„Der Zeuge Nathan Martin, bitte!", ertönt es durch den Lautsprecher.

Die schwere Saaltür geht auf und der Mann der Angeklagten betritt den Saal.

„Herr Martin, bitte nehmen Sie hier vorn Platz."

„Nathan! Schatz!", ruft die Angeklagte freudevoll.

Doch er reagiert nicht und begibt sich auf direktem Weg zu seinem Stuhl. Obwohl seine Frau versucht, mit ihm zu sprechen, blickt er nur zu uns nach vorne. Ich stelle seine Personalien fest und starte im Anschluss seine Befragung.

Die Angeklagte sieht bis auf die Haare genauso aus wie gestern. Heute trägt sie ihre Haare offen. Es sieht etwas anders aus. Ein wenig erinnert sie mich an die Angeklagte aus dem berüchtigten NSU-Prozess in München, Beate Zschäpe. Zum Glück haben wir hier nicht so lange zu verhandeln. Ich glaube, es würde mich wahnsinnig machen mehrere Jahre im gleichen Prozess zu sitzen. Jahrelang der gleiche Saal, die gleichen Leute und stundenlange Zeugenvernehmungen.

Aufgebracht sieht er zur Angeklagten.

„Ach, glaub doch was du willst", winkt er ab. „Ich hatte nie was mit Cleo. Basta. Ganz ehrlich: Ich bin fertig mit dir, Béatrice!"

„Und was ist mit Lisa? Du kannst mir doch nicht einfach meine Tochter wegnehmen", klagt die Angeklagte unter Tränen.

„Doch, das kann ich! Denkst du etwa, die Zeit war für mich leicht? Denkst du ernsthaft, es war leicht, ihr zu erklären, dass ihre Mutter nicht wiederkommen wird? Kannst du nur erahnen, wie viele Nächte ich kein Auge zu gemacht habe, weil ich nicht wusste, wie ich ihr das alles beibringen sollte?!"

„Aber, ich..."

„Nichts aber! Das ist alles deine Schuld. Nur wegen dir hatten wir diese ganze Kacke! Und jetzt tauchst du einfach so auf und tust so, als wäre nie was gewesen..."

Etwas unsicher blicke ich zu Sabine, Horst und den Schöffen. Doch sie alle sind völlig vertieft in den Fall und verfolgen konzentriert das Geschehen.

„Das ist so unverantwortlich von dir, Béatrice!"

„Ich kann doch nichts dafür..."

„Du hast einen Menschen umgebracht! Und du sollst nichts dafür können? Hast du sie noch alle?!"

Ich blicke rüber zum Staatsanwalt, zum Verteidiger und dann in die große Zuschauermenge, zur Angeklagten und ihrem Mann. Mit einem Mal spüre ich es wieder, doch ich versuche, es zu unterdrücken. Manchmal stoße auch ich an meine Grenzen. Und dieses *Manchmal* ist *Jetzt*. Ich fühle mich unwohl. Nervös schaue ich zu dem kleinen Jungen, der fleißig in sein kleines Notizbüchlein schreibt.

Mir scheint, als würden wir hier als Gericht nicht nur über eine einzige Straftat, sondern über eine komplexe Hintergrundgeschichte und über das Schicksal vieler Menschen urteilen. Die Straftat scheint zwar der Höhepunkt dieser Geschichte, aber zugleich auch nur die Spitze des Eisbergs zu sein. Und hinterher sind *wir* es, die in dieser Sache das Urteil fällen und alles Weitere mit unserem Gewissen regeln müssen. Der Rest guckt nur gespannt zu, kritisiert und weiß eh alles besser. Während ich dem Dialog weiter folge, den ich im Rahmen der Vernehmung kurzweilig in Ordnung finde, verspüre ich leichte Bauchschmerzen.

„Béatrice, du warst immer ein Teil von mir. Und ja, Lisa ist *unsere* Tochter. Aber..."

„Aber?!"

„Ich konnte und wollte das nicht! Besonders nicht für Lisa. Sie sollte normal aufwachsen, ohne eine Verbrecherin als Mutter."

„Wie kannst du nur sowas sagen?", fragt die Angeklagte mit hörbarer Enttäuschung in der Stimme, während sie verständnislos in die Augen ihres Mannes sieht.

Es geht nicht mehr. Ich habe höllische Bauchschmerzen und mir ist übel. Ich unterbreche die Sitzung für eine kurze Pause. Zehn Minuten sollten reichen. Zwar erscheint es nicht nachvollziehbar und komisch, warum ich ausgerechnet jetzt aus heiterem Himmel eine Pause beschließe, doch die verwirrten Blicke des Anwalts und meiner Kollegen interessieren mich nicht. Blitzschnell verschwinde ich aus dem Hinterzimmer und flüchte durch das Treppenhaus in mein Büro.

Doch ich werde nicht ruhiger. Im Gegenteil: Ich fühle mich überfordert, spüre diese Schwere in mir. Plötzlich klopft es. Auch das noch... Blitzschnell verstaue ich die hervorgeholte Flasche wieder in der hintersten Ecke des Schranks und greife nach einer großen Wasserflasche, die auf dem Tisch steht.

„Herein?"

„Hey Sebastian. Alles gut?"

„Jaja danke, Sabine. Alles supi."

„Sebastian, ich kenn dich mittlerweile schon ganz gut... Warum warst du so plötzlich weg?"

„Das ist grad nur alles etwas viel für mich. Brauchte kurz einen Moment für mich. Der Fall ist irgendwie so groß, menschlich so kompliziert..."

„Ja, aber das sind wir doch gewohnt."

„Eigentlich schon... Ich weiß auch nicht, was grad mit mir los ist. Der Fall ist so aufwühlend und mir wird gerade bewusst, vor was für einem Urteil wir da stehen..."

„Kann ich verstehen. Aber das haben wir gelernt und das können wir! *Du* kannst das! Sebastian, du bist zwar noch jung, aber trotzdem ein wirklich guter Richter, der seine Arbeit ernst nimmt und Verantwortung zeigt. Außerdem bist du ja nicht allein. Wir gehen da jetzt rein und machen unseren Job!"

Ich nicke.

„Aufstehen, Krone richten, weitermachen!"

Bevor ich mein Büro abschließe, fällt mein Blick ein weiteres Mal auf den Flyer, bis ich ihn mir kurzer Hand falte und in meine Hosentasche stecke.

„Und Sie sind sich sicher, dass die Angeklagte ein Messer in ihrer Hand hielt?"

Konzentriert sehe ich Herrn Martin an.

„Ja. Trotz meiner Aufforderung, das blutverschmierte Messer fallen zu lassen, reagierte sie nicht darauf, sondern redete weiter wie eine Irre auf mich ein."

Unterdessen schüttelt die Angeklagte den Kopf.

„Sie meinte, sie habe das alles nur für mich getan und jetzt stünde uns endlich nichts mehr im Weg. Alles würde wieder so werden wie damals."

Er stockt.

Etwas leiser fährt er fort: „Was ist nur aus meiner Frau geworden..."

Erschrocken sehe ich den Zeugen an. Die Angeklagte scheint verletzt über das, was ihr Mann sagt. Immer mehr wirkt sie wie ein psychisches Wrack. Verständlich. Auch ich bin etwas verstört über die ganze Situation.

„Sie sprach von Schicksal und Happy End und strahlte übers ganze Gesicht. Die ist krank! Und als ich dann zu Cleo lief, um nachzusehen, wie es ihr ging, beschimpfte sie uns und lief mir hinterher, bis der Polizist ihr schließlich ins Bein schoss."

Kapitel 42

Es ist unfassbar! Nun stehe ich erneut vor Gericht und es spielt sich dasselbe ab wie vor zehn Jahren: Menschen lügen, ihnen wird geglaubt und ich geh dafür in den Bau. Steht auf meiner Stirn etwa:

Gewillt, sich das Leben ruinieren zu lassen. ?!

Davon wüsste ich jedenfalls nichts. Diese Ungewissheit... Das macht mich noch wahnsinnig. Ohnmächtig muss ich es über mich ergehen lassen, unwissend darüber, wie der Prozess ausgehen wird.

Es stimmt: Ich wollte, dass Cleo stirbt. Aber so, wie das jetzt dargestellt wird, war es doch gar nicht... Ich hab diese Frau damals nicht umgebracht. Ich war noch nicht mal auf dem Klassentreffen... Cleo muss dahinterstecken! Entweder sie hat sich selber auf das Klassentreffen geschlichen und den Mord begangen oder sie hat jemanden dazu beauftragt!

Die Frage ist nur: War das alles nur Cleos Plan? Oder steckt Nathan jetzt auch mit hinter diesen ganzen Intrigen? Aber das traue ich ihm eigentlich nicht zu.

Ich will mein altes Leben zurück. *Mein* Leben, in dem noch alles gut war. Das Leben einer Bilderbuchfamilie. Doch das Kapitel Nathan inklusive toller Familie, schönem Job und bezaubernder Tochter ist Vergangenheit. Dieses Kapitel ist zu Ende geschrieben, ausgelebt, ausgeträumt.

Hoffentlich durchschauen die Richter wenigstens dieses Mal dieses miese Spiel...

Kapitel 43

Unentschlossen starre ich auf die halbvolle Flasche vor mir auf dem Tisch. Langsam lässt das gute Gefühl nach und ich spüre, wie ich ein weiteres Mal hier auf meiner Couch so ende. Ich versuche die Uhr zu lesen. Vergeblich. Mein Blick ist etwas verschwommen. Langsam stehe ich auf und wage einige Schritte. Doch es klappt nicht so richtig. *Klirr.* Erschrocken fahre ich zusammen, starre auf den Fußboden und spüre im gleichen Moment die Nässe an meinem rechten Fuß. Mit verzogener Miene sehe ich an mir herunter und stelle die umgekippte Wodkaflasche wieder hin. Angeekelt, ja angewidert von mir selbst und meinem Verhalten hocke ich nun neben dem ausgekippten Alkohol, der bereits am Laminat klebt. Warum das alles? Wie oft muss das noch geschehen?! Wenn Marc das wüsste... Niemals kann ich ihm das erzählen!

Einige Zeit starre ich auf den verklebten Boden. Der stechende Geruch lässt mich kurz zusammenfahren. Mit abgewandtem Blick wische ich den ausgelaufenen Alkohol auf und bringe dann den nassen Schwamm weg. Die Reste kleben noch an meinen Socken, als ich mit taumelnden Schritten im Bad ankomme. Ich muss mich festhalten, um mein Gleichgewicht halten zu können. Ohnmächtig über meinen eigenen Körper und wütend zugleich verweile ich einen Moment im Badezimmer. Sowas Erbärmliches. Aber nichts Unbekanntes. Im gleichen Moment durchfährt mich ein Gefühl von Enttäuschung. Enttäuschung über mich selbst und meine Unbeherrschtheit.

Ich fühle mich schmutzig. Ohne weiter nachzudenken, stelle ich mich unter die Dusche. Das warme Wasser prasselt auf meine Schulter hinab und spült alles weg, was mich so anekelt. Angenehm umhüllt mich diese Wärme und gibt mir ein gutes Gefühl, das mich etwas ablenkt.

Eine Ewigkeit später sehe ich auf die große Uhr über der Küchentür: *03:47 Uhr.* Ungläubig reibe ich mir die Augen: *03:47 Uhr.* Tatsächlich!

„Herr Klein?", höre ich es im Hörer.

„Ja?", antworte ich noch im Halbschlaf.

„Wo bleiben Sie? Die warten alle auf Sie!"

Ich reiße meine Augen auf. Ungläubig sehe ich auf mein Smartphone Display: *09.36 Uhr.* Nein!! Ich springe auf und laufe in die Küche. Doch die große Uhr, die über der Küchentür ragt, bestätigt die Uhrzeit.

„Verdammt!"

„Ich versuche Sie schon seit 'ner halben Stunde zu erreichen! Die Sitzung hätte vor 20 Minuten beginnen müssen!"

Das kann jetzt nicht sein! Mist... So ein Dreck!

„Ähh, ich bin sofort da!"

„Lassen Sie nur", unterbricht sie mich, „ich hab denen gesagt, sie hätten sich heute Morgen kurzfristig krank gemeldet. Das wäre nur peinlich für Sie geworden."

Erleichtert atme ich auf.

„Sie sind unbezahlbar! Danke, da fällt mir jetzt aber ein Stein vom Herzen."

„Kein Problem, ich hatte da schon so eine Vorahnung... Sowas kennt man aber eigentlich gar nicht von Ihnen."

„Ja, ich weiß..."

„Oft sollte Ihnen das aber nicht passieren, gerade bei so einem großen Prozess! Und denken Sie an den Eggers! Für den wäre das ein gefundenes Fressen, um Sie schlecht zu machen. Passen Sie auf, Herr Klein!"

„Danke, das ist lieb von Ihnen! Wird nicht wieder vorkommen."

„Alles gut, ich bin hier nicht ihr Chef!", lacht sie.

„Okay", entgegne ich, nicht wirklich in Scherzlaune.

„Migräne."

„Was?"

„Wenn jemand fragt..."

„Ach so", lache ich.

„Also dann, bis morgen", verabschiedet sie sich.

„Danke nochmals!"

Kurz blicke ich nochmals auf die Uhr, wende den Blick dann aber von Pein ergriffen schnell wieder ab. Kopfschüttelnd taumle ich zurück ins Schlafzimmer und krieche wieder unter die warme Bettdecke.

Da hat mir Madame Bijou echt den Hintern gerettet. Das wäre nur peinlich geworden und hätte ein schlechtes Licht auf mich geworfen. Alle da, nur der Vorsitzende Richter hat verpennt.

Und Madame Bijou hat Recht: Für den Eggers wäre das ein gefundenes Fressen, eine gute Gelegenheit mich schlecht zu machen. Doch entgegen meiner Erwartungen war er bisher recht zurückhaltend. Vielleicht Taktik. Oder ist er wirklich nur ein „harmloser Kotzbrocken", so wie Madame Bijou meint und nicht weiter gefährlich? Keine Ahnung. Hauptsache er macht mir keine Probleme...

Trotz des warmen Bettes rapple ich mich auf, um mir noch einen Tee zu kochen. Nachdem ich den Wasserkocher angestellt habe, trotte ich gedankenlos durch die Wohnung. Doch was ich im Wohnzimmer sehe, holt mich zurück auf den Boden der Tatsachen. Betrübt knie ich mich nieder und räume die weiteren Flaschen weg, die neben der Couch stehen und deren abgestandener Geruch schon den Flur füllt. Angewidert muss ich mich schütteln. Ich sehe in den kleinen Schrank neben dem Fernseher, in dem bis auf eine Flasche Rum alles weggesoffen ist. Warum nur? Immer und immer wieder... Ich krieg es einfach nicht in den Griff.

181

Das alles hat mit der Vorbereitung aufs Staatsexamen angefangen, etwa vor zwölf Jahren. Mit einem Mal wurde mir so richtig bewusst, wie viel Stoff ich in Wirklichkeit lernen und in meinen Kopf bekommen musste. Das hinzubekommen schien unmöglich. Aber ich brauchte das Examen, durchzufallen hätte mein Ende bedeutet. Und nicht nur das: Ich wollte Richter werden, also reichte auch nicht *irgendein* Examen – es musste ein sehr gutes werden, denn nur die Besten können Richter werden. Würde ich das Staatsexamen nicht schaffen oder nicht gut genug bestehen, wäre mein Traum geplatzt und all die langen, harten Jahre für die Katz – einfach umsonst. All die anstrengenden Jahre, die geprägt waren von gnadenlosem Pauken, in denen ich auf meinen großen Traum hingearbeitet hatte.

Zudem wollte ich mir selbst, aber auch meinen Eltern beweisen, dass der Weg, den ich alleine gegangen war, der Richtige war. Besonders meinem Vater, der zu dieser Zeit noch lebte – auch, wenn ich wusste, dass es ihn nicht sonderlich interessieren würde.

Ich musste das einfach schaffen! Doch bei dem ganzen Druck wuchs mir alles über den Kopf und ich brauchte etwas, das mich runterkommen ließ – und das war der Alkohol. Erst waren es nur ein, zwei Male. Doch mit der Zeit wurde es immer schlimmer, ich konnte mich nur noch schwer bis gar nicht mehr beherrschen und teilweise spürte ich beim Lernen sogar einen gewissen Alkoholentzug. So griff ich eben zur Flasche. Traurig aber wahr. Ich weiß, das war die falsche Entscheidung. Doch als ich erst einmal damit angefangen hatte, kam ich davon nicht mehr los. Und das Risiko, durch den Entzug ein schlechtes Examen zu schreiben, war mir zu groß. Ich war von dem ganzen Leistungsdruck und dem Stress frustriert und zerfressen.

Im Gegensatz hierzu ließ mich der Alkohol auf andere Gedanken kommen. Ich konnte abschalten und selbst das

Lernen funktionierte besser – so absurd es auch klingt. Dieser ganze Berg an Arbeit wirkte nicht mehr so unmöglich und groß. Ich wurde produktiver und verlor die Angst zu versagen. Der Alkohol ließ mich meine Sorgen vergessen...

David wusste von meiner Sucht. Er war der Einzige, dem ich mich anvertraute. Vanessa wollte ich es nicht sagen. Als großer Bruder wollte ich für *sie* da sein, nicht andersrum. Ich wollte sie nicht damit belasten. Vielleicht hatte ich auch ein kleines bisschen Angst um meine „Stellung" als großer Bruder.

Selbst Monique weiß bis heute nichts davon. Ich hab es nicht hingekriegt, mich ihr zu öffnen. Und nachdem ich es David erzählt hatte, empfand ich das auch nicht mehr als notwendig. Er machte mit mir eine schwere Zeit durch, in der er immer zu mir stand. Kathi erzählte er von all dem nichts. Und dafür bin ich ihm unendlich dankbar. Genauso wie für seine verständnisvolle und geduldige Art, aber auch für seine klaren Worte und seine Bemühungen mir zu helfen. Und jetzt, wo er tot ist, bereue ich, dass ich nie ernsthaft eine Therapie begonnen habe.

Es ist ein kraftraubender Teufelskreis, eine Abwärtsspirale, die mich immer tiefer in ein Loch steuern lässt, aus dem ich alleine nicht wieder rauskomme. Und anstatt etwas daran zu verändern, versinke ich in Selbstmitleid, trinke weiter und beklage gleichzeitig genau dieses Verhalten. Mir fehlt der Antrieb, mir fehlt David! Mir fehlt jemand, der hinter mir steht und meine Situation kennt, dem ich nicht alles von neu erklären muss, denn dafür fehlt mir eindeutig die Kraft.

Tom ist enttäuscht von mir. Zurecht. Selbst am Tag der Prüfung konnte ich nicht ohne... Und obwohl die Zeit des Examens schon einige Jahre hinter mir liegt, schaffe ich es nicht dieses düstere Kapitel endlich hinter mich zu bringen. Auch, wenn ich das Studium erfolgreich abgeschlossen habe, greife ich selbst heute noch zur Flasche. So gesehen ist meine Vergangenheit für mich noch immer Realität, die mich immer und immer wieder einholt.

Und trotz Davids Tod, der mir buchstäblich das Herz zerriss, war es mir mit viel Alkohol möglich, den Schmerz zu betäuben und meine Aufgaben wie immer zu erledigen. Wenn das alles rauskommt, war's das mit der Erfolgsstory. Marc habe ich nie von meiner Sucht erzählt. Das hatte ich mich nicht getraut. Und mit jedem Mal, mit dem ich das Thema auf das nächste Mal verschob, wurde es schwerer. Und so sagte ich es ihm nie. Es würde ihm den Boden unter den Füßen wegreißen, wenn er wüsste, dass ich als sehr guter Freund von ihm ein Alkoholproblem habe, ja, in gewisser Weise nicht viel besser bin als sein Vater. Ich würde ihn so enttäuschen...

Kurzentschlossen greife ich zu meinem Handy. Einige Sekunden vergehen, dann höre ich seine Stimme.

„Ja?"

„Hey Tom... Du, ich wollte nochmal mit dir reden."

„Weswegen?"

„Du weißt schon... Ich hab mir viele Gedanken darüber gemacht. Muss das denn wirklich sein? Tom, du weißt doch, dass..."

Empört unterbricht er mich.

„Ist das dein Ernst?! Ich dachte, wenigstens jetzt hast du den Charakter, um es ihm zu sagen. Aber nein, nicht mal dazu hast du den Arsch in der Hose!"

„Tom..."

„Nichts Tom! Es bleibt dabei..."

Das Tuten unterbricht das kurze Gespräch.

Nachdenklich gehe ich zurück in die Küche. Das Wasser ist mittlerweile kalt. Erneut setze ich den Wasserkocher an und gehe kurz darauf mit dem fertigen Tee zurück ins Schlafzimmer.

Doch bevor ich in mein Bett krieche, nehme ich mein Smartphone, das auf dem kleinen Nachtschränkchen liegt. Eigentlich gibt es doch gar nicht den perfekten Zeitpunkt, um jemanden so etwas zu sagen, oder? Und wenn ich es nicht tue, wird es Tom machen. Marc wird so oder so schockiert und fassungslos sein. Vielleicht will er nichts mehr mit mir zu tun haben. Wenn ich ehrlich bin, ist genau das meine Angst – verlassen zu werden, allein zu sein. Aber damit muss ich klarkommen. Ich muss endlich reinen Tisch machen! So kann es jedenfalls nicht weitergehen. Zögerlich wähle ich die Nummer und drücke die grüne Wähltaste. Doch plötzlich wird mir klar, was ich da gerade tun will. Mein Atem wird schneller, meine Hände werden schwitzig, ich krieg Panik. Ich kann das nicht. Noch nicht... Ich lege auf, werfe mein Handy zur Seite.

Kapitel 44

Zwei Tage später.

Etwas nervös zücke ich den Flyer aus meiner Hosentasche. Mit kritischem, und doch hoffnungsvollen Blick lese ich die Worte auf dem Flyer. Ich sehe aus meinem großen Bürofenster hinaus auf das Chaos der vollen grauen Straßen. Es regnet. Die permanenten Ampellichter und der Stau vervollständigen das unwohle Gefühl. So kann das nicht weitergehen... Ich will das nicht mehr. Ich nehme einen Schluck aus meiner großen Kaffeetasse und halte einen Moment inne. Blitzartig macht sich ein Lächeln auf meinem Gesicht breit und entschlossen verlasse ich mein Büro.

Richter am Landgericht

Horst Schürmann

Ich klopfe.

„Herein", erklingt es und ich öffne die Tür.

„Ach, du bist's, Sebastian. Was gibt's?"

Horst steht am Fenster.

„Du, Horst, ich muss mal mit dir reden. Hast du Zeit?"

„Ja, setz dich. Was ist denn los?"

Sein Schreibtisch ist wie immer penibel aufgeräumt ist. Alles sortiert, alle Unterlagen sorgfältig auf- und weggeräumt: Ein echtes Vorzeigezimmer.

„Mhh", stocke ich, „ich weiß nicht so recht, wie ich anfangen soll..."

„Jetzt bin ich aber gespannt", erwidert er und setzt sich dabei gegenüber von mir an seinen großen Schreibtisch.

„Ist nichts Schlimmes, es geht um mich. Also: Ich hatte schon immer einen Traum. Schon damals, bevor ich mit dem Studium angefangen habe..."

„Ja?", sagt er mit einem interessierten Lächeln im Gesicht, sichtlich gespannt darauf, was jetzt kommt.

„Ich habe ihn nie erfüllt und gedanklich immer weiter nach hinten geschoben. Ich dachte immer, das läuft ja nicht davon, das kann ich immer noch machen. Aber Zeit bleibt eben nicht stehen und man wird auch älter..."

Sein Lachen unterbricht mich.

„Was weißt du schon vom Älterwerden?!"

„Ich bin Mitte 30!"

„Und ich bald in Rente!", entgegnet er, deutlich amüsiert.

„Wie gesagt, ich dachte, ich könnte das irgendwann noch machen. Aber seit einigen Wochen lässt mich der Gedanke nicht mehr los und ich will ihn mir jetzt nun endlich verwirklichen. Ich habe lange nachgedacht und…"

„Mach's nicht so spannend, Sebastian! Sag schon, was ist dein Traum?"

„Auch, wenn es sich jetzt nach einem naiven Jugendtraum anhört: Ich will reisen! Die Welt sehen!"

„Das heißt?"

Ich lege ihm den Flyer auf den Tisch. Stirnrunzelnd sieht er sich ihn einen Moment lang an, bis er ihn laut vorliest:

1 Jahr frei sein!
Erleben Sie die verschiedensten Orte und Kulturen, die
Sie nie vergessen werden! Ob Afrika oder Kanada,
Florenz oder Buenos Aires.

„Und das willst du also machen?", lächelt er.

„Ja! Ich will mir eine Auszeit nehmen, fremde Länder bereisen und erkunden, vielleicht sogar für eine Zeit dort leben. Einfach was Aufregendes und Unbekanntes erleben, was Neues!"

Keine Reaktion.

„Für ein Jahr. Wenn ich dann unbedingt noch weitermachen will, kann ich ja gucken. Aber zumindest ein Jahr lang weg von hier sein. Reisen. Das ist mein Traum! Es gibt so viel zu sehen und ich möchte unbedingt diese Erfahrung machen! Horst, du weißt, ich liebe meinen Job und habe nicht vor ihn aufzugeben. Ich möchte auf jeden Fall weiter als Richter arbeiten, wenn ich wiederkomme. Aber diese Zeit für mich würde mir glaub ich wirklich guttun. Was meinst du?"

„Sebastian, du bist echt einer", lachend räuspert er sich, „bei uns damals hätt's sowas nicht gegeben. Warum nicht?

Mach das, Sebastian. Es ist dein Leben. Und heutzutage ist es doch normal, dass man als junger Mensch die Welt bereist."

„Meinst du echt?"

„Kann ich persönlich zwar nicht so nachvollziehen, aber das ist ja nicht entscheidend. Wichtig ist, was du für dein Leben willst. Und wenn das dazu gehört, dann mach das!"

„Danke Horst, das freut mich voll!"

„Sebastian, wenn du Frau und Kinder hast, würdest du dich über die Bedingungen und Möglichkeiten, die du jetzt noch hast, freuen. Wenn du erst einmal 'ne Familie hast, ist das alles nicht mehr so einfach. Nutz die Zeit, die du momentan noch hast! Jetzt bist du noch frei, hast nur wenig Verpflichtungen und kannst selbst entscheiden!"

„Danke! Weißt du, auch wenn du drüber lachst: Ich bin Mitte 30. Da macht man sich schon viele Gedanken über sich, sein Leben und wie alles weitergehen soll. Ich glaube, ich würde es bereuen, wenn ich es jetzt nicht tue. Es ist wirklich so: Wenn man sowas im Jugendalter aufschiebt, macht man es im schlimmsten Fall nie! Das haben mir auch viele andere berichtet: Dann kommt Beruf, Familie, die üblichen Verpflichtungen..."

„Eben. Und du bist auch nicht der Typ, der sowas spontan entscheidet."

„Das stimmt. Horst, schau: Ich hab die Schule, das Abi und direkt daran anschließend das Studium mit Referendariat ohne Pause durchgezogen. Und jetzt hier noch der Job – das ist ganz schön heftig! Besonders, weil ich immer versuche bei allem 150% zu geben."

„Ich versteh dich, so ging es mir auch eine Zeit lang. Die Arbeit hier ist wirklich anstrengend. Wenn man sich da nicht die Zeit gibt auch mal abzuschalten, den Kopf freizukriegen und runterzukommen, ist es kein Wunder, wenn man irgendwann nicht mehr kann. Da gibt's doch diese neue Krankheit jetzt, bur...buro... Du weißt schon!"

„Meinst du Burn-out?", lache ich.

„Ja, sag ich doch. Lach nicht, ich bin eben nicht mehr der Jüngste. Oder wie ihr sagt: 'up to date'!"

„Du bist echt der Beste, Horst!"

„Jaja, ich weiß. Also meinen Segen hast du."

„Was da noch hinzukommt...", ich stocke einen Moment, „du hast sicherlich von der Sache mit meinem besten Freund gehört..."

Zunächst blickt er zu Boden, nickt dann aber.

„Du hast nie darüber gesprochen."

„Ich weiß. Und das war wirklich nicht böse gemeint, Horst. Aber ich hab deine Angebote zum Reden dennoch geschätzt. Ehrlich. Ich konnte es da aber noch nicht. Stattdessen hab ich mich immer tiefer in die Arbeit gestürzt."

„Das war doch kurz nachdem du bei uns angefangen hast, oder?"

„Ja, genau. Ich befürchte, dass ich mir zu wenig Zeit eingeräumt habe, mit seinem Tod fertig zu werden, das alles zu verarbeiten. Und dazu kommt noch der Job hier und noch ein paar andere Sachen. Ich schaff das momentan nicht mehr, das wird mir langsam alles etwas zu viel."

„Ich hab schon gemerkt, dass du die letzten beiden Verhandlungstage im Martin-Prozess etwas anders warst."

„Ja. Deshalb habe ich mich nun endgültig dazu entschlossen eine Pause einzulegen."

„Verständlich. Aber dir ist schon bewusst, dass du mit großer Wahrscheinlichkeit nicht hier beim Schwurgericht bleiben, sondern versetzt werden wirst – dahin, wo sie dich eben in einem Jahr brauchen, wenn du wiederkommst. Sabine und ich werden also auch nicht mehr deine direkten Kollegen bleiben."

„Das hab ich befürchtet. Aber ich glaube, das wäre gar nicht so schlimm für mich. Also das mit dem Abteilungswechsel, euch werde ich natürlich vermissen!"

„Ich wollt schon sagen... Wolltest uns wohl schnell wieder loswerden, was?", scherzt er. „Jaja, das hast du dir wohl so gedacht!"

Wir beide lachen.

„Ich mein: Das Schwurgericht ist wirklich eine spannende Abteilung, wo das stundenlange Aktenlesen auch sehr spannend sein kann, ohne ständig auf die Uhr gucken zu müssen. Manchmal ist es aber schon echt grausam, was man in einigen Akten erfährt. Wenn man sich so manche Fälle durchliest, kann einem da schon anders werden..."

„Ja, hast schon Recht, ich weiß, was du meinst. Und dieser ganze Medienrummel bei manchen Prozessen... Man steht im Rampenlicht, kann sich manchmal sogar morgens in der Zeitung sehen."

„Ja, das stimmt. Gerade für mich als junger Richter war es eine enorme Herausforderung, so früh schon ans Schwurgericht zu wechseln. Es war mein eigener Wunsch – keine Frage. Aber dass es wirklich direkt funktioniert, hätte ich nun wirklich nicht gedacht. Ich kenne keinen Richter, der so früh wie ich Vorsitzender einer so wichtigen Abteilung geworden ist."

„Das ist auch absolut nicht üblich, dass die einen so jungen Richter direkt zum Vorsitzenden machen – und dann noch beim Schwurgericht! Das hat für viel Aufsehen und auch negative Reaktionen gesorgt. Aber du warst eben extrem gut und hast bewiesen, dass du das Zeug dafür hast."

„Danke."

„Vielleicht kommst du ja zu Stefanie in die Drogenabteilung, wenn du wiederkommst."

„Alles, bloß das nicht! Den ganzen Tag die gleichen Geschichten. Das muss einen doch wahnsinnig machen!"

„Tja, also ich hab gehört, die brauchen da sowieso noch jemanden..."

„Du machst Witze!"

Lachend schüttelt er den Kopf.

„Ey, das ist jetzt nicht dein Ernst! Ich lass mich versetzen, am besten irgendwo hin, wo es gar keine Drogen gibt!"

„War nur Spaß, mach dir da mal keine Sorgen. Ansonsten lädst du den Landgerichtspräsidenten zu 'nem schicken Abendessen ein und redest mal mit ihm", scherzt er.

„Ich dachte schon..."

„Ich leg auf jeden Fall ein gutes Wort für dich ein, dass du da nicht hinkommst."

„Ja, lass mal ein bisschen deine Connections spielen."

„Das krieg ich schon hin. Entschuldige, dass ich so direkt frage, aber kannst du dir das denn überhaupt leisten?"

„Ja, denke schon. Du musst wissen, eigentlich war es mir immer klar, dass das mein großer Traum ist. Und deshalb habe ich immer relativ viel Geld zur Seite gelegt, schon während des Referendariats. Das ist auch einer der Gründe, warum ich bis heute in meiner kleinen Zwei-Zimmer-Wohnung lebe."

„Die Wohnung ist wirklich schön. Ich hab sie ja zu deiner *1 Jahr-Schwurgericht-Party* kennengelernt. Echt nett hast du's da."

„Danke. Ja, das find ich auch. Und Sparen konnte ich dadurch sehr gut. Also ich bin zwar kein Mathegenie, aber 1 Jahr müsste ich locker, ohne nebenbei zu arbeiten, über die Runden kommen."

„Dann bist du ja perfekt vorbereitet. Mach das! In meinem Alter musst du damit nämlich nicht mehr mit anfangen."

Stille.

„Und was ist mit dir?", frage ich ihn.

„Wie mit mir? Was soll mit mir sein?"

„Gibt es etwas, das du in deinem Leben nicht gemacht hast, was du jetzt im Nachhinein bereust?"

„Mhh", er zögert. „Nein."

„Horst?", frage ich mit einem breiten Grinsen im Gesicht. „Ein bisschen kenn ich dich jetzt mittlerweile. Sag schon, was ist es?"

„Also", fängt er an, tief durchschnaufend, „damals, nach dem Studium... Ich wollte eigentlich promovieren, also eine Doktorarbeit schreiben. Ich hatte sogar schon ein Thema."

„Wow. Und warum hast du es nicht gemacht?"

„Ja, ich dachte, das könnte ich später ja immer noch machen, wenn ich schon etwas als Richter gearbeitet habe. Aber dann kam der ganze Stress auf Arbeit, nach einer Zeit wurde ich auch Vorsitzender, so wie du – das war ganz schön stressig. Und dann hab ich Gabriele kennengelernt. Da hat man dann doch andere Sachen im Kopf. Und dann kamen die Kinder. Irgendwie war nie der richtige Zeitpunkt."

„Und jetzt?"

„Wie jetzt?!"

„Wie wär's, wenn du einfach *jetzt* deine Doktorarbeit schriebst?"

„Du machst Witze", lacht er. „Ich? In meinem Alter? Sebastian, ich bin 62 Jahre alt und bald schon weg hier! Ne ne, lass mal, jetzt ist es zu spät – der Zug ist abgefahren."

„Wieso? Die perfekten Umstände gibt es nicht. Aber gesundheitlich geht es dir noch sehr gut, für dein Alter bist du noch echt fit! Und ich mein, die Intelligenz und die nötige Erfahrung hast du – wahrscheinlich mehr als die meisten, die mit ihren 28, 29 Jahren ihren Doktor machen."

„Sebastian", winkt er ab, „was will ich denn jetzt noch mit 'nem Doktortitel? Nützen tut er mir eh nichts mehr. Und was soll erst meine Frau dazu sagen? Midlife bzw. Endlife Crisis?! Ne..."

„Natürlich nur, wenn du es immer noch machen willst."

„Danke Sebastian, aber das wird nichts."

„Okay, musst du wissen. Ich muss los, Horst. Danke aber für deinen Zuspruch. Ich mach dann die Tage den Antrag fertig. Hoffentlich klappt das so, wie ich mir das vorstelle."

„Ja, das wird schon, Sebastian. Keine Sorge!

„Danke! Und denk nochmal drüber nach", schiebe ich nach, während ich sein Büro verlasse.

„Schnapsidee", höre ich ihn spöttisch vor sich hinsagen.

12.37 Uhr. Erleichtert und glücklich sitze ich in der strahlenden Sonne, während ich vor dem Gerichtsgebäude auf einer Bank meinen kleinen Mittagssnack verdrücke. Es war die richtige Entscheidung, Horst davon zu berichten. Und ich glaube, ich werde Marc bald alles beichten. Diese Bestätigung durch Horst und sein Verständnis taten echt gut. Ich fühle mich wohl und irgendwie auch befreit. Doch das sollte sich im Verlauf des Tages noch gewaltig ändern...

Kapitel 45

Als ich gerade die Martin-Akte aufschlage, um den nächsten Prozesstag vorzubereiten, vernehme ich ein bekanntes Klingeln. Es ist mein Handy.

„Ja?"

„Basti?"

„Hey Marc! Schön dich zu hören, was gi..."

„Können wir uns heute bitte treffen? Es ist dringend!"

„Ehh...", etwas überrumpelt stocke ich kurz. Hat Tom es ihm etwa gesagt?!

„Ja klar. Was ist denn los?"

Einen Moment lang sagt er nichts. Stattdessen vernehme ich ein tiefes Schluchzen.

„Erklär ich dir später okay? 20.00 Uhr im *Cesto*?"

„Okay..."

Das Tuten unterbricht unser kurzes Gespräch. Etwas stutzig betrachte ich das Display meines Smartphones. Wirklich aufgelegt... Was ist denn nur los?

Trotz meiner Bemühungen mich auf die Vorbereitungen für die nächsten Sitzungstage im Fall Martin zu konzentrieren, schaff ich es nicht, meine Gedanken in den Akten zu lassen. Nach langem Ringen geb ich's schließlich auf. Und eine Mordsache mal so nebenbei vorbereiten, wo man doch mit den Gedanken ganz woanders ist, finde ich auch nicht angemessen. Also mach ich mir erst einmal einen Kaffee und sehe dann etwas meine Unterlagen durch. Doch schließlich geht selbst das nicht mehr. Was sollte das merkwürdige Telefonat nur? Was will mir Marc denn so Wichtiges sagen?! Geht es um mich? Mit einem mulmigen Gefühl im Bauch schließe ich mein Büro ab und mache mich auf den Weg in die Bar.

Als ich das *Cesto* erreiche, ist es noch viel zu früh. Ungeduldig rutsche ich auf meinem Stuhl hin und her, sitze da, ohne einen Hauch von Ahnung darüber, was gleich passiert. Ständig sehe ich auf meine Uhr, doch die Zeiger scheinen sich förmlich dagegen zu wehren schneller zu ticken.

„Möchten Sie noch etwas trinken?"

„Ja, noch 'ne Cola bitte."

„Okay, bringe ich Ihnen sofort."

Die Cola kommt, Marc nicht. Diese Ungewissheit macht mich fertig. So habe ich Marc lange nicht mehr erlebt. Ich warte und warte, bestelle mir inzwischen schon die dritte Cola.

Doch dann, nach einer gefühlten Ewigkeit geht plötzlich die Tür auf und Marc tritt ein. Als er sich zu mir setzt weiß ich nicht so recht was ich denken oder fühlen soll. Etwas überfordert mit der Situation begrüße ich ihn. Doch ihm scheint es auch nicht viel besser zu gehen. Mit blassem Gesicht sieht er mich an und versucht etwas zu lächeln.

„Schön dich zu sehen, Marc!"

„Danke, dass du da bist."

„Kein Problem. Ist doch selbstverständlich."

„Nein, das ist es nicht. Das bedeutet mir wirklich viel!"

Er setzt sich und sieht mich lange an. Nach einigen Sekunden, die mich schier verrückt machen, werde ich direkt.

„Was ist denn los?"

Keine Reaktion. Er schaut runter, auf den Boden. Zunächst folge ich seinem Blick, dann wage ich einen zweiten Anlauf.

„Worum geht's denn, Marc?"

Ich nehme einen kräftigen Schluck Cola.

„Mein Vater..."

Entsetzt sehe ich ihm in die Augen. Die Cola bleibt mir gefühlt im Halse stecken. Schockiert stell ich das Glas wieder hin.

„Dein Vater?!"

„Du hast schon richtig gehört..."

Erst jetzt bemerke ich seine gläsernen Augen, die seine Tränen nur knapp aufzuhalten scheinen.

„Was... Warum?"

„Er liegt im Krankenhaus. Leberzirrhose. War ja auch nicht anders zu erwarten... Die haben mich angerufen: Er hat nicht mehr lange. Und er will mich sehen..."

Stille.

„Und was hast du vor zu tun?"

„Keine Ahnung."

Wieder Stille. Was soll ich sagen? Jedes Wort scheint so unpassend, so unnötig. Für einen Moment, der mir wie eine Ewigkeit vorkommt, ist alles ruhig.

„Sebastian, was soll ich tun?", entfährt es ihn. „Ich meine, nach all dem, was passiert ist..."

Er verstummt. Seine Augen scheinen dem Druck nicht mehr gewachsen und lassen die dicken Tränen laufen. Ich nehme ihn in den Arm. Bestürzt und zugleich betrübt über die Neuigkeiten verweilen wir noch einige Augenblicke so, bevor er erneut zu sprechen beginnt.

„Ich weiß einfach nicht, was ich machen soll. Ich meine, nach allem, was er mir angetan hat... Das hat er überhaupt nicht verdient!"

„Ich versteh dich", versuche ich ihn etwas zu beruhigen und ihm gut zuzureden, doch bemerke selbst, wie schwer es mir fällt die richtigen Worte zu finden. Und ehrlich gesagt muss ich mir eingestehen ihn nicht wirklich *verstehen* zu können.

„Ich kenn dich und deine Situation jetzt zwar auch schon eine ganze Weile, aber diese Entscheidung kann ich dir nicht abnehmen. Diese Entscheidung kannst und musst du alleine treffen."

„Das sagst du so leicht..."

Ohne zu antworten nehme ich ihn nochmals in den Arm und hoffe ihn so etwas beruhigen zu können.

„Ich bin mir sicher, dass du die richtige Entscheidung treffen wirst."

„Basti, ich weiß echt nicht weiter."

„Ich will dir nicht sagen, was du zu tun hast, aber...", stocke ich.

„Aber? Sag schon, was meinst du?

„Vielleicht..", druckse ich.

„Vielleicht was?"

„Vielleicht ist das die letzte Möglichkeit, euch in die Augen zu schauen und noch einmal das loszuwerden, was ihr euch noch sagen wollt, bevor er geht."

„Und wenn ich ihn gar nicht mehr sehen will?!"

„Dann lässt du es. Es ist deine – und *nur* deine – Entscheidung! Aber sieh es doch mal positiv...“

„Du hast gut reden“, unterbricht er mich und sieht mich verständnislos an, „was ist denn daran positiv?!“

„Ich weiß, das ist leichter gesagt als getan“, versuche ich mich zu erklären, „und vielleicht hast du auch damit recht, dass er das eigentlich gar nicht verdient hat. Aber wenn du mal ganz egoistisch denkst: Vielleicht ist es *die* Möglichkeit mit ihm und der Vergangenheit endgültig abzuschließen.“

Unsicher rutscht er auf seinem Stuhl hin und her.

„Meinst du?“

„Was hast du denn zu verlieren, wenn du dir anhörst, was er zu sagen hat?“

Mit skeptischem Blick hört er mir weiter zu.

„Wenn du dich dagegen entscheidest, wirst du nie erfahren, was seine letzten Worte gewesen wären. Vielleicht wirst du es dein Leben lang bereuen, die Gelegenheit nicht wahrgenommen zu haben. Vielleicht will er sich für alles entschuldigen, vielleicht wird ihm jetzt gerade erst richtig bewusst, was er eigentlich alles kaputt gemacht – jetzt, wo er dem Tod ins Auge schauen muss. Du wirst es aber nie wissen, wenn du nie gewagt hast diesen Schritt zu gehen!“

Unentschlossen sieht er mich an.

„Ich kann auch verstehen, wenn du sagst, dass du das nicht schaffst. Aber wenn du die Kraft hast und dich dazu durchringen kannst: Gib ihm diese Chance, diese letzte Chance. Auch, wenn dieser Gang einer der schwersten deines Lebens sein wird.“

„Vielleicht hast du recht.“

Ein leichtes Lächeln zeigt sich in seinem Gesicht.

„Das ist meine Meinung, aber letztlich musst *du* wissen, ob du ihn noch ein letztes Mal sehen willst oder nicht.“

Er nickt. Doch mit einem Mal wird mir schlecht. Ich entschuldige mich kurz und verschwinde so schnell wie nur möglich Richtung Toilette. Schon auf dem Weg dorthin verspüre ich starke Bauch- und Magenkrämpfe, fühle mich mehr und mehr unwohl in meiner Haut.

Auf Toilette angekommen schließe ich mich in einer der viel zu kleinen Kabinen ein und lehne mich gegen die Kabinentür. Für einen kurzen Moment schließe ich die Augen und atme tief ein und aus. Doch plötzlich wird mir übel und ich spüre, dass ich mich übergeben muss. Voller Ekel beuge ich mich über die nicht wirklich saubere Kloschüssel und würge. Zwar versuche ich, die Klobrille nicht zu berühren, doch es geht nicht anders. Angewidert halte ich sie fest und lasse es über mich ergehen...

Ich öffne die Kabinentür, stelle mich an das Waschbecken und halte meine Hände lange unter das Wasser. Langsam beuge ich mich über das Waschbecken und schaue angewidert in das Gesicht im Spiegel. Wie kannst du nur?! Du bist so ein Heuchler! Schäm dich... Hier sprichst du Marc gut zu, findest die schönsten Worte, um ihm sein Leid erträglicher zu machen, und spielst dich als guten Freund auf und sagst ihm, was er am besten tun sollte. Und du?!

Beschämt blicke ich zu Boden. In Wirklichkeit bin ich selbst mit meinem Leben überfordert. Ich bin süchtig – alkoholabhängig! Ich gleiche dem Menschen, der Marc so viel Leid angetan und ihn im Stich gelassen hat, als er ihn so sehr gebraucht hat.

Ich fühle mich so schlecht, ihm die ganze Zeit etwas vorzuspielen. Doch was soll ich machen? Was für eine Wahl habe ich denn? Ihm alles beichten? Ihm die Wahrheit sagen? Soll ich ihm beichten, dass ich zur Flasche greife, weil ich das ohne den Alkohol alles nicht schaffen würde? Dass ich es *nur so* schaffe, den ganzen Stress zu verarbeiten und den Anforderungen und Erwartungen gerecht zu werden?

Das kann ich nicht. Es würde ihm das letzte Stück Hoffnung nehmen, an das er sich so verzweifelt klammert. Er würde mich hassen, ja, er würde es mir nie verzeihen, dass ich ihn so hintergangen habe. Er würde mich verabscheuen, genauso wie seinen Vater und den Alkohol, die einst alles kaputt gemacht haben. Ich würde alles zerstören und einen weiteren Freund verlieren...

Aber ich muss es ihm sagen! Das bin ich ihm doch schuldig... Aber ich kann nicht! Nicht jetzt! Das würde er nicht verkraften...

Ich hebe wieder meinen Kopf. Das kreidebleiche Gesicht vor mir trägt tiefe Schuldgefühle, aber zugleich auch eine lange und bisher nur David bekannte Geschichte in sich. Und zu guter Letzt eine nahezu perfekte Fassade: Nach außen alles perfekt, um die nicht ganz so glitzernd glämmernde Wahrheit und den wahren Schmerz zu verhüllen. Ich dachte immer, ich krieg das schon in den Griff. Doch nun holt mich das alles ein...

Mit abwertendem Blick betrachte ich ein letztes Mal das hässliche Spiegelbild, bevor ich mir enttäuscht und zugleich wütend über mich selbst mehrere Male das Gesicht kalt abwasche. Noch kurz einen Schluck Wasser – und dann geht es mit einem aufgesetzten Lächeln wieder zurück zu Marc. Einem Lächeln, hinter dem sich so viel verbirgt, von dem er nichts ahnt...

Kapitel 46

Als ich zurück zum Platz komme, wirkt Marc recht gefasst. Entschlossen verkündet er mir, er wolle den Schritt wagen und seinen Vater ein letztes Mal sehen. Und er fragte mich, ob ich ihn begleiten würde. Nach einigem Zögern willigte ich ein.

Es regnet, als wir uns am nächsten Tag auf den Weg zum Krankenhaus machen. Die Straßen sind rutschig und als das Krankenhaus schon in Sichtweite ist, scheint der Eingang die einzige Möglichkeit diesem ekeligen Wetter und der kalten und düsteren Atmosphäre zu entfliehen. Diese Finsternis ist unheimlich und traurig zugleich. Wir gelangen an den Torbogen des Krankenhauses, den Eingang, der mir noch gut bekannt ist...

Aber nicht nur das. Selbst beim Anblick der Beleuchtung des Krankenhauses bekomme ich ein komisches Gefühl. Zu präsent ist mir dieser letzte Abend, den ich mit Kathi hier verbrachte, wonach ich genau diese Beleuchtung sah.

Mit zittrigen Fingern holt er den kleinen Zettel heraus und faltet ihn auseinander. Ich kann seine krakelige Schrift nicht entziffern. Ich folge Marc, der vor mir den langen Flur entlangläuft, bis er mit einem Mal stehen bleibt.

„Wir sind da."

Zimmer 429. Unsicher schaut er umher.

„Kommst du mit rein?"

„Nein. Diesen Schritt musst du jetzt allein gehen!"

Die Enttäuschung steht ihm ins Gesicht geschrieben.

„Bitte, Basti! Ich schaff das nicht alleine!"

Zunächst fest entschlossen, unserer Vereinbarung nachzukommen, doch dann voller Mitleid sehe ich in sein blasses, leidiges Gesicht.

„Bitte..."

Ich schnaufe, schließe kurz meine Augen und lächle ihm dann ermutigend zu. Ich entscheide mich dazu, Marc zu begleiten, obwohl es eine große Überwindung und ein enormer Kraftakt für mich ist dieses Zimmer zu betreten. Wahrscheinlich sieht man es mir gar nicht an, doch tief in meinem Inneren ringe ich mit mir. Schließlich habe ich genau in so einem Zimmer David zum letzten Mal gesehen, bevor er in den OP verschwand und nie wiederkehrte...

Auffordernd deute ich auf die Klinke. Sein Gesicht ist rot, seine Hände zittern etwas. Für einen Moment sieht er mich an und ich spüre die Unsicherheit und die Verzweiflung in seinen Augen. Mit belegter Stimme sagt er schließlich: „Bringen wir es hinter uns."

Mit einem offensichtlich unwohlen Gefühl klopft er zwei Mal, wartet einen kurzen Augenblick und drückt dann langsam die Klinke runter. Ich folge ihm.

Das Zimmer wirkt düster und trist. Durch das Fenster erkenne ich, dass es draußen immer noch stark regnet. Und obwohl wir drinnen sind, herrscht hier eine mindestens doppelt so bedrückte Stimmung wie draußen. Es sind zwei Betten, eins ist leer. In dem anderen, das am Fenster, liegt er. Der Mann hat seine Bettdecke fast bis ans Kinn gezogen und starrt aus dem Fenster. Zuerst kann ich ihn nicht erkennen. Doch dann, einige Sekunden nachdem wir das dunkle Zimmer betreten haben, dreht er sich um und sein Gesicht wird sichtbar. Unsicher darüber, ob er tatsächlich sein Vater ist, sehe ich zu Marc. Ich habe seinen Vater nur wenige Male gesehen. Doch Marcs Blick sagt alles: Er ist es!

Was ist das für ein Mensch? Was ist das für ein Mensch, der seinem Kind so etwas antut? Ich habe ihn nie wirklich kennengelernt und glaube, Marc wollte das auch nicht. Doch jetzt, genau in diesem Augenblick, stehe ich dem Menschen gegenüber, der ihm so viel Schmerz und Leid zugefügt hat...

Ich blicke zu Marc. Seine Brust bebt, geht auf und ab. Ich höre förmlich seinen Puls, so sehr pumpt sein Herz. Umso näher wir ihm kommen, desto spürbarer ist seine Anspannung.

Marc zögert einen Moment. „Papa?", druckst er mit zittriger Stimme.

Die Augen des Mannes weiten sich.

„Marc", stöhnt er, so, als ob er sich nicht sicher sei, ob er es tatsächlich ist. Er blinzelt und sieht zu mir rüber.

„Ja", antwortet er knapp.

Diesen Mann live wiederzusehen, scheint Marc sichtlich mitzunehmen. Verständlich. Und das nach über 15 Jahren ohne Kontakt. Das muss hart, schwierig und zugleich ein merkwürdiger Moment sein. Schließlich ist er mittlerweile selbst erwachsen und hat sein eigenes Leben. Der Gedanke, dass Marc in diesem Moment seinem Vater gegenübersteht, *dem Mann*, der ihm jahrelang das Leben zur Hölle gemacht hat, wo doch so viele Jahre dazwischenliegen und ihm jetzt nach langer Zeit das erste und vermutlich auch letzte Mal in die Augen sieht, flößt mir etwas Unbehagen, aber zugleich auch Respekt und eine Art von Ehrfurcht ein. Diese Situation ist so ungewöhnlich.

Also ich weiß nicht, wie ich mit dieser Situation umgehen würde, wenn ich an Marcs Stelle wäre. Mal ganz abgesehen davon, ob ich überhaupt hier hingekommen wäre. Ich weiß es nicht. Und wie muss das für seinen Vater sein, wenn er von Herzen bereut, was er getan hat? Jedes Wort kommt zu spät und von welchem Nutzen ist schon eine simple Entschuldigung?

„Danke, dass du gekommen bist!", röchelt er.

Ihm scheint es wirklich nicht gut zu gehen.

„Wer ist das?"

Fragend sieht er zu mir.

„Sebastian. Weißt du nicht mehr? Der Junge, der mich damals vor dir gerettet hat!", antwortet Marc kühl und mit strenger Stimme.

„Ach Sebastian, du bist es!", erwidert er und für einen Moment weiß ich nicht, ob sein Lächeln ernst gemeint ist.

„Ich wollte, dass er mitkommt", stellt Marc fest.

„Marc, ich muss..."

Sein starker Husten unterbricht ihn. Er hört sich nicht gut an. Er hustet weiter, es scheint kein Ende zu nehmen. Unauffällig mustere ich den alten Mann. Sein Gesicht ist leicht gelb und sehr dürr. Seine Wangenknochen sind deutlich zu sehen. Insgesamt macht er einen fast abgemagerten Eindruck, wahrscheinlich aufgrund der Krankheit.

„Was willst du", schießt es plötzlich aus Marc heraus.

„Marc, bitte setz dich."

Ohne ein Wort zu erwidern, setzt er sich. Ich hole mir einen Stuhl und setze mich ebenfalls dazu, obwohl ich mir irgendwie fehl am Platz vorkomme.

„Marc, du musst wissen", fährt er fort, „ich habe nicht mehr lange zu leben."

Marc schaut zu Boden und weicht den tiefen Blicken seines Vaters aus.

„Und jetzt, wo ich dem Tod ins Auge sehen muss, konnte ich nicht einfach loslassen. Ohne dir ein letztes Mal in die Augen gesehen und dir noch einige Worte gesagt zu haben, kann ich nicht in Frieden gehen."

Marc, deutlich gefasster, schaut seinem Vater fassungslos ins Gesicht. Für einen kurzen Moment weiß ich nicht, was er jetzt machen wird.

„Schön, dass du so *nicht gehen* kannst!", erwidert er mit rauer Stimme. „So typisch! Hauptsache dir geht es gut und du hast deinen Frieden! Hast du dabei auch nur einmal an mich gedacht? Nur ein einziges Mal?!"

„Natürlich, ich musste immer an dich denken, ich..."

„Jaja, schon klar! Weißt du, ich hab es so satt! Hast du dir mal Gedanken darüber gemacht, wie *ich* mich all die Jahre gefühlt habe? All die Jahre, in denen du mich wie Dreck behandelt hast?! Doch damit ist jetzt Schluss!"

„Marc, lass mich erklären..."

„Komm hör auf, du bist so erbärmlich!"

Verächtlich sieht er seinen Vater an. Marc verliert zunehmend die Hemmungen, ihm zu sagen, was er denkt, steigert sich immer weiter hinein.

„Du bist so ein egoistischer und verantwortungsloser Mensch! Jahrelang hab ich nichts gesagt, hab dir kopfbeugend deine versifften Bierflaschen hinterhergetragen und alles getan, was der Herr gerade wünschte. Jahrelang hab ich es einfach so über mich ergehen lassen..."

Er wird lauter, spricht immer schneller. Und er wird wütend. Sein hasserfülltes Gesicht wird immer röter, das Blut strömt in seinen Kopf. Seine Lippen beben und sein Herz pumpt das Blut durch die großen sichtbaren Adern.

„Du kannst dir nicht annähernd vorstellen, wie das ist, jahrelang so verachtet und gedemütigt zu werden, nicht geliebt zu werden, allein zu sein!"

„Nach dem Tod deiner Mutter...", versucht er es ein weiteres Mal, „der Alkohol hat mich zu einem schlechten Menschen gemacht! Ich kam mit dem Tod deiner Mutter einfach nicht klar."

„Und ich?! Ich hatte genauso mit Mamas Tod zu kämpfen, aber das war dir ja egal! Ich war 12 Jahre alt, als ich meine eigene Mutter verloren habe! Ich war noch ein Kind – *du nicht!* Du durftest trauern. Und ich? Ich hatte keinen, der sich Zeit für ich genommen hat, bei dem ich mich hätte ausheulen konnte. Keiner, der mich mal in den Arm nahm. Stattdessen lag ich nächtelang wach im Bett, weinend und teilweise sogar ins Kopfkissen schreiend vor Trauer und Wut, während du dir die Kante gegeben und die Wohnung zu einem Schlachtfeld verwandelt hast. Du warst nie für mich da und hast dich stattdessen in irgendwelchen Kneipen und Spielhallen rumgetrieben. Und wenn du dann mal nach Hause kamst, hatte ich oft solch eine Angst, dass ich zitternd unter dem Küchentisch wartete, bis du eingeschlafen warst, damit du mich in deinem Rausch nicht wieder verprügelst, wie es so oft vorkam. Du hattest deinen Alkohol. Aber ich hatte keinen, nichts, weißt du?!"

Er bricht ab. Er schluchzt.

„Ich hatte Angst vor meinem eigenen Vater!"

Stille.

„Mama hätte sich im Grab umgedreht, wenn sie das gewusst hätte. Du hast deine ganzen Aggressionen und deinen Frust an mir rauslassen, an deinem eigenen Kind! Du hast mir mein Selbstvertrauen genommen, ich wurde immer unsicherer. Das haben auch andere gemerkt. Das Resultat: Ich wurde gemobbt! Und du hast nichts gemerkt, geschweige denn mir geholfen. Nicht nur einmal habe ich darüber nachgedacht, wie es wäre, meinem und deinem Leben ein Ende zu setzen, *einfach tot* zu sein! Ja, ich habe überlegt, wie es wäre dich umzubringen, wie befreiend es sein würde. Und einmal hätte ich es fast getan!"

Bilde ich mir das nur ein oder bahnen sich da Tränen ihren Weg durch das Gesicht des Mannes? Währenddessen scheint Marc weiter rauszulassen, was sich all die ganzen Jahre angestaut hat und seinem Vater all das ins Gesicht zu sagen, was ihn so viele Jahre zerfressen hat. Seine gesamte Hülle scheint aufzubrechen und den verletzlichen Kern von Marc zum Vorschein kommen zu lassen.

„In der Schule war ich ein einsamer Einzelkämpfer. Mir wurde nichts geschenkt, ich musste mir alles selbst erkämpfen. Andere kamen aus einem *gutbehüteten Elternhaus,* teils mit viel Geld, bekamen alles in den Arsch geschoben. Und was hatte ich? Einen alkoholkranken Vater, der nicht davor zurückschreckte, sein eigenes Kind zu schlagen! Ich hatte nie jemanden, dem ich von meinem Tag erzählen konnte, der mir Mut zugesprochen hat oder gar stolz auf mich war."

Er wirft einen bösen Blick zu seinem Vater.

„Und heute? Wozu hast du mich bloß gemacht?! Zu einem beinahe gefühlskalten, krankhaft ehrgeizigen und bindungsunfähigen Menschen."

Ich sehe in das tränenüberlaufene Gesicht des Mannes.

„Ich kann mich kaum öffnen und meine Gefühle zeigen. Ständig habe ich das Gefühl, anderen etwas beweisen und mir Liebe verdienen zu müssen. Ich kann keine Frau an mich ranlassen, weil ich zu viel Angst habe enttäuscht zu werden. Selbst bei Sebastian hat es lange gedauert, bis ich ihm wirklich vertrauen konnte."

Er sieht mich an.

„Und selbst das klappt nur begrenzt gut. Er ist ein echter Freund, um ehrlich zu sein, mein einziger. Ich vertraue ihm und weiß, dass er mich nie anlügen würde oder mir Dinge verheimlichen würde. Er sagt, was er denkt und ist ehrlich zu mir!"

Mich durchfährt ein Schub schlechter Gefühle, ich spüre die Schuldgefühle in mir. Ein aufgesetztes Lächeln ist das einzige, was ich rausbringe. Ich fühle mich so schlecht... Ich bin sein einziger Freund – und dann hintergehe ich ihn so?! Beschämt weiche ich seinen Blicken aus. Was bin ich nur für ein Mensch! Ich fühle mich unwohl, versuche aber nichts davon zu zeigen.

„Ich weiß wie schlimm es für dich gewesen sein muss", stellt der Mann mitleidig fest.

„Was weißt du?!", fragt Marc in strengem Ton. „Was weißt du?!", wiederholt er, diesmal jedoch spöttisch.

Der Mann reagiert nicht.

„Es war die reinste Hölle, die schlimmste Zeit meines Lebens! Doch das hat jetzt ein Ende! Trotz allem habe ich mein Leben auf die Reihe bekommen. Das alles habe ich ohne dich geschafft! Ich brauch dich nicht! Eigentlich hatte ich schon längst mit dir abgeschlossen – und dann kommst du und meinst, du müsstest mir sagen wie du „deinen Frieden" kriegst?! Jahrelang meldest du dich nicht, jahrelang kommt nichts, kein Wort der Entschuldigung, nichts! Und dann, wo du dem Tod ins Auge sehen musst, dringst du wieder in mein Leben ein!"

„Nein, Marc! Mein schlechtes Gewissen plagt mich Tag für Tag. Diese Schuldgefühle – sie sind unerträglich. Ich weiß nicht, wie ich das wiedergutmachen soll."

„Da gibt es nichts wiedergutzumachen... Du widerst mich einfach nur an!"

„Tausend Worte können nicht annähernd das heilen, was ich zerstört habe, aber...", er stockt kurz. „Vielleicht kannst du mir irgendwann verzeihen. Und wenn nicht, kann ich es verstehen. Ich weiß nicht, ob ich es könnte. Doch ich musste dich einfach noch ein letztes Mal sehen. All die Jahre habe ich akzeptiert, dass du keinen Kontakt zu mir wolltest. Aber ich musste immer an dich denken. Und jetzt, wo ich sterben muss, wollte ich dich zumindest noch ein letztes Mal sehen. Ich wollte so nicht gehen..."

„Kommt erst jetzt das schlechte Gewissen?! Oder hast du etwa Angst, du wirst für immer in der Hölle schmoren?!"

„Nein, Marc..."

„Ach, hör auf."

„Wenn du mich hasst, kann ich das verstehen."

„Ja, das tue ich! Schau dich an, du elendes Stück! Du hast deine Rechnung bekommen... Ich habe mir immer gewünscht, dass du irgendwann an deinem stinkenden Gesöff zugrunde gehst!"

Das war hart. Nach kurzer Stille bricht Marc in Tränen aus. Ich drücke seine Hand. Sie ist kalt. Eiskalt.

„Das...", Marc zögert, „das wollte ich nicht..."

„Schon gut."

Langsam nähert sich Marc seinem Vater. Ein kurzer Blick zu mir, dann nimmt er seinen Vater in den Arm. Das ist zu viel. Ich stehe auf und laufe zur Tür. Ich will nur noch raus, weg von hier. Wortlos gehe ich aus dem Zimmer, lasse Marc und seinen Vater allein. Ein letztes Mal drehe ich mich um. Es ist ein schreckliches Bild! Zu sehr erinnert es mich an David und die letzten Momente mit ihm, die wir in genau so einem Zimmer hatten. Doch im Gegensatz zu Marc hatte ich nicht die Möglichkeit, mich von ihm zu verabschieden.

Ich setze mich auf einen Stuhl vor dem Zimmer. Diese Flure, die Zimmer – alles ist genauso wie damals. Es ist, als ob ich in die Vergangenheit zurückkreise. Es tut weh. Und doch versuche ich nichts davon nach außen zu lassen und die professionelle Person zu sein, die ich im Beruf zu sein habe. Doch in Wirklichkeit ist es ein Kampf in mir, ein Kampf gegen die Vergangenheit. Ein Kampf, den man nicht gewinnen kann. Manchmal wache ich morgens auf und weiß nicht, wie ich den Tag überstehen soll – in dem Wissen, dass ein Teil von mir längst tot ist.

Nach einiger Zeit öffnet sich die Tür und ein aufgelöster Marc tritt aus dem Zimmer. Fragend sehe ich ihn an, worauf er mit einem traurigen Nicken reagiert...

Unter Tränen schildert mir Marc, wie die letzten Minuten mit seinem Vater verlaufen seien, bevor er ihm ein letztes Mal in die Augen sah.

„'Eins musst du mir glauben: Ich habe dich immer geliebt!' Das waren seine letzten Worte! Und dann hat er einfach die Augen geschlossen."

Kapitel 47

Konzentriert und doch noch etwas mitgenommen vom gestrigen Tag versuche ich mir nichts anmerken zu lassen, als ich im Gericht ankomme. Heute geht es im Fall Martin weiter. Nachdem einer der insgesamt vier geladenen Polizeibeamten berichtete, wie er die Situation in der Lagerhalle erlebt habe, spricht Herr Eggers einen bisher noch nicht thematisierten Punkt an.

„Dann schlagen Sie morgen bitte weitere Zeugen vor", erwidere ich auf den Vorschlag des Verteidigers, sich noch genauer mit der Vergangenheit und den Umständen der Angeklagten zu befassen. „Wenn Sie meinen, das trägt zur Wahrheitsfindung bei..."

„Ja, ich denke, das ist tatsächlich wichtig. Die Angeklagte wurde in ihrer Schulzeit jahrelang gemobbt und aufs Übelste drangsaliert. Ich habe die Vermutung, das Mobbing könnte in diesem Zusammenhang relevant sein..."

Genervt setze ich mich an den großen Schreibtisch. Was hat dieser Mann nur für Probleme?! Mobbing hin oder her – aber was hat das mit dem aktuellen Fall hier zu tun?! Kopfschüttelnd schlage ich die Akte auf und sehe sie nochmals durch. Der Anwalt, Herr Eggers, will – so hab ich den Eindruck – nur vom eigentlichen Geschehen ablenken. Vielleicht will er den alten Fall aufrollen, um Mitleid zu erzeugen und die Angeklagte in einem besseren Licht dastehen zu lassen. Hier geht es doch um was ganz Anderes! Naja, was will man machen. Wenn er meint, es könnte wichtig sein, dann gucken wir uns das eben an.

Kurz sehe ich auf das Display meines Smartphones, auf dem gerade eine Nachricht aufpoppt. Sie ist von Marc.

Hallo Basti,

Ich wollte mich nochmal bei dir für alles bedanken! Natürlich war das alles sehr aufwühlend für mich. Aber es tat wirklich gut, das alles anzusprechen, was mich schon so lange beschäftigt hat.

Bin echt froh, dich zu haben!

Ein Lächeln macht sich in meinem Gesicht breit. Doch dann wird mir eines bewusst: Ich kann Tom nicht länger herhalten. Kurzentschlossen tippe ich eine kurze Nachricht. Einige Augenblicke vergehen, plötzlich klingelt mein Handy. Es ist Tom!

„Ja?"

„Du hast es ihm also wirklich gesagt?"

Einen kurzen Moment zögere ich.

„Ja, hab ich."

„Ich glaube dir", antwortet er nach einigen Sekunden völliger Stille. „Basti, ich bin wirklich stolz auf dich!"

Beschämt beiße ich mir auf die Unterlippe, ohnmächtig, irgendetwas zu sagen.

„Basti? Ich möchte, dass wir eine Art Schlussstrich ziehen. Ich will, dass du weißt, dass ich immer für dich da bin und froh bin dich als Freund zu haben."

„Das ist lieb von dir", erwidere ich.

„Tut mir leid, dass ich mich so zurückgezogen habe. Dafür hast du noch einen gut bei mir", ergänzt er gut gelaunt.

„Ich werd' drauf zurückkommen", antworte ich mit vorgespieltem Lachen und eigentlich nicht wirklich in Stimmung. Wenigstens hab ich von dieser Seite nun erstmal etwas Ruhe...

Um an mehr Informationen hinsichtlich der damaligen Tat der Angeklagten zu gelangen, lese ich mir erneut das entsprechende Urteil durch, in dem die Richter sie zu neuneinhalb Jahren Haft verurteilt hatten. Einige Stellen sind nicht sonderlich wichtig, doch dann finde ich eine scheinbar aufschlussreiche Passage:

Nach Überzeugung des Gerichts wollte sich die Angeklagte durch die Tötung an Simone Peters an dieser für die jahrelangen Schikanen rächen, welchen sie in ihrer Schulzeit ausgeliefert gewesen war. Nach Angaben der Zeugen habe die Getötete mit weiteren Schülerinnen der Angeklagten das Leben schwergemacht und sie drangsaliert.

Interessiert überfliege ich das restliche Urteil in der Hoffnung, konkrete Namen zu finden. Fehlanzeige. Keine Namen. Doch dann stoße ich auf den Satz, der alles verändern sollte:

Die Angeklagte besuchte zuletzt das Goethe-Gymnasium in Düsseldorf, auf dem sie auch ihr Abitur absolvierte, da sie nach den jahrelangen Schikanen die Schule wechselte. Zuvor besuchte sie, ebenfalls in Düsseldorf, das Luisengym...

Ich verstumme. Das kann nicht sein... Schockiert lese ich den Namen erneut: Luisengymnasium. Tatsächlich! Irritiert blättere ich zurück, wieder vor. Das gibt's doch nicht! Etwas verunsichert gehe ich auf die Website der Schule und suche nach weiteren Infos. Zu meinem Erstaunen finde ich wirklich etwas: Eine Auflistung mit allen Jahrgängen, Namen und den dazugehörenden Bildern. Tatsächlich: Auf einem der Bilder erkenne ich sie: Meine Mutter!

Fassungslos sehe ich auf den Bildschirm meines Laptops, bevor ich schließlich aufstehe, an mein Bürofenster gehe und auf die viel befahrene Straße vor dem Gerichtsgebäude starre.

Es ist das Bild, auf dem auch die Angeklagte zu sehen ist. Ist das Zufall? Ist es wirklich Zufall, dass meine Mutter auf der gleichen Schule, ja sogar in der gleichen Klasse war wie die Angeklagte aus unserem Fall?! Unentschlossen darüber, was ich denken soll, werfe ich einen letzten kritischen Blick in die Akte und auf das Bild, bevor ich mit zittrigen Händen mein Smartphone aus der Hosentasche ziehe. Ich schließe die Augen und atme tief ein, bevor ich die Nummer meiner Mutter wähle und anrufe. Vergeblich versuche ich, einen klaren Gedanken zu fassen.

„Klein?"

„Mama?"

„Hey Sebastian, Schatz, was gibt's?"

„Ich muss mit dir reden... Du warst mit Béatrice Martin in einer Klasse?!"

Keine Antwort.

„Mama?"

„Kannst du vorbeikommen? Ich erklär dir das, aber nicht am Telefon, okay?"

„Ehm, ja", stocke ich, „bin gleich da."

„Bis gleich."

Ohne ein Wort zu erwidern, lege ich auf. Verunsichert schaue ich aus dem Fenster. Was hat das alles zu bedeuten?! Ohne irgendeine Ahnung zu haben, was ich denken soll, packe ich meine Sachen zusammen.

„Ach, Herr Klein!", kommt mir Madame Bijou entgegen, „gut, dass ich sie gerade sehe, ich hab hier noch den Beschluss zum Verfahren Marie König."

„Tut mir leid, ich kann jetzt nicht", unterbreche ich sie.

„Aber das ist dringend, Herr Klein. Ich muss..."

„Nein, jetzt nicht!“, fauche ich sie an. Im gleichen Moment realisiere ich, was ich da gerade getan habe. Erschrocken weicht sie zurück.

„Tut mir leid, Madame Bijou, aber ich muss ganz dringend weg. Ich erklär Ihnen das später!“

Rasch packe ich meine Sachen zusammen und ziehe meine Jacke an. Doch als ich kurze Zeit später den Aufzug verlasse, sehe ich ihn direkt in meine Richtung kommen! Tom! Erschrocken greife ich mit meiner Hand in die Hosentasche, tue so, als würde ich nach etwas suchen. Kurz treffen sich unsere Blicke, dann wendet er seinen Blick von mir ab, während er direkt an mir vorbeiläuft. Peinlich berührt über diese unangenehme Begegnung im Gerichtsgebäude, laufe ich Richtung Ausgang.

„Schön, dass du gekommen bist. Komm rein.“
Wortlos betrete ich die Wohnung und setze mich auf die Couch im Wohnzimmer.

„Was zu trinken?“
Stumm schüttle ich den Kopf.

„Also?“, beginne ich zögerlich. „Stimmt es, dass ihr beide auf derselben Schule ward?“

„Ja, es stimmt“, seufzt sie. „Wir waren in derselben Klasse.“

„Weißt du, dass momentan der Prozess gegen sie wegen Mordes läuft? Der Fall ist überall in den Zeitungen. *Ich* leite den Fall, Mama! Ich! Und jetzt sag mir bitte: Was hast du mit ihr zu tun?! Hast du irgendwas mit der Sache von damals zu tun? Mit dem Mobbing, dem Mord...“

„Ja. Bei dem Mobbing, da hab ich mitgemacht.“

„Und der Mord?!“, schießt es aus mir heraus.

„Nein, damit hab ich nichts zu tun. Also nicht wirklich...“
Mit verwirrtem Blick starre ich sie eindringlich an.

„Und was heißt das?!"

„Nun ja", sie räuspert sich. „Damals, wir waren drei: Simone, Beate und ich."

„*Die* Simone?!"

„Ja! Wir drei waren diejenigen, die Béatrice gemobbt haben. Und als sie dann nach der neunten Klasse die Schule wechselte, war eigentlich alles vorbei. Jedenfalls für uns. Ich hab mir weiter keine Gedanken darüber gemacht, für mich war das Thema abgeschlossen. Doch dann...", sie holt tief Luft, „als Béatrice mich einige Jahre später zufällig in der Stadt traf – sie ist völlig ausgerastet! Sie fing an, mich zu beschimpfen, es schien, als würde ihr alles von damals wieder hochkommen. Ich habe versucht mit ihr zu reden, mich zu entschuldigen. Doch sie wollte davon nichts hören. Sie warf mir an den Kopf, wir hätten ihr Leben zerstört und alles kaputt gemacht. *Ihr werdet dafür noch büßen!* sagte sie immer wieder."

Sie stockt.

„Dieser Vorfall hat mich sehr mitgenommen. Ich konnte und wollte nicht glauben, dass ich jemandem so weh getan und ihr Leben zerstört habe, wie sie sagte. Das war einige Monate vor dem Klassentreffen. Zum eigentlichen Klassentreffen bin ich gar nicht gegangen."

„Du tauchst auch in keiner der alten Akten auf", unterbreche ich sie.

„Ja, genau. Bei dem berüchtigten Klassentreffen war ich nicht dabei. Beate, Simone und ich haben lange über diesen Vorfall geredet. Sie wollten, dass ich trotzdem zum Klassentreffen mitkomme – doch das konnte ich nicht. Ich wollte mit allem nur noch abschließen, das alles vergessen. Mich plagten so viele Schuldgefühle... Und ich wollte auch nicht, dass Beate und Simone dorthin gehen. Aber die beiden konnten das nicht verstehen. Sie meinten, es würde schon nicht so schlimm sein und Béatrice habe sich mittlerweile

sicher beruhigt. Doch dem war nicht so. Für meine Bedenken hatten sie nur wenig Verständnis und so gingen sie
schließlich zum Klassentreffen. Ein großer Fehler..."

Sie nimmt einen Schluck Wasser.

„Wie mir später Beate berichtete, habe Béatrice auch
ihnen Vorwürfe gemacht und Rache geschworen. Beate
und Simone seien im Laufe des Abends auf die Terrasse
der Location gegangen, wo sie einige Zeit verbrachten.
Beate sei dann jedoch irgendwann reingegangen, Simone
blieb alleine draußen. Béatrice muss sich rausgeschlichen
und ihr aufgelauert haben! Vielleicht hatten sie noch einen
Streit, vielleicht hat Béatrice sie aber auch ohne Vorwar-
nung arg- und wehrlos von der Terrasse im 3. Stock
gestoßen... Als ich davon erfuhr – ich war fassungslos!"

Sie stockt einen Moment, verharrt für einen Augenblick,
nimmt ihre zu Fäusten geballten Hände an den Mund.

„Béatrice...", beginnt sie zögerlich, „sie hat sie einfach
umgebracht!"

Trotz ihrer roten Augen versucht sich meine Mutter zu
konzentrieren und sich nicht von ihren Gefühlen lähmen
zu lassen.

„Wir hatten doch keine Ahnung, dass wir sie so verletzt
haben, dass wir ihr Leben wirklich zerstört haben! Wir waren doch noch Kinder..."

Zwischen Fassungslosigkeit und Trauer schwankend,
schaue ich in das aufgelöste Gesicht meiner Mutter.

„Ich hab noch versucht Beate und Simone davon zu
überzeugen nicht zum Klassentreffen zu gehen. Doch sie
waren nicht davon abzubringen. Ich hatte schon so ein ungutes Gefühl... Sebastian, hätte ich sie aufgehalten dahin zu
gehen, würde Simone noch leben!"

„Ach, quatsch", versuche ich sie zu beruhigen, selbst
noch geschockt darüber, was sie mir da gerade erzählt. „Du

hast doch dein Möglichstes getan. Und außerdem konnte doch keiner damit rechnen, dass sie so etwas tut!"

„Trotzdem."

„Aber wie kommt es dann, dass diese Béatrice die Tat bis heute abstreitet? Das macht überhaupt keinen Sinn... Nachdem sie verurteilt wurde, muss ihr doch klar gewesen sein, dass sie aus dieser Sache nicht mehr rauskommt. Sie hatte doch gar keinen Grund, die Tat weiter zu leugnen! Es sei denn, sie war es überhaupt nicht..."

Ungläubig sieht meine Mutter mich an.

„Für mich ist die Sache klar. Und ich werde mir das nie verzeihen... Ich hätte es verhindern müssen!"

Ich nehme sie in den Arm. Fest klammert sie sich an meine Schultern. Ihr Schluchzen klingt bitterlich.

„Und seitdem", beginnt sie erneut, „seitdem plagen mich diese Schuldgefühle. Seitdem habe ich diese Depressionen..."

„Deswegen also... Ich kann mich erinnern, kurz nachdem ich damals ausgezogen war, hat Vanessa viel davon erzählt, wie schlecht es dir ging und dass du oft geweint hast."

„Mir wuchs alles über den Kopf und ich wusste nicht, was ich tun sollte. Ich weiß, ich hätte dir was sagen sollen. Aber ich konnte es einfach nicht und wollte dich damit auch nicht belasten."

„Alles gut", versuche ich sie mit leiser Stimme zumindest ein wenig zu beruhigen.

Noch immer liegen wir uns in den Armen, während sie schwer atmet.

„Sebastian, wäre ich zum Klassentreffen gegangen – vielleicht wäre ich jetzt auch tot!"

Kapitel 48

Betrübt sehe ich zu Boden.

„Du weißt aber schon, was das jetzt für mich bedeutet?"

Leicht schüttelt sie den Kopf.

„Ich muss das melden. Ich bin dazu verpflichtet..."

„Aber", fährt sie erschrocken auf, „aber du bist doch mein Sohn! Sebastian, tu das nicht!"

„Wenn es nur das wäre, was du mir gesagt hast..."

„Wie?"

„Du weißt schon, dass *ich* der Vorsitzende Richter in ihrem Fall bin?! Ich gelte jetzt als „befangen" und darf *allein deswegen* den Fall gar nicht mehr behandeln. Ich muss das melden!"

„Die Sache von damals ist zig Jahre her. Das hat doch überhaupt nichts mit dem jetzigen Fall zu tun, das ändert doch nichts."

„Das ändert nichts?! Das ändert alles, Mama! Auch, wenn es jetzt um etwas anderes geht: Meine Mutter ist in der ganzen Geschichte mit verstrickt – da kann ich vom Gesetz her nicht mehr objektiv und neutral urteilen."

„Bitte tu das nicht, Sebastian!"

„Warum hast du jetzt eigentlich so ein Problem damit, dass ich das melden will? Ich dachte, du siehst dich sowieso als die Schuldige?!"

„Ja schon, aber nach so langer Zeit beginne ich das Geschehene endlich zu verarbeiten. Ich will das alles nur noch vergessen, dieses dunkle Stück aus meinem Leben streichen. Lass die Vergangenheit ruhen, bitte! Du wühlst alles wieder auf, reißt alte Wunden auf. Mach das nicht!", fleht sie mich an. „Ich bin doch deine Mutter!"

„Aber..."

„Und außerdem", fährt sie fort, „denk doch mal an deine Karriere! Wie sieht das denn aus, wenn du sowas meldest?!

Du verlierst deine ganze Autorität, man hat keinen Respekt mehr vor dir! Du hast so lange dafür gekämpft und hart dafür gearbeitet. Und jetzt willst du alles einfach so wegschmeißen?!"

„*Wollen* tu ich das ganz bestimmt nicht!"

„Dann tu es auch nicht!"

„Mama, ich glaube es ist besser, wenn ich jetzt gehe."

„Sebastian..."

„Lass mich, bitte. Ich brauch jetzt etwas Zeit für mich."

Ich stehe auf, laufe zur Tür. Sie begleitet mich noch einige Meter, bevor ich wortlos in der Dunkelheit verschwinde.

Zuhause angekommen ist mein erster Weg der zur Flasche und dann mein Bett. Ohne mich umzuziehen, krieche ich unter die Bettdecke, die mir so vertraut und lieb ist. Etwas ungläubig über das, was heute passiert ist, schaue ich aus dem Fenster in die Dunkelheit. Ich kann es nicht glauben: Meine Mutter, die immer ein herzensguter Mensch war, ehrlich, freundlich, einfühlsam – dass sie zu so etwas im Stande ist, hätte ich nicht gedacht. Und was jetzt?! Als befangener Richter müsste ich den Fall jetzt eigentlich abgeben...

Ich bin hin und her gerissen, die Situation überfordert mich. Ich weiß ja, dass es das Falsche ist, die Sache nicht zu melden. Eigentlich bin ich ein ehrlicher Mensch und hasse Lügen und Menschen, die die Unwahrheit sagen – das erlebe zu Genüge in meinem Beruf. Aber was habe ich für eine Wahl? Melde ich das, wirft das ein schlechtes Licht auf meine Mutter und so vielleicht auch auf mich. Vielleicht hat Mama recht und das würde *den Respekt vor mir* nehmen. Vielleicht ist es besser, die Sache ruhen zu lassen und so auch mein Ansehen nicht zu verlieren.

Die Flasche ist noch voll, doch das bleibt nicht lange so. Ich ringe mit mir, führe einen regelrechten Kampf in mir. Doch es nützt nichts. Ich schaffe es nicht, mich zu beherrschen, ja, für mich ist es ein Kampf gegen die unbeherrschbare mächtige Sucht, gegen eine schier unaufhaltbare Armee. Mit abgewandtem Blick setze ich die Flasche an und kippe mir nach und nach das brennende Zeug in den Magen. Es ist, als würde ich machtlos meinen ungezügelten Trieben Raum geben. Die Kehle brennt, es tut so gut...

Um mich von meinen Schuldgefühlen abzulenken, schalte ich das Radio ein. Falsche Entscheidung. Es läuft ein Song von Adel Tawil[6]. Als ich den Refrain höre, ist es um mich getan:

„Ich halt dich fest, solang ich kann, aber keiner hält die Zeiger an. Denn man ist niemals bereit. Ich will, dass das für immer bleibt. Ich will, dass du für immer bleibst. Doch dieser Moment ist wie'n Kartenhaus. Und die Zeit zieht ihre Karten raus. Ich schau ihnen zu wie sie zu Boden fallen..."

Ich kralle mich in mein Kopfkissen. Einmal mehr wird mir schmerzlich bewusst, wie leer und einsam ich mich doch fühle. Während die Musik im Hintergrund weiter läuft, drücke ich meinen Kopf in das Kissen und weine mich in den Schlaf.

---

[6] „Kartenhaus" von Adel Tawil, *Lieder*, 2013

Kapitel 49

Das laute Piepen unterbricht ruckartig meinen Schlaf. Langsam öffne ich die Augen und schalte noch im Halbschlaf den Wecker aus. Irgendwas ist komisch: Ich spüre harten, rauen Stoff am Körper. Erschrocken sehe ich an mir herunter und erblicke die Jeans und das zerknitterte T-Shirt. Müde richte ich mich auf, will aufstehen, doch da bemerke ich noch etwas: Die leere Wodkaflasche neben mir im Bett. Enttäuscht und zugleich wütend stehe ich auf und steige eilig in die Dusche.

Frisch geduscht, frisiert und mit etwas zu viel Parfüm verlasse ich das Bad und setze mich an den Küchentisch. Die große Uhr über der Küchentür zeigt mir, dass ich noch einen Augenblick Zeit habe. Einen Moment lasse ich meinen Blick schweifen, bis dieser auf die Sektflasche in der Ecke der Küchenzeile fällt. Wider jeglicher Logik hole ich sie mir auf den Tisch. Und wie befürchtet kann ich mich trotz des Ringens mit meiner Sucht ein weiteres Mal nicht beherrschen. Sie ist einfach zu tief in mir drin, zu stark in mir verwurzelt. Und zudem brauche ich etwas zur Beruhigung, etwas, das mich runterkommen und nicht so angespannt sein lässt. Der Prozess, die Sache mit Tom und meiner Mutter, meine Befangenheit, diese Einsamkeit – es sind zu viele Sachen, die auf einmal zusammenkommen und dieses Chaos in meinem Kopf machen.

Erst sind es nur ein, zwei Schlucke, aber dann muss doch der ganze Sekt dran glauben. Wie ein Wahnsinniger kippe ich ihn mir rein, als wäre es Wasser. Was mache ich hier nur? Heute geht der Martin-Prozess weiter, den ich leiten muss – und *ich* kippe mir wie ein Irrer Alkohol rein?!

Für einen kurzen Augenblick denke ich darüber nach, was ich wieder getan habe, doch für Schuldgefühle und Beteuerungen, es nicht gewollt zu haben und nie wieder zu tun, ist es nun zu spät. Wie gewöhnlich drücke ich das Gefühl weg. Augen zu und durch. Nochmal „krank machen" geht jedenfalls nicht. Eilig stelle ich die leere Flasche zu den Restlichen in der Küche und gehe nochmals ins Bad. Nachdem ich mich fertiggemacht habe, mir zwei Kaugummis eingeworfen und meine Sachen gepackt habe, mache ich mich auf den Weg zur Bushaltestelle. Dass ich mir gerade eine Flasche Sekt reingezogen habe, blende ich völlig aus. Muss ich auch, ich glaube, kein normaler Mensch kann sich das nüchtern vorstellen: Ein betrunkener Richter, der einen der aktuell größten Strafprozesse leitet.

Ich zwinge mich, nicht weiter darüber nachzudenken. Doch entgegen meiner Erwartung bleibt der erhoffte Effekt aus: Ich werde nicht ruhiger. Im Gegenteil! Stattdessen kann ich keinen klaren Gedanken mehr fassen, bin nervös und blockiert. Hastig überlege ich, wie ich schnellstmöglich wieder „normal" werden kann und so beschließe ich noch kurz an der Apotheke vorbeizugehen und mir etwas zur Beruhigung zu holen. Anders stehe ich diesen Tag nicht durch! Nicht, dass der Fall schon an sich anstrengend und nervenaufreibend ist, nein – heute werde ich angetrunken, befangen und mit schlechtem Gewissen den Prozess leiten und mir nichts anmerken lassen dürfen.

Ich kann nicht mehr. Ich verspüre ein Gefühl der totalen Überforderung, das Gefühl, dass mein gesamtes Leben am seidenen Faden hängt, dass alles ganz schnell in Schutt und Asche liegen könnte, wenn ich jetzt nicht aufpasse.

Die U-Bahn ist voll – wie immer. Unsicher blicke ich in die Gesichter der müden, gestressten und genervten Leute. Ich fühle mich so allein, so hilflos. Keiner blickt nach rechts oder links, alle sind nur mit sich beschäftigt. Und mit ihren Smartphones.

Die Sache mit meiner Mutter werde ich erst einmal nicht melden. Ich kann es ja immer noch sagen... Vielleicht wird das überhaupt nicht mehr wichtig im Prozess und ich mache mir viel zu viel Gedanken. Und selbst, wenn das rauskommen sollte: Was kann man mir schon vorwerfen? Es weiß ja keiner, dass ich es wusste. Aber ein mulmiges Gefühl habe ich trotzdem. Hoffentlich fliegt das nicht auf...

08.27 Uhr. Die Tabletten scheinen nicht so recht zu helfen, zumindest spüre ich immer noch diese Nervosität in mir. Ich habe ein komisches Gefühl im Bauch, mein Herz scheint doppelt so schnell wie normal zu schlagen. Unsicher und anders als sonst passiere ich die Kontrollschleuse, an der ich wie immer vorbeigehen kann. Doch als ich vor den vielen Treppen im Gerichtsgebäude stehe, wird mir klar, dass heute alles anders ist. Zum ersten Mal *bin ich wirklich da*, realisiere den Moment und nehme die Menschen um mich herum wahr. Mich umschlingt ein Gefühl der Unsicherheit. Es ist anders als sonst. Ich passiere nicht selbstsicher den Eingang und schaue nicht stolz auf die vielen prachtvollen Treppen des Hauses, sondern blicke vielmehr mit Unterwürfigkeit und Ehrfurcht durch dieses riesige Gebäude, das mir ein wenig Angst macht. Ist das hier echt? Arbeite ich wirklich als Richter?

Ungläubig blicke ich durch den langen Flur des Gebäudes. Am liebsten würde ich wieder zurück nach Hause, in mein Bett unter die warme Decke. Doch das geht nicht. Erschrocken fällt mein Blick auf Steffi, die geradewegs auf mich zukommt.

„Guten Morgen, Basti!", begrüßt sie mich freudestrahlend und gutgelaunt.

„Morgen", entgegne ich matt.

„Was ist denn mit dir los?"

„Nichts", antworte ich schnell, „was soll sein?"

„Du siehst irgendwie nicht so gut aus. Blass bist du auch."

„Ich glaub, ich brauch einfach einen Kaffee", antworte ich ihr schließlich, mit etwas mehr Selbstbewusstsein. „War 'ne kurze Nacht. Der Fall, du weißt...", rette ich mich.

„Du Armer... Ach, das packst du schon. Wenn nicht du, wer dann?!", lacht sie und klopft mir auf die Schulter, „ich muss weiter, viel Erfolg dir!"

„Danke", antworte ich und mache mich dann auf den Weg zum Aufzug. Ich steige ein und schau mich im Spiegel einige Zeit an. Ich seh, naja, wie soll man sagen, ich sehe bescheiden aus: Dunkle Augenringe, blasses Gesicht. Nachdenklich sehe ich durch den Spiegel an mir herunter. *Wenn nicht du, wer dann?!* Hat sie das gerade wirklich ernst gemeint? Aber ich fühle mich doch gar nicht so mächtig, hab Probleme, die mir keiner ansieht, lüge Menschen an – selbst Menschen, die mir doch so viel bedeuten und die ich nicht verlieren möchte. Und trotzdem tu ich es, bin ein trauriges Häufchen Elend, das mit der Zeit die andere Seite in sich zu verbergen gelernt hat. Durch eine schier perfekte Fassade...

Oben angekommen, mache ich mich erst einmal auf den Weg in die Teeküche. Dort angekommen, träume ich etwas vor mich hin, während ich vergeblich versuche, mir einen Kaffee zu machen.

„Ach hier sind Sie, Herr Klein", höre ich plötzlich eine Stimme hinter mir. Es ist Madame Bijou.

„Morgen", bringe ich knapp heraus.

„Sie wissen aber schon, wie spät es ist?! Also Frau Fischer und Herr Schürmann sind schon unten."

Erschrocken sehe ich auf die Uhr: *09.17 Uhr.* Mist... Die Sitzung im Martin-Prozess hätte vor zwei Minuten anfangen müssen! Und das nach der Verschlaf-Aktion von letztem Dienstag. Sieht ja ganz toll aus. Wenn das so weiter geht, kann ich meine sieben Sachen packen und gehen. In meinem Kopf herrscht so ein Chaos!

Ein knappes „Daanke, Sie sind so ein Engel!" krieg ich nach vielem Fluchen schließlich doch noch raus.

„Viel Erfolg!"

„Danke!"

Sodann stürme ich in mein Büro, suche die Akte. Nach einigen erneuten Fluchattacken und mit etwas Glück sehe ich sie dann doch – unter dem üblichen Krimskrams auf dem Schreibtisch. Der Versuchung erliegend, reiße ich den Aktenschrank neben meinem Schreibtisch auf und hole eilig die Flasche aus dem Versteck, nehme zwei kräftige Schlucke und lasse die Flasche genauso schnell wieder verschwinden, wie ich sie hervorgeholt habe.

Bevor ich aber bereit bin, meine übliche Maske aufzusetzen und einmal mehr so zu tun, als wäre alles in bester Ordnung, werfe ich mir noch zwei Tabletten ein. Eigentlich war ich immer ein starker Gegner, wenn es um sowas ging, doch ich kann nicht mehr! Ich darf jetzt echt nicht schlappmachen – egal wie groß die Augenringe sind und wie tief die Kraftlosigkeit in mir sitzt. Wie ein Verrückter stürme ich aus dem Büro, durchs Treppenhaus, durch den nicht mehr ganz so vollen Flur bis zum Hinterzimmer des Saals. Von Pein umschlungen betrete ich das Hinterzimmer, in dem schon alle auf mich warten.

„Morgen", begrüße ich sie.

„Wo bleibst du denn?", fragt mich Sabine, während sie mich sauer anschaut.

„Erklär ich dir später, okay?"

Sag doch was, Basti. Irgendetwas. Doch es geht nicht. Ich kriege keine Entschuldigung oder was Ähnliches raus. Stumm suche ich alle Unterlagen zusammen, versuche die anderen möglichst nicht ansehen zu müssen. Doch dann unterbreche ich diese unangenehme Situation, indem ich ein knappes und nicht sehr freundliches „Wir können" rausbringe. Wenn Blicke töten könnten, wäre ich spätestens jetzt gestorben...

Die Sitzung beginnt, ich rattere wie üblich und hochkonzentriert alle Formalia runter und nach kurzer Zeit bin ich tatsächlich wieder ganz im Prozessgeschehen und blende alles andere völlig aus. Der Prozess scheint die einzige Möglichkeit zu sein mich von allem anderen abzulenken. Trotz meines schlechten Gewissens leite ich die Sitzung wie jede andere auch, so ist zumindest mein Gefühl. Im mich selbst Betrügen und mit Fassaden kenne ich mich ja mittlerweile aus.

Heute haben wir die restlichen drei Polizeibeamten zu vernehmen, die den Tod der Geschädigten Cleo Brandt verhindert haben und die Situation in der Lagerhalle beschreiben sollen. Doch während einer der Polizeibeamten detailliert beschreibt, was geschehen ist, merke ich: Irgendwas ist komisch. Ich scheine zwar voll dabei zu sein, aber irgendwie auch nicht. Es ist, als hätte ich zwei Welten in mir, zwei Menschen. Einen, der hochkonzentriert bei der Sache ist, professionell und genau den Prozess leitet. Und auf der anderen Seite einen, der im Kopf wo ganz anders ist, dem es schlecht geht, der nicht weiß, wie es weitergehen soll, für den das Leben keinen richtigen Sinn mehr macht. Ich funktioniere nur, arbeite und blende alles andere aus.

Zu meiner Verwunderung – positiver Art – kündigt der Anwalt der Angeklagten heute keine neuen Zeugen bezüglich des Motivs der Angeklagten an. Stattdessen stellt er fest, dass er sich noch nicht sicher sei, inwieweit er die Sache von damals noch thematisieren wolle. Also das mit dem Mobbing. Was für ein Glück! Hoffentlich bleibt mir das erspart...

12.27 Uhr. Die ersten beiden Polizisten sind vernommen, alles hat geklappt. Pause. Endlich! Ich packe meine Sachen zusammen, in Gedanken schon längst ganz weit weg. Heute geh ich nicht mit den anderen essen. Kein Appetit – absolut nicht. Stattdessen will ich nur noch meine Ruhe, endlich die Tür hinter mir zu machen und nichts sehen und hören. Obwohl ich den Tag bisher erstaunlich gut überstanden habe, spüre ich die Kraftlosigkeit in mir. Diese Lügen, diese Fassade – ich kann nicht mehr... Doch bevor ich mich unbemerkt aus dem Hinterzimmer schleichen und in den Aufzug flüchten kann, fängt mich Sabine ab.

„Sebastian?"

„Ja?"

„Können wir eben reden?"

„Also ich...", versuche ich auszuweichen, „ich wollte eigentlich ins Bü..."

„Nein, wir reden jetzt, Sebastian!", unterbricht sie mich wütend. „Raus?"

Ich nicke.

Kapitel 50

„Kann es sein, dass du was getrunken hast?!" Sabine schaut mich sauer und zugleich enttäuscht an.

„Wi.. Wie kommst du drauf?", entgegne ich ertappt.

„Denkst du ich bin blöd?! Kaugummi hilft eben auch nur begrenzt."

„Mhh", stöhne ich, „ja, du hast Recht."

„Was fällt dir ein?!", fährt sie mich plötzlich an.

Ohne eine Antwort zu geben, sehe ich zu Boden.

„Morgens früh Alkohol vor einer Sitzung?! Spinnst du?!" Sauer geht sie einige Schritte umher.

Plötzlich taucht ein paar Meter von uns entfernt der An-walt der Angeklagten, Herr Eggers, mit einigen seiner Anwaltsfreunde auf, wie es scheint. Mit hochnäsigem Blick mustert er Sabine und mich, zündet sich eine Zigarette an und nimmt einen kräftigen Zug. Ohne ihn eines Blickes zu würdigen fährt sie, etwas leiser, fort.

„Dir ist aber schon klar, wie viel Verantwortung du hier trägst?!"

„Ja", stammle ich, immer noch mit Blick zum Boden.

„Wenn das rauskommt... Du bist geliefert! *Wir* sind ge-liefert! Sebastian, du machst uns komplett lächerlich! Das wirft so ein schlechtes Licht auf uns. Auf uns alle! Hast du auch mal daran gedacht?! Ich seh' schon die nächste Schlag-zeile:

BETRUNKENER RICHTER LEITET MORDVERFAHREN – JUSTIZ AM ABGRUND?

Sebastian, das ist nicht dein Ernst! Und was sollen erst die Schöffen denken?!"

Stille. Erklärungsversuche scheinen überflüssig.

„Das ist überhaupt nicht deine Art... Du bist immer per-fekt strukturiert, hast alles im Griff. Du warst immer eines meiner großen Vorbilder, jemand, der für seine Träume und Ziele kämpft! Nicht ohne Grund hast du es für dein Alter schon soweit geschafft. Und jetzt sowas?!"

„Ich weiß... Es tut mir leid."

„Wie lange geht das schon so?"

„Ich hab schon seit längerer Zeit ein Alkoholproblem. Aber das war heute das erste Mal vor einer Sitzung, ich schwörs!"

„Du weißt, dass ich das melden muss?"

„Ich weiß", antworte ich unterwürfig. „Sabine, es war das erste und letzte Mal! Und wegen meinem Problem allgemein: Bitte gib mir noch etwas Zeit, ich bring das in Ordnung! Aber momentan ist mir einfach alles zu viel. Es ist, als hätte ich keine Kontrolle über mein Leben mehr, als würde alles um mich herum zerbrechen und ich muss von außen ohnmächtig dabei zusehen, wie mein ganzes Leben den Bach runtergeht."

Doch das scheint sie nur wenig zu interessieren. Noch immer fassungslos schaut sie mich an.

„Das hätte ich wirklich nicht von dir gedacht!"

Kopfschüttelnd und sichtlich enttäuscht verlässt sie mich, lässt mich alleine draußen stehen und verschwindet in der Eingangshalle.

Und jetzt?! Was hat das zu bedeuten? Wird sie es melden? Hochnäsig sieht mich Herr Eggers an, der bereits von einer riesigen Qualmwolke umgeben ist. Nervös gehe ich hin und her, schließlich trotte ich an ihm und seinen Raucherfreunden vorbei ins Gebäude. Was hab ich da nur getan? Sie hat Recht, ich gefährde nicht nur mich selbst, sondern werfe, wenn das rauskommt, auch ein schlechtes Licht auf meine Kollegen, das Gericht, ja auf die ganze Justiz! Und jetzt bringe ich auch noch Sabine in eine so blöde Lage. Eigentlich ist sie dazu verpflichtet, die Sache zu melden... Ich weiß, ich bin selbst schuld. Aber was, wenn sie wirklich den Schritt geht und das meldet? Dann ist die Sache mit meiner Mutter mein kleinstes Problem. Das kann ich nicht zulassen! Das kann mir alles kaputt machen, was ich mir so hart erkämpft habe...

Den restlichen Tag spüre ich das schlechte Gewissen in mir. Sabine meidet jeglichen Kontakt zu mir, weicht meinen Blicken aus. Umso mehr wird mir bewusst, was für ein Leben ich da im Moment führe: Hier spiele ich den großen

Richter, der alles im Griff hat, der über Mord und Totschlag urteilt, doch in Wirklichkeit hab ich mein eigenes Leben nicht im Griff, bin alkoholabhängig und einsam. Es sind zwei Welten, die aufeinanderstoßen und einen riesigen Zwiespalt auftun.

Mit leidigem Blick sehe ich auf die stark befahrene Hauptstraße hinunter, über die täglich tausende von Autos rasen. Ich sehe in die grellen Scheinwerfer, deren Lichter mich etwas blenden. Die Brücke verbindet den Stadtpark mit einer kleinen Siedlung in der Nähe meiner Wohnung. Die Autos, auf die ich hinunterblicke, rasen unentwegt auf der Schnellstraße entlang. 17.26 Uhr. Kein Wunder. Die Fahrbahn scheint im Dauerbetrieb zu sein, unentwegt die gestressten Leute von A nach B zu bringen, niemals still zu stehen. Diese unpersönliche Lebensmasse – ein Teil der Großstadt. Wo man nur hinschaut, überall Hektik, Stress, genervte Menschen.

Oft fragen Kollegen mich, wie es mir geht. Wie soll es mir schon gehen?! Ich habe den wichtigsten Menschen in meinem Leben verloren. Doch anstatt darüber zu reden, endlich den Mund aufzumachen, lächle ich und sage: „Du weißt doch, mir geht's immer gut!"

Nochmals blicke ich zu den vielen Autos hinunter. Zunächst verdränge ich den Gedanken, doch dann lasse ich ihn für einen Moment zu: Wie wäre es wohl, wenn ich einfach nicht mehr da wäre? Ohne David macht das alles sowieso keinen Sinn mehr. Wie wäre es zu springen, allem einfach ein Ende zu machen? Wenn das mit dem Alkohol rauskommt, bin ich sowieso geliefert. Es ist nur noch eine Frage der Zeit, bis mein Kartenhaus in sich zusammenfällt. Und was würden erst die anderen von mir denken?! Soll ich wirklich...?

Das plötzliche Hupen eines LKWs lässt mich entschieden zurückweichen. Erschrocken laufe ich weiter, während mir bewusst wird, was für ein Fehler das doch wäre. Ich will mir ja nicht ernsthaft das Leben nehmen. Ich liebe das Leben. Aber jetzt gerade wird mir bewusst, wie dringend ich in meinem Leben etwas ändern muss!

Im Wesentlichen ist es mein Alkoholproblem, das ich in den Griff kriegen muss. Und der ganze Druck zurzeit ist mir auch zu viel. Ja, es war definitiv die richtige Entscheidung, mit Horst zu sprechen und so meine Auszeit- und Reisepläne genauer anzugehen. Darüber hinaus scheine ich Davids Tod immer noch nicht so recht verarbeitet zu haben. Zwar wird man vermutlich immer etwas Schmerz und Trauer in sich tragen. Alles davon geht vermutlich ich nie weg. Doch meine Situation kann ich selbst schon nicht mehr als normal bezeichnen. So kann es jedenfalls nicht weitergehen... Wenn ich so weitermache, mache ich mich selbst kaputt. Und das hätte David nicht gewollt!

Mit einem Mal wird mir klar, was zu tun ist...

Einige Minuten später erreiche ich das kleine rostige Eingangstor, das ich so lange nicht mehr geöffnet habe. Lange habe ich den Weg zum Grab gemieden, dachte, ich verarbeite alles besser und schneller, wenn ich mich ablenke und versuche einfach so weiterzumachen wie bisher. Doch so leicht ist es wohl nicht. Seitdem David nicht mehr da ist, bin ich nicht mehr derselbe...

Und der Fall momentan: Obwohl er zwar äußerlich rein gar nichts mit mir zu tun hat, wühlt der Prozess Gefühle in mir auf. Denn wie die Angeklagte habe auch ich einen Teil von mir für immer verloren...

Kapitel 51

Zuhause wieder angekommen, öffne ich die große Kiste, die in der einen Ecke des Wohnzimmers steht. Zögerlich hole ich einige Bilder hervor, die sofort die Erinnerung wecken. Es sind Bilder, die David und ich zusammen gemacht hatten, als wir wieder einmal gemeinsam reisten. Wir waren mit dem Zug nach Hamburg unterwegs. Es war mitten im Winter und das totale Chaos. Es klappte nichts wie geplant, Züge fielen aus oder hatten lange Stehzeiten. Statt spät am Abend kamen wir erst mitten in der Nacht in Hamburg an, mit mehreren Stunden Verspätung. Doch diese nächtliche Zugfahrt war die schönste von allen, die ich je hatte. Während draußen überall Schnee lag, es stürmte und dunkel war, saßen wir im Zug gemütlich im Warmen, tranken heißen Tee, unterhielten uns und sahen Filme. Es war eine ausgelassene, entspannte Atmosphäre. Und selbst, als der Zug aufgrund einer Störung mal wieder nicht weiterfahren konnte und sich alle anderen darüber ärgerten, genossen wir einfach die Zeit und amüsierten uns über die Launen der anderen.

Es zerreißt mir das Herz, doch ich zwinge mich die Bilder anzusehen, ganz gleich wie viele Tränen auch fließen. Lange Zeit habe ich mir Druck gemacht und mir nicht zugestanden, eine gewisse Zeit dafür zu brauchen, um alles zu verarbeiten, zu trauern. Ich wollte genauso wie vorher weitermachen, weiterarbeiten, produktiv sein. Doch die ganze Ablenkung durch die viele Arbeit hat mir nicht nur geholfen. Vielmehr hat sie den wahren Schmerz unterdrückt, ja man könnte sagen tief in mir begraben. Es ist, als hätte ich das Problem nie bei der Wurzel gepackt, sondern lediglich versucht die Auswüchse zu bekämpfen.

Und ich wollte „keine Schwäche zeigen". Lange habe ich mir nicht zugestanden zu weinen. Ich dachte, wenn ich weine verarbeite ich das alles nicht, sondern reiße nur alte Wunden auf und mache alles nur schlimmer. Doch jetzt weiß ich, dass genau das gut gewesen wäre, um den Verlust zu verarbeiten. Weinen ist kein Zeichen von Schwäche. Im Gegenteil: Es ist ein Zeichen von Stärke zu zeigen, dass man *auch nur ein Mensch* ist.

Etwas unsicher packe ich das schon etwas ältere Briefpapier aus der Kiste und suche mir einen passenden Stift. Trotz meiner Unsicherheit darüber, was ich schreiben soll und ob das wirklich etwas bringt, zwinge ich mich es einfach zu tun.

Ich benötige einige Minuten, um meinen Gedanken freien Lauf zu lassen, doch dann klappt es erstaunlich gut. Aus tiefsten Herzen lasse ich all das raus, was mich schon so lange bedrückt, versuche meinen Empfindungen Ausdruck zu verleihen.

Als ich gerade den Brief beenden möchte, nehme ich wahr, wie im Hintergrund im Radio ein mir bekanntes Lied erklingt. Es ist *Say Something* [7]. Einen Moment lang höre ich dem Lied zu. Während ich ansetze, den Brief weiterzuschreiben, erklingen die Worte

And I'm saying Goodbye...

Es tut weh. Ich spüre einen tiefen Schmerz in mir, ich spüre die große Lücke, die er hinterlassen hat. Doch dann schreibe ich die letzten Sätze des Briefs. Worte, die ich so schnell nicht vergessen würde...

Als eine Art Unterschrift hinterlasse ich am Ende des Briefes eine meiner laufenden Tränen. Doch diesmal verspüre ich trotz des Schmerzes ein gutes Gefühl.

---

[7] „Say Something" von A Great Big World & Christina Aguilera, *Is There Anybody Out There?*, 2014

Erleichterung. Es tut gut, all meine Gedanken so in Worte zu fassen, alles einmal von meiner Seele zu schreiben, auf Papier zu bringen.

Das war ein guter und wichtiger Schritt. Ich glaube, langsam beginne ich das Geschehene wirklich zu verarbeiten. So kann ich das, was ich David nicht mehr sagen kann, dennoch loswerden. Ich glaube, diese Zeilen waren nötig, um David gehen lassen zu können. Mit einem leichten Lächeln im Gesicht packe ich den Brief in den schmalen Umschlag. Später sollte mir noch bewusst werden, wie wichtig dieser erste Schritt gewesen ist, wie fundamental für all das, was folgen würde.

Ich öffne die große Kiste. Sie ist voll. Diese unscheinbare Holztruhe ist mir sehr wichtig. Sie ist voll von Bildern, Erinnerungsstücken, Briefen, alten Tagebüchern – und ja, auch ich als Junge hab eine Zeit lang Tagebuch geführt. Ich finde die Vorstellung, eines Tages diese alten Aufschriften von sich in der Hand zu haben und zu wissen, wie man sich damals in der einen oder anderen Situation gefühlt hat, irgendwie spannend. Auch zu wissen, wie man über bestimmte Dinge gedacht hat und wie sich im Laufe der Zeit die Denkweise verändert hat. Immer, wenn ich die Kiste hervorhole, könnte ich Stunden damit verbringen, die Sachen zu betrachten und mich in die alten Zeiten hineinzudenken, in Erinnerungen zu schwelgen. Sie ist meine **Möglichkeit, für einen Moment lang in die Vergangenheit abzutauchen.**

Beim Durchsehen der Kiste stoße ich auf einen Umschlag mit einigen Bildern. Es sind Bilder mit David. Ein **Lächeln blitzt** durch mein Gesicht. Nachdem ich sie wieder in der großen Kiste verstaut habe, lasse ich mich erschöpft aber zugleich erleichtert auf mein Bett fallen, bis ich mich dann in den Schlaf träume... Was für ein Tag!

233

Kapitel 52

„Als nächste und voraussichtlich letzte Zeugin wird die Tochter der Angeklagten, Lisa Martin, in den Zeugenstand gebeten."

Es entsteht etwas Unruhe im Saal, Gemurmel ist zu vernehmen.

„Trotz geäußerter Zweifel bezüglich der Relevanz und der Notwendigkeit ihrer Aussage, haben wir als Gericht uns dazu entschlossen, die Tochter der Angeklagten in den Zeugenstand zu rufen."

Nadine, die Protokollführerin, reagiert sofort. *Lisa Martin, bitte!* erklingt es durch den Lautsprecher.

Langsam aber sicher nähert sich der Prozess seinem Ende – und es sieht nicht gut aus für die Angeklagte. Alles, was wir bisher gehört haben, spricht ganz klar für die Täterschaft der Angeklagten. Schließlich hat sie selbst ein – wenn auch sehr knappes – Geständnis abgegeben. Spannend wird es aber noch, wenn es um die Höhe der Strafe geht. Ich vermute, dass Herr Eggers die Tat lediglich als gefährliche Körperverletzung darstellen wird und nicht als Mordversuch – obwohl die Angeklagte selbst gesagt hat, dass sie das Opfer am liebsten tot gesehen hätte. Er wird auf eine geringe Freiheitsstrafe plädieren. Doch so, wie es im Moment aussieht, hat die Angeklagte die Geschädigte Cleo Brandt aus Rache töten wollen. Und wären die Beamten nicht dazwischengekommen, wäre Cleo Brandt gestorben. Sehr wahrscheinlich wird die Angeklagte wegen versuchten Mordes verurteilt werden und für weitere Jahre ins Gefängnis müssen. Ich vermute, dass es auf etwa zwölf, dreizehn Jahre hinauslaufen wird...

Der Zuschauerraum ist recht gefüllt. Nathan Martin, der Mann der Angeklagten, und Cleo Brandt, die Geschädigte, wurden ja bereits vernommen und sitzen ebenfalls im Publikum. Einen Moment passiert nichts, doch dann betritt Lisa Martin, die Tochter der Angeklagten, den Saal. Sie ist schlank, hat lange, dunkelblonde Haare und trägt eine schwarze Hose sowie ein dunkelblaues Oberteil. Trotz ihrer jungen fünfzehn Jahre wirkt sie schon sehr reif und deutlich älter. Als sie den großen Saal betritt, schaut sie sich zunächst um, bevor sie nach vorne zum Zeugenstuhl schreitet. Plötzlich erblickt sie ihre Mutter. Es ist ein emotionaler und zugleich interessanter Moment, denn wie das Verhältnis zu ihrer Mutter ist, weiß ich nämlich selbst nicht so genau.

„Lisa, nimm bitte hier vorne Platz", bitte ich sie.

„Lisa", kommt es plötzlich mit heiserer Stimme von der Seite. Es ist die Angeklagte. Doch Lisa reagiert nicht. Ohne einen Ton zu sagen oder gar zu ihrer Mutter zu sehen, setzt sie sich auf den Stuhl und sieht mich mit kerzengeradem Blick an. Irgendwie hart.

„Danke Lisa, dass du heute hier bist", fahre ich fort. „Du wirst hier als Zeugin vernommen. Das bedeutet, dass du verpflichtet bist, die Wahrheit zu sagen, ansonsten würdest du dich strafbar machen."

Sie nickt.

„Wie alt bist du und wo wohnst du?"

„Ich bin 15 Jahre alt und wohne bei meinem Papa hier in Düsseldorf."

„Genferweg 7 ist richtig?"

„Ja."

„Und ich gehe mal davon aus, dass du ledig bist."

Sie nickt.

„In welcher Klasse bist du?"

„In der 10. Klasse. Goethe-Gymnasium."

„Als Tochter der Angeklagten hast du ein sogenanntes Zeugnisverweigerungsrecht. Das bedeutet, dass du hier überhaupt nichts sagen musst, wenn du nicht möchtest."

„Ich möchte trotzdem aussagen", antwortet sie entschlossen und mit klarer Stimme.

„Weißt du, weswegen deine Mutter hier angeklagt ist?"

„Ja. Versuchter Mord. An Cleo!"

Sie wirft ihrer Mutter einen bösen, abwertenden Blick zu.

„Lisa, was für ein Verhältnis hast du zu deiner Mutter?"

„Gar keins", erwidert sie etwas spöttisch. „Bis vor einigen Wochen wusste ich ja noch nicht einmal, dass sie meine Mutter ist."

„Wann hast du das erfahren?"

„Also... Das war an einem Freitag, ich glaube vor etwa drei Monaten. Ich war Zuhause und wollte noch mit ein paar Freunden weg. Als ich die Haustür aufmachte und los wollte, stand da plötzlich diese Frau. Sie fragte mich, ob ich Lisa sei, und ich sagte ja. Sie reagiere total komisch, als wäre sie nicht ganz da. Komische Aktion. Dann kam Papa zur Tür und war plötzlich wie ausgewechselt. Er meinte, ich solle reingehen, er erkläre mir das später. Doch dann, *später*, wollte er nicht so recht mit der Sprache rausrücken. Er sagte, es sei besser, wenn ich nichts wüsste. Aber ich ließ nicht locker und schließlich erzählte mir Papa alles... Grausam! Sein eigenes Kind so im Stich zu lassen, jahrelang allein zu lassen!"

Sie dreht sich zu ihrer Mutter.

„Du hast einen Menschen getötet – eiskalt ermordet!"

„Ich war das nicht, Lisa", unterbricht die Angeklagte ihre Tochter, „bitte glaub mir, ich habe das nicht getan! Ich saß zu Unrecht im Gefängnis."

„Genau", erwidert Lisa lachend, „um dann direkt den nächsten Mord zu begehen?! Du bist eine eiskalte, kranke Mörderin!"

236

Die Situation spitzt sich immer weiter zu. Dass Lisa wirklich so schlecht über ihre Mutter denkt, hätte ich nicht gedacht. Auf der anderen Seite musste sie jahrelang ohne sie zurechtkommen. Sie ist enttäuscht und verletzt...

„Was hat dir dein Vater all die Jahre über deine Mutter gesagt?", fahre ich die Befragung fort.

„Er meinte, sie hätte uns verlassen, sei abgehauen. Und in gewisser Weise stimmt das ja auch."

„Warst du sauer auf deinen Vater, als er dir dann vor einigen Wochen die Wahrheit sagte?"

„Anfangs ja. Aber jetzt kann ich ihn verstehen. Ich mein, sie ist eine Mörderin! Ein Mensch, der sich bewusst dafür entschieden hat, ein Verbrechen zu begehen und dafür auch seine Familie zu verlieren. Sie hat ihr Leben so gewählt und damit muss sie jetzt leben! Und wenn ich so über die letzten Jahre nachdenke: Papa hat das alleine wirklich gut hingekriegt. Natürlich hat nicht immer alles perfekt funktioniert, aber ich glaube, besser hätte es nicht laufen können. Er hat sich immer Zeit für mich genommen, hat mir immer das gegeben, was ich brauchte. Er war mir wirklich ein guter Vater."

Wütend wendet sie sich an ihre Mutter.

„Er hat das auch ohne dich gut hingekriegt! Und jetzt brauchen wir dich erst recht nicht!"

Das war hart. Ich sehe zur Angeklagten rüber. Sie versucht, ihr Wimmern zu unterdrücken, was ihr aber nicht wirklich gelingt. Während sie zu Boden sieht, realisiere ich, dass gerade alle Blicke des Saales auf sie gerichtet sind. Ich empfinde Mitleid...

„Ich war dir doch völlig egal!", schnaubt Lisa wütend und selbst mit Tränen in den Augen. „Hast du auch nur einmal an mich gedacht?!"

„Natürli..."

237

„Wenn du wirklich Kontakt gewollt hättest, hättest du dich melden können!"

„Aber Lisa, das habe ich doch getan. Ich hab dir unzählig viele Briefe geschrieben, aber nie eine einzige Antwort erhalten! Ich habe jahrelang versucht, Kontakt zu euch zu haben."

Etwas verwirrt dreht sich Lisa um und blickt zu ihrem Vater, der im Publikum sitzt.

„Ist das wahr?"

Nathan Martin räuspert sich, antwortet dann mit leiser Stimme: „Nun ja... Ich dachte, es ist besser so. Es hätte alles kaputt gemacht, glaub mir."

„Was?! Ist das jetzt dein Ernst?!", faucht Lisa wütend.

Beschämt sieht er zu Boden.

„Lisa, glaub mir, ich bin unschuldig", meldet sich die Angeklagte wieder zu Wort. „Ich habe diese Frau damals nicht getötet!"

„Aber du hast versucht, Cleo zu töten! Und das kann ich dir nicht verzeihen..."

Schockiert und aufgebracht zugleich dreht sie sich von ihren Eltern weg und sieht mich mit trauriger Miene an. Sie versucht, stark zu bleiben, was ihr sichtlich schwerfällt.

„Ich weiß, das ist jetzt alles etwas viel, Lisa", schalte ich mich ein. „Möchtest du vielleicht eine Pause?"

„Ne, geht schon", erwidert Lisa, die sich entschlossen aufrichtet.

„Okay. Was für ein Verhältnis hast du zu Cleo Brandt, der Geschädigten?"

„Cleo ist wie eine Mutter für mich. Ich konnte immer zu ihr kommen, egal was war. Sie war immer für mich da – im Gegensatz zu ihr."

Lisa deutet auf ihre Mutter.

„Du hättest sie getötet!", entfährt es sie. „Reicht es dir nicht, was du damals getan hast? Jetzt wolltest du mir auch noch Cleo nehmen!"

Bis auf das Schluchzen der Angeklagten herrscht im ganzen Saal Stille. Kaltschnäuzig sieht Lisa mich an.

„Sonst noch was?"

Perplex und irritiert sehe ich auf meinen Zettel.

„Also kann ich feststellen, dass du ein sehr gutes Verhältnis zu deinem Vater und Cleo Brandt hast, nicht jedoch zu deiner Mutter."

Sie nickt.

„Weißt du etwas darüber, ob dein Vater mit Cleo Brandt ein Verhältnis hat oder in der Vergangenheit hatte?"

„Nein, die hatten nichts miteinander – obwohl ich es mir eigentlich immer gewünscht habe. Ich wollte, dass wir eine richtige Familie werden!"

„Du Monster!", höre ich es plötzlich kreischen. Es ist die Angeklagte, die mit Tränen überlaufenem Gesicht in den Zuschauerraum brüllt. „Du hast mir meine Familie weggenommen!"

„Béatrice, begreif es endlich, ich hab dir nichts getan!", erwidert die Geschädigte.

„Ruhe, bitte!", gehe ich dazwischen. Erfolglos.

„Wie, du hast nichts getan?!", faucht die Angeklagte mit hasserfüllten Augen. „Wie, du hast nichts getan?!", wiederholt sie und springt dabei auf.

„Frau Martin, bitte setzen Sie sich!"

Doch sie scheint nichts mitzukriegen.

„Wegen dir hab ich alles verloren – meine Familie, Zoé, meine Freiheit, mein Leben! Du bist an allem schuld! Gib es endlich zu!"

„Frau Martin, Schluss jetzt!"

Es nützt alles nichts. Ich gebe dem Polizeibeamten ein Zeichen, dass er für Ruhe sorgen möge. Dann, nach einigen

Sekunden, herrscht endlich Ruhe. Doch das tränenverschmierte Gesicht der Angeklagten sagt alles. Die Nerven liegen blank. Ich hatte zwar geahnt, dass es emotional werden würde, aber damit hab selbst ich nicht gerechnet.

„Herr Vorsitzender", schaltet sich der Anwalt der Angeklagten ein, „ich würde vorschlagen, die Sitzung zu unterbrechen. In diesem Zustand fortzufahren halte ich für falsch."

Es folgt ein Blick nach rechts und links und eindeutiges Nicken.

„Ja, das sehen wir genauso", erwidere ich. „Es ergeht folgender Beschluss: Die Sitzung wird für fünfzehn Minuten unterbrochen."

Doch da wusste ich noch nicht, was gleich passieren würde...

Kapitel 53
Mit Perspektivwechsel

Akte zu. Wir als Gericht erheben uns und verlassen den Saal durch die Richtertür ins Hinterzimmer. Ein letztes Mal sehe ich zur Angeklagten rüber, die aufgelöst und in Tränen zu Boden und dann zu ihrer Tochter sieht. Es ist ein schrecklicher Anblick.

Oh Lisa... Was ist nur mit uns geschehen... Wenn ich doch nur alles ungeschehen machen könnte! Ohnmächtig muss ich dabei zusehen, wie Cleo gemeinsam mit Lisa und Nathan, *meiner Familie*, den Saal verlässt.

Im Hinterzimmer dann die hitzigen Diskussionen über das Verhalten der Angeklagten, der Tochter und des Vaters.

„Also sowas hab ich noch nie erlebt!", stellt Herr Lehmann entsetzt fest. „Sowas darf man aber auch nicht alles mit nach Hause nehmen."

„Da haben Sie Recht", stelle ich fest.

„Da kann man wirklich dankbar sein, wenn man eine *normale*, gut funktionierende Familie hat", erwidert Frau Winter, die Schöffin.

„Das ist heutzutage echt nicht selbstverständlich." Etwas betrübt und abwesend sieht Sabine in ihren leeren Kaffeebecher.

„Ich muss sagen, einen so emotionalen Prozess hatte ich lange nicht", stellt Horst fest. „Wirklich tragisch, wie das Ganze hier endet. Besonders, wenn sowas dann auch noch mit einer so schweren Straftat zusammenhängt."

„Wirklich schlimm sowas", ergänzt Herr Lehmann kopfschüttelnd.

Der ekelhafte Typ packt mich am Arm.

„Was wollen Sie? Lassen Sie mich los!"

„Kommen Sie bitte mit", erwidert der Wächter. Es ist nicht der Muskulöse, sondern ein neuer, etwas unfreundlicher Wächter.

„Ehm", ich stocke, „ich müsste dringend auf Toilette."

Ein kurzes Stöhnen. Doch dann nickt er und öffnet die schwere Saaltür in den großen langen Flur.

Rasch ziehe ich meine schwarze Robe aus und lege sie über einen Stuhl. Während Sabine auffällig jeglichen Kontakt zu mir meidet, sieht mich Horst fragend an. Doch ich reagiere nicht, wühle in einigen Papieren.

Nervös sehe ich den Gang entlang. Der Flur ist recht voll. Ich versuche, etwas Zeit rumzukriegen, um im Flur zu bleiben. Heute ist es soweit. Heute wird er dafür büßen...

„Kommen Sie?!"

„Ja, einen Moment noch."

„Was ist denn?"

„Mein Schnürsenkel..."

„Ich muss nochmal eben ins Büro hoch. Bin in fünf Minuten wieder da."

Ungeduldig seh ich um mich. Er ist noch nicht da.

„Haben Sie's dann?!"

„Moment, bitte..."

[...]
„Kommen Sie jetzt!"
Endlich! Die Richtertür geht auf. Jetzt ist es soweit...

Ich öffne die schwarze Tür und gelange in den großen Flur, in dem einige die Pause verbringen. Mit flüchtigem Blick sehe ich einige Zuschauer und Presseleute. Lisa, ihr Vater und Cleo Brandt stehen in einiger Entfernung, was mich etwas nachdenklich stimmt. Schreckliches Familiendrama... Mit einem dicken Kloß im Hals gehe ich durch den langen Flur Richtung Treppenhaus.

Er kommt... Jetzt oder nie! Ich reiße mich los und ziehe das Messer...

Plötzlich spüre ich einen stechenden Schmerz in der Seite, ich gehe zu Boden und mir wird schwarz vor Augen...

Kapitel 54

Ich starre auf die weiße, hässliche Wand vor mir. Es ist ein vertrautes, aber doch fremdes Gefühl. Das Fenster ist vergittert, der Tisch neben meinem Bett leer. Das ist mein Ende...

Kapitel 55

Das warme Licht scheint durch das Fenster ins Zimmer. Es ist schon hell draußen. Man merkt, dass die Sonne den fiesen kurzen Wintertagen den Kampf angesagt hat.

Obwohl es jetzt schon zwei Wochen her ist, kann ich immer noch nicht so recht fassen, was sich da mitten im Gerichtsgebäude abgespielt hat: Ich, Vorsitzender Richter, von einer Angeklagten niedergestochen – und das inmitten unzählig anderer Leute. Unvorstellbar!

Eigentlich hätte das gar nicht passieren können. Wie mir Horst vor ein paar Tagen am Telefon mitteilte, wollte die Angeklagte in der Verhandlungspause auf die Toilette. Fälschlicherweise habe der Wächter mit seiner Kollegin die Angeklagte aber auf eine der öffentlichen Toiletten im Gebäude bringen wollen und sie deshalb in den großen Gerichtsflur geführt, anstatt in den gesicherten Haftbereich im Untergeschoss. Der Wächter war wohl neu und seine Kollegin scheint auch nicht wirklich mitgedacht zu haben.

Weil die Staatsanwaltschaft diesen Fehler aber für abwegig hielt, leitete sie auch gegen beide Wächter Ermittlungen ein. Zudem ist nämlich auch unklar, wie das Messer an die Angeklagte gelangen konnte und unbemerkt blieb. In jedem Fall bin ich mir sicher, dass sie entlassen werden.

Aber auch nachdem ich hier im Krankenhaus so viel Zeit zum Nachdenken hatte – viel mehr kann man hier eh nicht tun – kann ich mir immer noch keinen Reim darauf machen. Ich verstehe nicht, warum sie ausgerechnet *mich* niedergestochen hat. Warum ich? Natürlich wären *wir* es gewesen, die Sie verurteilt und hinter Gitter geschickt hätten. Aber das kann man ja nicht dadurch verhindern, dass man einen Richter umbringt. Und die Angeklagte ist ja nicht dumm. Ich meine, sie hätte doch viel mehr Grund gehabt,

Cleo Brandt zu töten. Nach dem gescheiterten Mordversuch würde sie dies glaube ich auch immer wieder tun.

Das macht keinen Sinn! Außer... Außer sie wusste davon, dass ich *der Sohn* bin... Sollte ich gezielt getroffen werden? War es vielleicht ein Racheakt an mir, weil meine Mutter an dem Mobbing beteiligt war? Aber wie konnte sie wissen, dass ich ihr Sohn bin? Nach der Hochzeit hat meine Mutter schließlich den Namen meines Vaters angenommen.

Viele Fragen, keine Antwort. Jedenfalls wurde Béatrice Martin vorläufig in die Psychiatrie eingewiesen, da sie ihrer Aussage nach nichts von dem Vorfall weiß. Obwohl es ein Dutzend Leute mitbekommen haben, behauptet sie steif und fest, nichts getan zu haben...

Der Martin-Fall, den ich geleitet habe, also der versuchte Mord an Cleo Brandt, muss neu verhandelt werden, weil ich jetzt – diesmal offiziell und endgültig – befangen bin. Hinzu kommt eine Anklage an Béatrice Martin wegen versuchten Mordes an mir, zumindest wegen gefährlicher Körperverletzung. Beide Verfahren müssen von anderen Richtern verhandelt werden, doch diesmal werde auch ich als Zeuge, als Geschädigter, aussagen müssen. Das wird bestimmt eine merkwürdige Situation sein in diesem Saal auf dem Zeugenstuhl zu sitzen. Vor mir bekannte Gesichter, drei Richterkollegen und zwei Schöffen, rechts die Angeklagte, die schon dort saß, als mein Platz noch da oben am Richtertisch war...

„Guten Morgen, Herr Klein", ruft die Krankenschwester, als sie das Zimmer betritt.

„Morgen", antworte ich leise, etwas verärgert darüber immer noch hier zu sein.

„Warum so griesgrämig heute?", lacht sie.

„Weil ich nach Hause will... Seien Sie mir nicht böse, Sie sind echt nett, aber langsam kann ich das hier nicht mehr sehen. Wann kann ich endlich wieder nach Hause?"

„Wollen Sie uns schon verlassen? Schade eigentlich. Einen Richter hatte ich noch nie auf der Station... Der Oberarzt wird gleich nochmal vorbeikommen und nach Ihnen sehen. Aber so wie es aussieht, wird es wohl noch einige Tage dauern..."

„Hören Sie, mir geht es wirklich besser!"

„Jaja, das sagen sie alle", erwidert sie grinsend und stellt mir das Tablet mit Essen hin. „Genießen Sie es doch, so verwöhnt zu werden. Nicht jeder hat so einen Service."

Amüsiert verlässt sie mein Zimmer und hinter ihr fällt die Tür zu. Da lieg ich nun rum, gelangweilt und nicht in der Lage irgendwas Produktives zu tun. Einfach nur unnötig. Zwar sah es nach Meinung der Ärzte mit mir zeitweise wohl sehr kritisch aus, aber mittlerweile verheilt die Wunde gut und mir geht es blendend.

Etwas unsicher wähle ich die Nummer.

„Schürmann?"

„Hallo Horst, ich bin's, Sebastian."

„Sebastian! Bist du noch im Krankenhaus?"

„Ja, deshalb auch die unbekannte Nummer. Hab mein Handy grad nicht hier."

„Wie geht's dir?"

„Alles tip top. Du, ich ruf wegen was anderem an... Ich bräuchte da mal deine Hilfe..."

Ein leises Stöhnen. „Was brauchst du diesmal?"

„Hallo, was soll das denn heißen", entgegne ich lachend. „Ich kenn dich doch mittlerweile. Also, was ist los?"

„Ich muss zu Béatrice Martin."

„Was?!"

„Zur Angeklagten."

„Sebastian, das geht nicht! Das weißt du! Die ist vorläufig in der Psychiatrie untergebracht."

„Hab ich gehört."

„Du kannst nicht zu ihr! Wie sieht das denn aus?!

BEFANGENER RICHTER ZU BESUCH BEI EISKALTEM RACHETEUFEL

Das kannst du nicht machen!"

„Horst! Ich muss einfach wissen, warum Sie das getan hat. Warum ich? Das ergibt alles überhaupt keinen Sinn! Ich will doch nur Gewissheit, sie verstehen."

„Da gibt's nichts zu verstehen. Die ist krank!"

„Bitte, Horst! Sag mir, wie ich zu ihr komme."

„Das ist nicht so leicht. Geschlossene Forensik ist kein Düsseldorfer Weihnachtsmarkt. Ich..."

„Danke, du hast einen gut bei mir!", unterbreche ich ihn.

„Nicht nur einen...", erwidert er nach einer längeren Pause und sucht widerwillig nach den Informationen.

„Gebäude D, Zimmer 372. Sag, du betreust die Patientin, zeig den Richterausweis und verhalt dich seriös."

„Du bist der Beste!"

„Wenn das rauskommt... Du hast das nicht von mir, ja?! Ich hab wirklich keine Lust, so kurz vor der Pension noch meinen Beamtenstatus zu verlieren. Dann waren die letzten Jahre für die Katz und ich kann das mit dem ruhigen, gesicherten Alter vergessen."

„Ich nehm' alles auf meine Kappe."

„Das will ich hoffen..."

Das Auto steht bereits unten, als ich mich aus dem Krankenhaus schleiche. Zwar ist es trotz aller Sonne sehr frisch draußen, allerdings habe ich an diesem Mittwochmorgen andere Sorgen als das Wetter.

„Perfektes Timing", stelle ich fest, als ich die Wagentür öffne. „Danke Tom, dass du mich abholst!"

„Kein Problem. Du hattest ja noch einen gut bei mir", lächelt er.

„Ja, danke! Horst hätte ich nicht auch noch dazu überreden können..."

„Verständlich", antwortet Tom lachend. „Der Arme kriegt noch einen Herzkasper."

Trotz meines schlechten Gewissens Tom gegenüber, zwinge ich mir ein Lächeln auf. Jetzt ist nicht der Zeitpunkt, um alles in Ordnung zu bringen. Im Moment geht es um Wichtigeres. Und dabei macht es gefühlt ja eh keinen Unterschied mehr, was in meinem Leben noch alles an Lug und Betrug dazukommt... Etwas angespannt kneife ich mir in meinen Oberschenkel.

„Wie bist du da eigentlich rausgekommen?"

„Hab mich rausgeschlichen", antworte ich schmunzelnd.

„Nicht dein Ernst."

Tom lacht kurz, sieht mich dann etwas ernster an.

„Das kannst du doch nicht machen, Basti."

„Ja, also ich hab 'nen Zweizeiler da gelassen:

Danke für die gute Betreuung und Fürsorge, aber ich muss dringend was erledigen. Bin heute Abend wieder da.

Lieben Gruß, Sebastian Klein :)

„Du bist echt einer", grinst er und schüttelt den Kopf.

„Ich nehm' alles auf meine Kappe, falls es Stress geben sollte. Ihr habt mit der ganzen Sache nix zu tun!"

„Wird schon schiefgehen. Aber schon 'ne krasse Aktion, was du da vorhast."

„Ja... Um ehrlich zu sein, bin ich mir selbst nicht sicher, ob das der richtige Weg ist."

249

„Soll ich mitkommen?"

„Bist du wahnsinnig?!"

Mit großen Augen mustere ich ihn.

„Das lässt du schön sein. Ich halt euch da raus."

Unentschlossen bleibe ich vor dem Eingangstor stehen. Doch obwohl ich direkt vor der Sprechanlage stehe, schaffe ich es nicht, den Knopf zu drücken. Kurzentschlossen drehe ich um.

„Was? Schon wieder da?"

„Ich kann das nicht... Also nicht jetzt, nicht heute."

„Hä? Warum denn nicht?"

„Ich bin noch gar nicht bereit dafür. Und auch nicht vorbereitet... Was soll ich denn sagen?!:

Wollt mal fragen, warum Sie ausgerechnet mich niedergestochen haben... Also eigentlich darf ich auch gar nicht hier sein, aber vielleicht wollen Sie sich ja entschuldigen...?!

Das ist mega peinlich. Ich glaub, ich lass das."

„Eigentlich sollte ich dir als Staatsanwalt nicht dazu raten gegen die Vorschriften zu verstoßen, aber so wie ich kenne, wirst du keine Ruhe geben, bis du Gewissheit hast. Und das sage ich dir nicht als Staatsanwalt, sondern als Freund."

„Aber..."

„Okay, pass auf: Heute ist Mittwoch. Vorschlag: Du überlegst es dir bis morgen und schreibst mir dann. Wenn du willst, fahr ich dich wieder hier hin und warte auf dich."

„Einverstanden."

„Denn wenn du sie wirklich besuchen willst, musst du das schon bald tun. Hast du nicht gesagt, der Prozess wegen dem Vorfall auf dem Gerichtsflur beginnt schon in ein paar Wochen?"

„Ja. Ich überleg's mir. Aber ich denke, ich mach das. Ich schreib dir morgen."

„Aber pass auf dich auf! Nicht, dass du da *endgültig* getötet wirst. Dann hab ich gar keinen Richterkumpel mehr!", scherzt er.

Kapitel 56

Lisa

Die Tasse ist noch halb voll, aber sie hat keine Zeit mehr. Schnell bindet sich Lisa die Schuhe zu, greift nach ihrer Tasche und verabschiedet sich von ihrem Vater. Doch als sie gerade die Tür schließen will, fällt ihr Blick auf den halb offenen Briefkasten, in dem etwas steckt. Verwundert zieht sie einen zerknitterten Umschlag heraus, auf dem mit großen Buchstaben ihr Name steht. Der Absender:

Klinik für forensische Psychiatrie Düsseldorf

Mit runzelnder Stirn öffnet sie den Umschlag und liest den Brief:

Liebe Lisa,

Vielleicht schenke ich dir mit diesem Brief ein kleines Stück Mutter. Eine Mutter, die ich jahrelang für dich nicht sein konnte, die du aber verdient und gebraucht hättest...

Ich habe so viel verpasst: Deinen ersten Schultag, deine erste große Liebe, deine Teenagerzeit, in der du bestimmt genauso unerträglich warst wie ich damals. Und jetzt, nach so vielen Jahren, wollte ich alles wiedergutmachen, dich endlich kennenlernen und die Zeit mit dir nachholen, die wir so lange nicht hatten. Warum ist dieses Leben nur so ungerecht zu uns? Warum durften wir in diesem Leben nicht mehr Zeit zusammen haben?!

All die Jahre hast du mir, ohne es überhaupt zu wissen, die Kraft gegeben, die ich gebraucht habe, um alles durchzustehen und zu kämpfen – für ein Leben in Freiheit. Ich habe mir jeden, ja wirklich jeden verfluchten Tag in diesem düsteren Loch vorgestellt dich wieder in die Arme zu schließen. Du warst meine Hoffnung, der Grund, warum ich es zehn lange qualvolle Jahre in diesem Folterknast durchgehalten habe. Wärst du nicht gewesen, würde ich längst nicht mehr leben!

Und jetzt? Jetzt beginnt der Albtraum von Neuem – diesmal aber nicht im Knast, sondern in der Klapse, der weißen Hölle... Lisa, ich hab keine Kraft mehr! Nochmal stehe ich das nicht durch! Ich bin hier gefangen, umzingelt von Teufeln in Weiß, die mich mit irgendwelchen Medikamenten zudröhnen.

Aber wie konnte es überhaupt so weit kommen? Es war doch mal alles so perfekt! Zu perfekt... Doch plötzlich brach alles unter mir zusammen – und ich konnte nichts tun. Und jetzt ist es wieder wie ein Albtraum, aus dem ich nicht erwachen kann!

Lisa, ich hab Angst! Die lassen mich doch hier nicht mehr raus! Der Arzt sagt, ich bin krank und brauche Hilfe. Das mit Cleo habe ich getan – ja. Sie hat es verdient! Aber den Mord vor zehn Jahren und das mit dem Richter – das war ich nicht! Doch alle anderen sagen das. Es ist, alles hätten sich alle gegen mich verschworen! Lisa, so langsam fange ich an, an meinem Verstand zu zweifeln. Kannst du dir vorstellen, wie sich das anfühlt?!

Wenn ich das wirklich alles war, muss ich ein grausamer Mensch sein! Wenn ich Simone damals vom Dach gestoßen und jetzt auch noch den Richter niedergestochen habe, tut mir das von Herzen leid! Wenn ich das wirklich gewesen sein sollte, muss ich krank sein, gefangen in meinem eigenen Körper!

Ich kann so nicht weiterleben! Diese Ungewissheit und die Aussicht, nun wieder viele Jahre oder sogar für immer weggesperrt zu werden, machen mich wahnsinnig! Mein Leben ist am Ende – egal, ob irgendjemand dahintersteckt und alles perfekt initiiert hat oder ob ich wirklich krank bin.

Am meisten schmerzt mich der Gedanke, dich hier so allein zurücklassen zu müssen, in dieser kalten, lieblosen Welt. Aber ich glaub an dich, Lisa! Du wirst dein Leben meistern, deinen Weg gehen und dich von nichts und niemandem daran hindern lassen – davon bin ich voll und ganz überzeugt!

Du warst eine wundervolle Tochter, die mir jeden Tag ein Lächeln ins Gesicht gezaubert hat. Ich habe jeden einzelnen Moment mit dir genossen! Und als ich dich dann das erste Mal wiedersah: Das war das Großartigste, was mir wiederfahren konnte! Die Zeit mit dir würde ich um nichts in der Welt hergeben und sie wird immer ein Teil von mir sein! Die Zeit mit dir war die schönste meines Lebens! Umso schmerzlicher der Gedanke, dass das längst Vergangenheit ist...

Mach dir bitte keine Vorwürfe. Du hättest es nicht ändern können... Sag deinem Vater, dass ich ihn von Herzen geliebt habe, trotz allem, was passiert ist.

Lisa, ich habe dich immer geliebt und du wirst immer in meinem Herzen sein!

In Liebe,
Deine Mutter

Kapitel 57

Einige Tage später.

Fassungslos sehe ich in das tiefe Loch hinunter. Außer dem leichten Vogelgezwitscher herrscht völlige Stille. Neben dem Grab erblicke ich eine Tafel:

Béatrice Marie Martin

* 29.10.1968   *† 18.05.2019*

„Wie konnte ich nur gehen?!"
„Mach dir keine Vorwürfe, Basti."
„Es ist meine Schuld", erwidere ich Tom.
„Quatsch. Du..."
„Vielleicht würde sie jetzt noch leben, wenn ich nicht umgekehrt, sondern zu ihr gegangen wäre und mit ihr gesprochen hätte!"
Schockiert darüber, was geschehen ist, sehe ich nochmals auf die Tafel. Es wirkt so irreal. Doch das Todesdatum bestätigt die grausame Wahrheit. Für mich ist es so, als wäre es erst gestern gewesen, dass wir alle in dem großen Saal waren: Wir Richter, die Geschädigte, Nathan Martin, Lisa, die Angeklagte – *die Tote.*
Die restliche Trauergesellschaft steht noch hinter uns in der Schlange, als ich mit Horst und Tom an meiner Seite das Grab verlasse und wir uns einige Meter entfernt zusammen hinstellen. Betroffen laufen mir einige Tränen übers Gesicht. Erschrocken sehen mich einige Anwesende an.

Manche meine ich vom Prozess wiederzuerkennen. Sollen sie doch gucken! Ja, ich bin Richter. Und ich weine!

Am Ende des schmalen Schotterweges ist wohl das Grab der Tochter, die bei dem Autounfall von vor zehn Jahren ums Leben kam. Zoé hieß sie, wenn ich mich recht erinnere. Horst hatte es mir auf dem Weg hier her gesagt. Wirklich tragisch: Mutter und Tochter auf demselben Friedhof begraben, nur einige Meter voneinander entfernt.

„Ich werde nie erfahren, was in ihr vorging, warum sie das getan hat. Ich werde sie nie verstehen."

„Mach dir keinen Kopf! Da gibt es nichts zu verstehen. Sowas kann man nicht verstehen. Die war einfach krank."

Entsetzt und von Wut ergriffen sehe ich Horst an.

„Wie kannst du sowas sagen?!"

„Sebastian..."

„Nichts Sebastian!", fauche ich ihn an. „Ich schreib Menschen eben nicht so schnell ab wie du! Etikett: *Krank*. Sowas mach ich nicht!"

„Aber..."

„Ich würde alles dafür geben diesen Fehler rückgängig zu machen! Vermutlich hätte ich mit ihr reden und so ihren Tod verhindern können! Also hör auf mir irgendwas einzureden..."

Ein letztes Mal blicke ich zum Grab, vor dem Sabine und die beiden Schöffen stehen, bevor ich wütend und schockiert zugleich gehe. Die verwirrten Blicke der anderen sind mir egal. Zwar wollte ich Lisa und Nathan noch mein Beileid aussprechen, doch das kann ich jetzt gerade einfach nicht. Beide waren tief bestürzt, obwohl sie im Gerichtssaal noch so deutlich gemacht hatten, dass sie absolut keinen Kontakt zu ihr wollen. Selbst Cleo Brandt ist hier.

Als ich bereits einige Meter entfernt bin, erkenne ich aus dem Augenwinkel einen kräftigen Mann, der ebenfalls in der Reihe am Grab steht. Verwundert sehe ich zu ihm. Er ist groß und breit, durchtrainiert und hat eine Glatze. Doch trotz seines Jackets passt er hier irgendwie nicht hin. Ein wenig sieht er aus wie der typische Gefangene, den man sich so vorstellt, wenn man an Gefängnisse denkt. Für einen Moment habe ich das Gefühl, ihn schon einmal gesehen zu haben...

Einige Augenblicke später erreiche ich das kleine rostige Eingangstor und verlasse den Friedhof.

Kapitel 58

Als ich am Haus meiner Mutter ankomme, ist mir etwas mulmig zumute. Schon als sie mich am Telefon hierhin bestellte, hatte ich bereits eine böse Vorahnung. Und die Tatsache, dass sie mir mit verschmiertem Cayal im Gesicht die Tür öffnet, macht das nicht gerade besser.

Ohne viele Worte bittet sie mich herein und ich nehme auf der Couch im Wohnzimmer Platz, während sie nochmal in die Küche verschwindet. Das Wohnzimmer ist unaufgeräumt, Decken liegen offen herum. Untypisch für meine Mutter. Was ist nur los mit ihr?

Als sei es nicht schon genug, was in den letzten Wochen alles passiert ist... Zuerst der Prozess, dann die Verbindung zwischen der Angeklagten und meiner Mutter, abgesehen von meinen intensiven Alkoholexzessen in letzter Zeit, wegen derer ich von Tom so unter Druck gesetzt wurde und durch die mich Sabine schließlich erwischte. Und nicht zuletzt diese ganzen Gedanken um David und seinen Tod, über den ich irrtümlicherweise glaubte hinweg zu sein.

Nach einigen Sekunden des Wartens betritt meine Mutter mit zwei Gläsern und einer Flasche Wasser das Wohnzimmer. Wortlos schenkt sie Wasser in die Gläser und reicht mir eines. Als ich ihre gläsernen Augen erblicke, kann ich mich nicht mehr zurückhalten. Doch bevor ich etwas sagen kann, ergreift sie das Wort.

„Sebastian...", fängt sie an. „Ich glaub, ich hab Mist gemacht."

„Was ist denn los?!"

„Ich war bei Béatrice."

Verwirrt sehe ich zu ihr, doch sie sieht unbeirrt geradeaus, an mir vorbei.

„Wie? Wann denn?"

„Letzte Woche. Dienstag."

„Du hast sie in der Psychiatrie besucht?!"

Ein stummes Nicken bestätigt das, was ich noch immer nicht so recht glauben kann. Fassungslos und nicht in der Lage, die vielen Gedanken in meinem Kopf zu ordnen, nehme ich das Glas in die Hand.

„Wie kam es dazu?"

„Vor einigen Tagen habe ich Beate angerufen. Du weißt schon, die Dritte..."

„Die Dritte eures Mobbingclans", ergänze ich.

Von dem nur noch zwei übrig sind, denke ich mir.

„Es war das erste Mal, dass wir uns nach der Sache mit Simone von vor zehn Jahren wiedergesehen haben. Mir ließ das alles keine Ruhe. Ich habe Beate gesagt, was passiert ist. Und dass du als Richter darüber zu urteil..."

„Was hast du?!", unterbreche ich sie aufgebracht.

„Tut mir leid... Ich habe ihr vorgeschlagen, dass wir gemeinsam Béatrice in der Klinik besuchen. Ich hatte ja keine Ahnung..."

Kopfschüttelnd sieht sie aus dem Fenster, wo der Wind durch die Bäume töst.

„Was denn, Mama?"

„Ich hätte auf Beate hören sollen. Sie wollte nämlich nicht zu Béatrice und hat erst nach zähem Ringen mit mir eingewilligt."

Sie nimmt einen Schluck und stellt das Glas dann zurück auf den klirrenden Glastisch.

„Wie konnte ich nur so naiv sein... Als ob sich das alles geklärt hätte... Dabei dachte ich, wir könnten endlich alles in Ordnung bringen, über alles reden. Aber das wäre auch zu schön gewesen..."

„Hattet ihr keine Probleme zu ihr zu kommen?!"

„Es ging. Das Gespräch wurde unter Voraussetzung einer Aufsicht genehmigt. Als wir Béatrice in der Klinik das erste

Mal nach so langer Zeit wiedersahen – da wurde mir erst so richtig bewusst, in welch einer Situation wir uns da befanden. Es war wie an dem letzten Tag, als ich sie sah. Beim Einkaufen. Als sie mich beschimpfte und mir sagte, ich hätte ihr Leben zerstört..."

Einen Moment lang sagt sie nichts, versucht sich zusammenzureißen, was ihr sichtlich schwerfällt.

„Und als sie uns dann mit einem Mal in der Klinik erkannte, war sie wie ausgewechselt. Sie war außer sich, beschimpfte uns und meinte, dass sie uns am liebsten mitumgebracht hätte. Wir seien der Grund für ihr gescheitertes Leben und..."

Sie stockt.

„Und an ihrem Tod."

Entsetzt richte ich mich auf.

„Was?!", frage ich ungläubig.

„Ich habe mich auch gewundert, es aber dann als eine Übertreibung eingestuft. Das war wohl ein Fehler."

Fassungslos sehe ich an meiner Mutter vorbei in die Küche, einige Meter hinter ihr.

„Und all das hat Beate völlig kalt gelassen. Während ich mir Vorwürfe machte, meinte sie nur, dass sie ja gewusst habe, dass das zu nichts führt und Béatrice einfach nur krank sei. Wir hätten es sein lassen sollen! Aber ich dachte, vielleicht könnten wir mit ihr reden. Ich wollte sie beruhigen, mich bei ihr entschuldigen. Doch das nützte nichts. Im Gegenteil. Sie schlug um sich, die Wächter mussten sie zurück in ihr Zimmer bringen. Das war das letzte Mal, dass ich sie sah. Bevor sie sich das Leben nahm..."

Einige Tränen rinnen ihr über die Wangen und ich vernehme ein Schluchzen.

„Verdammt, Sebastian! Was hab ich nur getan?! Ich bin mit Schuld daran, dass sie sich umgebracht hat!"

Ohnmächtig etwas zu sagen und sie zu beruhigen sehe ich auf den Glastisch, der mein Gesicht etwas spiegelt und mir meinen unschlüssigen Blick offenbart.

„Es war schrecklich sie so zu sehen. Schließlich waren *wir* es, die letztlich an allem schuld sind. Wegen *uns* ist sie doch erst so krank geworden! Wir haben ihr das Leben zur Hölle gemacht. Wir waren es, weswegen sie die Schule wechselte und letztlich auch Simone vom Dach stieß. Ich würde alles dafür geben das alles ungeschehen zu machen!"

Sie nimmt einen Schluck Wasser.

„Doch dafür ist es nun zu spät... Keine 24 Stunden nach unserem Gespräch war sie tot."

Mit einem Mal durchfährt mich eine erschreckende Erkenntnis.

„Dienstag sagtest du?!"

„Ja, warum?"

Betroffen wende ich den Blick ab.

„Was ist denn?"

„Mittwochmorgen wollte ich zu ihr. Und hätte ich keine kalten Füße bekommen und mich dazu durchgerungen mit ihr zu sprechen, würde sie jetzt vielleicht noch leben!"

Kapitel 59

Einige Wochen später.

Die Sache mit der Angeklagten aus dem Martin-Prozess ließ mir keine Ruhe und so beschloss ich, mit dem behandelnden Arzt Kontakt aufzunehmen. Es war nicht einleuchtend, warum sie ausgerechnet *mich* niederstach. Nach dem Vorfall im Gerichtsflur wurde sie vorläufig in die Psychiatrie eingewiesen, da sie wohl einen abwesenden Eindruck machte und nichts von allem zu wissen schien – obwohl es kein Sinn gemacht hätte es abzustreiten. Schließlich konnten zig Leute die Tat bezeugen. Einige Tage nach dem Vorfall stürzte sie sich aus einem Fenster der Klinik. Sie war sofort tot.

Der behandelnde Arzt erklärte mir, sie litt allem Anschein nach unter einer starken Psychose. Dies würde auch das Abstreiten der Tat von vor zehn Jahren erklären. Vermutlich hatte ihr das Mobbing zu Schulzeiten so sehr zugesetzt, was bei diesem berüchtigten Klassentreffen von vor zehn Jahren alles wieder hochkam. Béatrice Martin habe allem Anschein nach das Mobbing nie verarbeitet. Das würde auch zu dem passen, was mir Mama berichtet hatte. Das Herunterstoßen aus dem dritten Stock scheint sie so sehr verdrängt zu haben, dass sie selbst voll und ganz davon überzeugt war, nichts getan zu haben. Schrecklich. Auch für Béatrice Martin selbst. Schließlich war sie die ganze Zeit in dem Glauben, sie sei zu Unrecht eingesperrt und Opfer einer Intrige. Eine tragische Geschichte.

Ob der Besuch meiner Mutter und ihrer damaligen Schulfreundin Beate wirklich der Auslöser für Béatrice Martins Selbstmord war, ist unklar. Trotzdem plagt mich der Gedanke, dass ich vielleicht ihren Tod hätte verhindern können...

Bezogen auf die Tat, weswegen sie bei uns vor Gericht stand: Auch, wenn die Angeklagte vieles bis zuletzt abstritt: Cleo Brandt, Nathan Martin und die Polizeibeamten, die die Lagerhalle gestürmt hatten, sprachen alle von diesem „Altar", den die Angeklagte in der Halle für ihre verstorbene Tochter Zoé errichtet hatte. Das weisen auch Fotos nach. Wenn es wirklich so war, wie Cleo Brandt es berichtet hatte, war die Tat perfide durchgeplant und eine eiskalte Racheaktion. Und es stimmt: Es war tatsächlich Zoés Todestag...

Der Arzt erklärte mir, Béatrice Martin habe zum Ende hin vermutlich verstanden, dass sie zwei Persönlichkeiten hat, also schizophren ist. Möglicherweise wollte sie so nicht weiterleben. Doch was wirklich in ihrem Kopf vorging, wird wohl nie jemand erfahren.

Darüber hinaus wurden bei der Obduktion ihrer Leiche zahlreiche Hämatome festgestellt, die aus ihrer Zeit im Gefängnis stammen müssen. Ich habe Bilder gesehen. Furchtbar! Derartige Gewalt ist im Frauenknast zwar nicht so bekannt wie im Männer- oder Jugendknast, aber es gibt sie. Doch wie es genau dazu kam und wer dafür verantwortlich ist, wird wohl auch in Zukunft ein Geheimnis bleiben. Béatrice Martin wurde scheinbar jahrelang im Gefängnis misshandelt. Ein weiterer Grund, um sich an Cleo Brandt zu rächen, der sie für alles die Schuld gab. Insofern ist der Fall, wegen der sie bei uns vor Gericht stand, klar und lässt eigentlich keine großen Fragen offen.

Was ich aber bis zum heutigen Tage nicht weiß, ist, warum sie ausgerechnet *mich* und nicht Cleo Brandt töten wollte. War es lediglich ein unkontrollierter psychischer Ausnahmezustand oder steckte doch mehr dahinter? Wusste ihre zweite Persönlichkeit vielleicht, dass ich der Sohn von Carola Klein bin und wollte sie sich auf diese Art und

Weise an mir nachträglich für all das, was meine Mutter ihr angetan hatte, rächen?

An den Vorwürfen hinsichtlich der beiden Wächter scheint jedenfalls nach Stand der Ermittlungen nichts dran zu sein. Vermutlich steckten sie nicht mit der Angeklagten unter einer Decke, haben sich aber in jedem Fall einem schweren Fehlverhalten durch grobe Fahrlässigkeit schuldig gemacht und wurden aus dem Justizdienst entlassen. Beide haben sich nochmals bei mir persönlich entschuldigt.

Fraglich bleibt auch nach wie vor die Tat von vor zehn Jahren, die ja gewissermaßen alles erst ins Rollen gebracht hat. Da mich der Fall noch weiter sehr beschäftigt hat und ich erfahren wollte, wie es damals nun wirklich war, habe ich mir die Akte zum damaligen Verfahren angesehen und das Urteil gelesen. Das war nicht zufriedenstellend. Denn auch nach Lesen der Akte ist der Fall nicht zweifelsfrei klar. Alles beruht auf Indizien. Es gibt keinen einzigen richtigen Beweis, der die Täterschaft der Angeklagten vor zehn Jahren eindeutig belegt.

Dennoch spricht einiges dafür, dass sie Simone Peters umgebracht hat. Sie wurde jahrelang gemobbt und zusammen genommen mit der Einschätzung des Arztes, dass sie zwei Persönlichkeiten in sich hatte, ist es wahrscheinlich, dass sie die Tat begangen hat. Schließlich konnte sie sich auch nicht daran erinnern, dass sie *mich* niedergestochen hatte. Vielleicht war es vor zehn Jahren auf dem Klassentreffen genauso. Béatrice Martin behauptete zudem bis zuletzt, nie auf dem Klassentreffen gewesen zu sein. Jedoch belegen zahlreiche Zeugenaussagen, dass sie dort war. Die einzige Möglichkeit wäre, dass sich Cleo Brandt im Laufe des Abends auf das Treffen geschlichen und den Mord begangen hat. Aber wie wahrscheinlich ist das schon...

Doch was an dem berüchtigten Abend des Klassentreffens nun wirklich geschah, ob sie es tatsächlich war – wofür derzeit alles spricht – oder ob an den Anschuldigungen der Angeklagten doch etwas dran ist und Cleo Brandt hinter der Tat steckt, wird wohl für immer ein ungelüftetes Geheimnis bleiben... Und ja, auch sowas muss man als Richter aushalten lernen.

Irgendwie tut sie mir leid. Natürlich hat sie Schreckliches getan und mich beinahe auch umgebracht, aber sie ist trotzdem ein Mensch. Ein Mensch, der schwer krank war und sich das sicher nicht ausgesucht hat.

Ich hatte in den letzten Wochen viel Zeit nachzudenken – und das habe ich getan. Ich hatte Zeit, meinen Kopf zu sortieren, neu zu ordnen. Ich habe begriffen, dass es so wie bisher nicht weitergehen kann. Ich weiß, dass sich in meinem Leben etwas ändern muss, ja, dass *ich* mich ändern muss. Und das fing bei meinem Alkoholproblem an.

Ich habe Marc davon erzählt. Das war hart. Marc war sehr enttäuscht und auch etwas sauer. Doch: Hätte ich es noch weiter verschwiegen, hätte sich nichts verbessert – meine Sucht, unsere Freundschaft, sein Vertrauen in mich. Ich bin überzeugt: Ich habe das Richtige getan! Auch, wenn es mit weiteren Verlusten einherging.

Marc wollte Abstand. Und das konnte ich ihm nicht verübeln. Ich glaube, an seiner Stelle hätte ich genauso gehandelt. Er meinte, er würde sich melden. Und lange Zeit tat sich nichts. Das war schlimm für mich. Nach David auch noch Marc zu verlieren hat mir schwer zu schaffen gemacht. Aber da musste ich nun durch. Und einige Wochen später hat er sich tatsächlich gemeldet. Unser Verhältnis ist nicht wie vorher. Vieles muss sich erst wieder regenerieren. Zerstörtes Vertrauen lässt sich nicht vom einen auf den anderen Tag wiederaufbauen. Dafür hab ich jetzt ein gutes

Gewissen – und das ist es mir wert. Es wird wohl noch etwas dauern, bis mir Marc vollständig verzeihen und mir wieder vertrauen kann. Schließlich war es für ihn auch schlimm zu erfahren, dass sein bester Freund genau das tut, was er so sehr hasst.

Ich habe Tom die Wahrheit gesagt. Er war sehr verärgert darüber, dass ich ihn belogen habe. Aber er ist froh, dass ich bei Marc nun reinen Tisch gemacht habe. Mittlerweile ist unser Verhältnis einigermaßen wieder okay.

Horst habe ich ebenfalls von meinem Alkoholproblem erzählt. Auch er war zunächst geschockt. Verständlich. Nach außen hin schien ja auch alles perfekt. Doch obwohl Horst auch erst enttäuscht war, half er mir, indem er viel recherchierte und mir eine passende Therapie vorschlug. Und die werde ich durchziehen – allein schon für David. Es ist eine stationäre Entzugsklinik mit anschließender ambulanter Begleitung. In zwei Monaten müsste ich damit durch sein. Und dann geht es los...

Meine Reisepläne sind nach wie vor da und ich glaube, dass das eine weitere Motivationsquelle für meine Therapie ist. Endlich sehe ich Licht am Ende des Tunnels! Ich habe ein Ziel und werde alles daransetzen, mein Versprechen David gegenüber einzuhalten. Ich denke, ich bin auf einem guten Weg.

Die Sache mit meiner Mutter wird keine weiteren Konsequenzen haben. Ich habe Horst darüber informiert, aber er meinte, nachdem der Fall jetzt sowieso nicht mehr von uns bearbeitet wird und sich die Sache durch den Tod der Angeklagten mehr oder weniger „erledigt" habe, sei das nicht weiter von Bedeutung.

Der Tag betrunken im Gericht jedoch sehr wohl. Ich habe der Gerichtsleitung von meinem Alkoholproblem und dem Vorfall berichtet. Ich wollte Sabine diesen unangenehmen Schritt ersparen. Schließlich bin ich ja selbst schuld daran und muss nun auch die Konsequenzen dafür tragen. Es wurde ein Disziplinarverfahren gegen mich eingeleitet und ich wurde abgemahnt.

Ich habe reinen Tisch gemacht, habe denen, bei denen ich es als wichtig empfand, von meinem Problem berichtet – auch, wenn das nicht leicht war. Der Weg ist lang und die Therapie ein wichtiger Schritt, aber auch erst der Anfang. Keine Geheimnisse mehr, keine Fassade.

Die Zeit mit David wird nicht wiederkommen. Und auch, wenn mich dieser Gedanke schier zur Verzweiflung bringt, habe ich jetzt zum ersten Mal das Gefühl, den Schmerz und die Trauer wirklich zuzulassen. Dann hole ich die Bilder aus der Kiste, höre alte Lieder und besuche Kathi – was ich lange Zeit gemieden habe. Sie lebt auch noch hier in Düsseldorf, zog aber nach Davids Tod in eine andere Wohnung. Die ganzen Erinnerungen setzten ihr sehr zu.

Ich weine immer noch. Doch jetzt überwiegt der Rest – die Dankbarkeit, lange Zeit einen so besonderen Menschen an meiner Seite gehabt haben zu dürfen. Durch David bin ich gewachsen. Er hielt immer zu mir und hat mich zu einem selbstbewussteren Menschen gemacht. Ich glaube, eine Freundschaft wie mit David werde ich nie wieder haben. Aber das ist okay. Auch, wenn er viel zu früh ging, hatten wir eine wunderbare Zeit und dafür werde ich immer dankbar sein. Ja, sie wird immer ein Teil von mir sein.

Ich habe auch schlechte Tage. Doch dann habe ich gute Freunde, die mir zur Seite stehen und mir Kraft geben. Ich dachte immer, alles ist ewig. Doch dem ist nicht so.

Jeder einzelne Augenblick ist ein Geschenk. Das sollten wir nie vergessen...

Bald ist es soweit! Lange habe ich davon geträumt und in einigen Wochen beginnt sie: Meine Weltreise! Ich habe nicht vor meinen Job aufzugeben – schließlich war das immer mein großer Traum. Ich möchte einfach die Zeit, die ich momentan habe, nutzen und das nachholen, was ich damals nicht gemacht habe.

Auch, wenn solche „Auszeiten" oft als verschwendete Zeit gesehen werden: Ich glaube, dass genau diese Zeiten gut sind, um Distanz zu sich, seinem Leben und seinen Entscheidungen zu gewinnen. Ich möchte nicht in einem Hamsterrad enden, in dem ich nicht die Luft und Zeit habe, mich und mein Leben zu reflektieren! Besser, man nimmt sich mal eine solche Auszeit, anstatt in ein Leben reinzusteuern, das man so nie wollte. Ein Leben ohne Ziele und Pläne...

Unser Morgen wird anders sein, wenn wir das Heute verändern.

Ich bin mir sicher, dass ich bereuen würde, es nicht gemacht zu haben. Ich habe jetzt erst einmal für ein Jahr unbezahlten Urlaub. Danach möchte ich gerne als Richter weiterarbeiten. Als erstes geht es jetzt aber nach Südamerika und darauf freu ich mich schon sehr!

Einmal um die Welt zu reisen – das war auch einer der Pläne, die David und ich eigentlich noch hatten. Ich bin gespannt, was dieser neue Lebensabschnitt für mich bereithält, welche Orte ich kennenlernen, welche Leute ich treffen werde. Ich kann nur gewinnen!

Derzeit arbeite ich meinen Nachfolger ein. Er ist etwa zehn Jahre älter als ich. Irgendwie komisch, einen älteren Kollegen „einzuarbeiten", der sogar schon Richter war, als ich gerade mal mein Abi in der Tasche hatte. Zum Glück kennen wir uns schon einige Zeit und mögen uns, was das etwas vereinfacht. Und da er ja schon einige Zeit Richter ist, kann ich ihm schon einige Aufgaben übertragen. So kann ich mich langsam aber sicher auf den Entzug und auf meine Zeit im Ausland vorbereiten.

Einer meiner letzten Prozesse hier wird in ein paar Wochen der Missbrauchsfall sein, der nochmal zurück an die Staatsanwaltschaft musste. Der Fall Marie König hingegen ist bereits abgeschlossen: Sie wurde wegen Mordes zu lebenslanger Haft verurteilt. Das hat mir schwer zugesetzt und es war hart dieses Urteil zu sprechen.

Horst und Sabine werde ich bald verlassen müssen. Aber ich genieße momentan noch die letzten Sitzungen, die wir gemeinsam haben und bin froh, sie als Kollegen gehabt zu haben. Und wer weiß: Vielleicht überlegt es sich Horst nochmal mit seinem Doktor...

Kapitel 60

Als ich gerade mit Steffi in den Aufzug steigen will, sehe ich mein Handy aufleuchten. Es ist eine Nachricht von Tom: *Meine Prinzessin ist da!* Das süße Babyfoto lässt mich über das ganze Gesicht strahlen.

Zurück in meinem Büro erwartet mich ein dicker Aktenstapel, der darauf wartet, von mir bearbeitet zu werden. Ich schlage die erste Akte auf und überfliege, worum es in meinem nächsten Fall geht. Doch dann klopft es an der Tür. Es ist Madame Bijou.

„Hier ihr Kaffee, Herr Klein!", zwinkert sie, „mit zwei Würfelzucker, wie immer."

Epilog

Nathan

Sie nahm ab, das Tuten verstummte. „Brandt?"

Fast hätte er vor Schreck das Handy fallen lassen. Die harte Stimme im Hörer erinnerte ihn an den kalten, stürmischen Tag. An den Tag, als er sich mit seiner Frau in dem Café an der Wiener Straße traf. An den Tag, an dem der Himmel dunkel und der Regen schlimmer war als sonst. An den Tag, an dem er hätte alles bereinigen können. Hätte. Doch stattdessen spielte er weiter dieses böse Spiel. Und jetzt war es zu spät...

Lisa

Der heiße Duft des Vanilletees stieg ihr in die Nase, als sie gerade das Wohnzimmer betrat. Und noch bevor Lisa ihren Vater fragen konnte, mit wem er da sprach, hörte sie den Satz, der alles verändern sollte: „Wir hätten das nicht tun sollen, Cleo."

Nachwort

Ich freue mich, dass Sie dieses Buch in Ihren Händen halten. Das bedeutet mir wirklich viel! Es ist ein tolles Gefühl, das Ergebnis seiner jahrelangen Arbeit greifen zu können. Jetzt weiß ich, wie viel Arbeit wirklich hinter einem Buch steht. Einem Buch, das all der Arbeit nun ein Gesicht verleiht.

Das Projekt hat mich wachsen und vieles lernen lassen – auch, was ich bei zukünftigen Projekten anders machen würde. Zum Beispiel habe ich schmerzlich erfahren müssen, wie fatal es sein kann so manche Idee nur auf dem Handy zu speichern. Und das nicht nur einmal...

Es gab Zeiten, in denen ich nicht wusste, wie ich alles unter einen Hut kriegen sollte, frustriert war und alles vor mir hergeschoben habe. Nicht nur einmal war ich kurz davor alles hinzuschmeißen. Es gab aber auch Zeiten, in denen die Ideen nur so übersprudelten und ich Schübe hatte, in denen ich zu der passenden Musik ewig hätte weiterschreiben können, wo mich die Leidenschaft und Motivation über mich hinauswachsen ließ. Ich habe mich durch Musik und verschiedene Orten inspirieren lassen und so zum Beispiel im Café, am Flughafen oder im Zug geschrieben.

Ich habe gelernt, wie wichtig es ist für seine Ziele zu kämpfen und dass Motivation, Ehrgeiz, aber auch Ausdauer und Geduld besonders bei einem so langen Projekt unverzichtbar sind. Obwohl Geduld eigentlich nicht so zu meinen Stärken gehört.

Abschließend möchte ich nochmal darauf hinweisen, dass es sich um eine fiktive Geschichte handelt. Sicherlich gibt es Elemente aus meinem eigenen Leben, die in das Buch eingearbeitet wurden oder es geprägt haben. So habe ich durch das Buch nicht zuletzt in gewisser Weise für eine Zeit lang meinen Kindheits- und Jugendtraum leben können, Richter zu sein. Dennoch ist und bleibt das Gesamtergebnis eine erfundene Geschichte.

Das Projekt hat mir wahnsinnig viel Freude bereitet und ich hoffe, es hat Spaß gemacht das Buch zu lesen!

Ihr Jonah Baker

Danksagung

Ich möchte mich bei allen bedanken, die mir bei dem Projekt geholfen haben und die auch trotz der etwas länger als geplanten Entstehungszeit an mich geglaubt und mich motiviert haben! Besonders bedanken möchte ich mich bei...

Tanja

... die trotz eines eigenen straffen Zeitplans das gesamte Buch Korrektur gelesen und Anregungen gegeben hat, also meine Lektorin war – auch, wenn ich gestehen muss, etwas erschrocken darüber gewesen zu sein, so viel nochmal überarbeiten zu müssen... Doch das hat nicht geschadet – im Gegenteil. Es hat mir gezeigt, worauf ich auch in Zukunft achten möchte, um noch besser schreiben zu können.
Vielen Dank für deine konstruktive, ehrliche Kritik! Ich kann mir denken, wie viel Zeit und Kraft du dafür investiert hast – das schätze ich sehr!

Gregor Zimmermann & dem Landgericht Düsseldorf

... für das zur Verfügung stellen des Bildes für das Buchcover. Darüber habe ich mich von Herzen sehr gefreut!! Als ich die Zusage erhielt, überkam mich – nicht nur kurz! – ein unfassbarer Anfall von Freude. Hiernach waren die Hürden zu einem schönen Buchcover nicht mehr ganz so hoch. Danke!

Einer Vorsitzenden Richterin am Landgericht

... die im Rahmen meiner Recherche noch einige meiner Fragen beantworten konnte – auch, wenn mein Anliegen sicherlich außergewöhnlich war. Vielen Dank für diese Möglichkeit! Damit habe ich selbst meine Eltern beeindrucken können.

Ariel

... der zunächst einzelne Teile des Buches Korrektur gelesen hat, aber letztlich auf meine Bitte hin das Kunststück fertigbrachte, das komplette Buch *in einer Woche* Korrektur zu lesen. Die kollegiale Zusammenarbeit mit meinem kleinen Genie hat mir viel Freude bereitet!!

Deine amüsanten Kommentierungen beim Korrekturlesen haben das Überarbeiten sehr angenehm gemacht. Ich denke da zum Beispiel an deinen Kommentar zu *Ich hab Schiss* mit „Kommt ganz nach dir" oder zu *ein Schrecken, das kein Ende nehmen wollte* mit „So kommt mir das Korrigieren auch vor ;-)". Durch deine Anregungen hast du dem Buch nochmal eine andere Wende gegeben und mir sogar die Idee eines zweiten Teils nähergebracht.

Dich konnte ich jederzeit ansprechen, wenn ich mir bei irgendwas unsicher war. Und es ist faszinierend, wie du für jedes meiner Probleme eine Lösung aus dem Hut gezaubert hast. Dich zu überzeugen oder zu beeindrucken ist nicht leicht – deine Meinung hatte daher immer besonderes Gewicht und war stets ein großer Ansporn für mich!

Du bist sehr kreativ und ich finde es wirklich schade, dass du nicht selbst schreibst. Vielleicht überlegst du es dir ja nochmal. Ich würd' mich freuen!!

Audrey

... die mir bei der finalen Erstellung des Buchcovers geholfen hat. Danke dir dafür – auch, dass du im Nachhinein das eine oder andere Mal noch etwas angepasst hast. Als das Cover fertig war, musst du mich echt für ein kleines Kind gehalten haben, dass gerade seinen Lolli bekommen hat und nicht mit Grinsen aufhören kann. Ich bin sehr glücklich über das Cover – obwohl genau das sehr lange meine größte Sorge war und ich es insgeheim immer etwas vor mir hergeschoben habe.

Archippe

... den ich in der Entstehungszeit des Buches kennenlernen durfte und der mittlerweile mein bester Freund ist. Du hast mir ebenfalls geholfen und mir Inspiration gegeben, selbst in der Zeit deiner Krankenhausaufenthalte. Obwohl die Leidensgeschichte im Buch hinsichtlich David nichts mit dir zu tun hat und die Idee dazu einem ganz anderen Kontext entsprang, konnte ich dennoch manches durch meine häufigen Besuche bei dir übertragen und mich so besser in den Protagonisten hineinversetzen.

Zudem hast du mir beim Marketing des Buches enorm helfen können und dein Wissen mit eingebracht. Selbst, als es dir nicht gut ging, hast du versucht mich zu unterstützen. Dafür, aber auch generell einmal: Danke für alles!

Kornel

... der mich dadurch motiviert hat, dass wir im Veröffentlichungsjahr eine Wette darüber abgeschlossen haben, wer eher fertig sei: Ich mit meinem Buch und der Veröffentlichung oder er mit seinem Motorradführerschein und dem Kauf seines Motorrads. Die Wette führte zu sehr witzigen Momenten gegenseitiger Motivation, aber mit der Zeit auch zu einer regelrechten Angst, wie weit der andere in Wirklichkeit ist.

PS: Er hat gewonnen :D

Dr. Bert Götting vom Bundesamt für Justiz

... für die umfangreichen Informationen hinsichtlich der Justizstatistik über die Rückfälligkeit von Strafgefangenen. Vielen Dank für Ihre Mühe und für das ausführliche und verständliche Erklären der Zahlen!

Alessa

... die in der Anfangszeit des Buches erste Kapitel Korrektur gelesen hat und deren Anmerkungen ich im Urlaub am Strand durchgearbeitet habe. Du hast mich ermutigt und das Projekt ernst genommen, als es noch ganz in den Anfängen steckte. Vielen Dank dafür!

Weiteren Freunden

... die an das Projekt geglaubt und sogar manche Passagen gelesen haben. Aber auch Freunden, die mich mit einer etwas anderen Art zum Arbeiten kriegen wollten, indem sie mir sagten, ich würde es eh nicht schaffen, um so meinen Ehrgeiz zu wecken. Viele meiner Freunde und Bekannten waren begeistert, als sie von dem Projekt erfuhren und versicherten mir, es auch lesen zu wollen. Dies hat mich ebenfalls sehr motiviert – vielen Dank euch allen!!

Danke auch für all die Orte, Lieder, Momente und Menschen, die mich inspiriert und mich auf neue Ideen gebracht haben...

Über den Autor

Jonah Baker steht als Pseudonym für den Autor Kevin H. aus Wuppertal, Nähe Düsseldorf. Schon als Kind und besonders als Jugendlicher interessierte er sich für Gerichte und die Arbeit als Strafrichter. Angefangen bei Gerichtssendungen wie Richter Alexander Hold oder Richterin Barbara Salesch, entwickelte er nach und nach eine Leidenschaft für den Richterberuf, sodass er schließlich eigene Fälle konstruierte und mit Freunden Gerichtsverhandlungen nachstellte – auch, wenn die Begeisterung der anderen dabei wahrscheinlich nicht so groß war wie seine eigene. In der Schule nahm er an einer Rechtskunde-AG teil und besuchte regelmäßig – zum Teil auch mit einer Freundin – Gerichtsverhandlungen. Es folgte ein Praktikum bei einer Strafverteidigerin und beim Landgericht Düsseldorf. Zu dieser Zeit besuchte er das Gymnasium.

Unterdessen interessierte er sich zunehmend auch für Pädagogik. Er gab Nachhilfe und arbeitete nebenbei als Helfer in einer Hausaufgabenbetreuung. Er belegte den Leistungskurs Erziehungswissenschaft und überlegte, Lehrer zu werden, aber entschied sich schließlich doch für eine juristische Laufbahn. Richter ist er zwar nicht geworden, jedoch begann er nach seinem Abitur 2018 ein duales Studium im Rechtsbereich.

Schon als Kind schrieb er gerne Geschichten und hatte eine blühende Fantasie. Das Buchprojekt startete er mit 15 Jahren und veröffentlichte sein fertiges Jugendwerk schließlich mit 20 Jahren. Während der Entstehung des Buches besuchte er hauptsächlich die Oberstufe, jedoch begleitete ihn das Projekt sogar noch bis in sein Studium hinein.

Jonah Baker ist eine aufgeschlossene, kontaktfreudige Person. In seiner Freizeit verbringt er gerne Zeit mit Freunden, macht Fotos und spielt Klavier, wobei Lesen kurioserweise nicht so wirklich zu seinen Hobbys gehört. Er lacht sehr viel und hört oft Musik – gerne auch mal Schlager.

Ob er auch in Zukunft weiterhin schreiben wird, steht noch nicht fest. Da es ihm jedoch viel Freude bereitet hat, wird er wohl nicht ganz drauf verzichten können...

Im Zwiespalt des Rechts ist sein Debütroman.

Wenn Sie möchten, können Sie mich per E-Mail kontaktieren. Sie erreichen mich unter jonahbaker@mail.de